EL MURMULLO
DEL ÁRBOL

Zarzo Escribano

A mi familia: la de sangre, la de la calle y la de internet.

En una de ellas estás tú.

La jerarquía policial en España es compleja. También lo son los procedimientos judiciales. Esta novela tiene intención de ser fiel a la realidad pero, por motivos obvios, no es cien por cien fidedigna. He simplificado la cadena de mando, así como los procesos judiciales para hacer la lectura más fluida y con mejor ritmo narrativo.

Si algún policía o jurista me lee, espero que sepa comprenderlo.

Indice

*El árbol le da sombra incluso a aquel que
corta sus ramas.*

Sri Chaitanya

Qué sería del viento sin el árbol que lo llena de
caricias,
qué sería de mí sin esta lucha amarga y
fraternal con la palabra.

Julio Cortázar, poemas inéditos.

EL RÍO

Ningún policía que haya visto sacar un cadáver de un río ha vuelto a darse un chapuzón en sus aguas. Aunque en este caso no tiene mucho mérito: el río Manzanares no invita demasiado al baño.

El cuerpo semidesnudo del muerto tampoco es un aliciente. El tipo es de los que no alcanzan a vérsela cuando mean porque la barriga tapa las vistas de los bajos. Además, llevará al menos un día en remojo y el efecto es aun mayor; parece un pez globo cuando se asusta.

La subinspectora Olga Saavedra y yo esperamos, pacientes, mientras la Policía Científica hace su trabajo. Como en las películas: trajes blancos de protección individual, mascarillas y gafas protectoras. Inspeccionan la zona en la que el río ha expulsado ese elemento extraño. No estamos en el centro de Madrid, sino cerca de El Pardo, con senderos y puentes sobre el río donde domingueros y deportistas de diversa índole aprovechan los caminos de tierra y los árboles para su ocio. Es curioso que, a tan pocos kilómetros de la Puerta del Sol, exista una ruta de senda fluvial en tan buen estado. No es que haya mucho caudal, pero estoy seguro de que, en los días soleados, pasear por aquí (e incluso comerte un bocadillo de tortilla) debe mejorar la salud. La pena es que todavía no ha amanecido, y tengo un muerto que examinar.

La jueza Torres también espera su turno. No llega al metro sesenta; su cuerpo está bien alimentado con jamón del bueno y con cerveza alemana. No es que sea una persona que te conteste mal o te grite, pero tiene claro que ella está en lo alto de la cadena alimenticia y no deja que nadie le robe las presas, como las hienas a los leones. Por eso es difícil trabajar con ella ya que facilita poco las cosas. Le molesta que nosotros tengamos el derecho —y el deber— de examinar el cadáver antes de que ella ordene su levantamiento. Eso sí: siempre es de las primeras en llegar, y bajo su tutela nunca se ha producido ninguna irregularidad —ni chapuza— con la custodia de las víctimas.

Los «científicos» abandonan la escena del crimen, y el forense es el siguiente en acceder al cadáver. Le damos su tiempo de cortesía: cinco minutos, en los que mi compañera no para de mover su pie derecho hacia arriba y hacia abajo. El característico ruido que produce el roce de la suela con la tierra está poniéndome nervioso.

—Señoría, con su permiso —le digo con un gesto de cabeza, casi como una reverencia. Olga levanta la cinta todo lo que puede, y me ayuda a acceder al lugar donde reposa el cadáver. Aparte de tener un talento que yo no he visto en ningún policía en más de tres décadas de carrera en homicidios, siempre está ahí para ayudarme cuando lo necesito, aunque muchas veces yo no se lo pida y me enfade un poco por tratarme como a un abuelo. Hemos llevado, hasta la fecha, tres casos, y podría decirse que dos de estos los ha resuelto ella.

Aunque la temperatura es superior a los diez grados (excesiva para la época a esta hora de la madrugada), la humedad se cuela por debajo de las exiguas prendas de abrigo que llevamos, y, si no fuera por los focos de la Científica, no distinguiríamos las caras de los compañeros más allá de dos metros.

Tengo suerte porque el cadáver ha varado en un remanso del río de fácil acceso. De haberlo hecho en otro sitio, yo no hubiera podido acceder. Bajar por escaleras sinuosas o por grandes terraplenes no está entre mis habilidades. Cuando llego a la altura del cuerpo, me inclino todo lo que puedo sobre este y lo ilumino con mi linterna.

—Por favor, Del Olmo —protesta Leo Paz, que es el forense que está de guardia. Le toca salir de su madriguera en el anatómico, para constatar algo que no hace mucha falta: la muerte de la víctima. Aunque es obvio que Paz hace mucho más que eso. Al contrario de la jueza, Leo sí te mira mal, te contesta mal, y hasta te hace sentir mal cuando lo acosas a preguntas. Pero me ha ayudado a resolver más de un caso, y más de dos en todos los años que llevo trabajando con él.

—Aquí a Del Olmo, que le gusta fardar de linternita.

El subinspector Lucas Toribio aparece en la escena a mi espalda. Tiene las ojeras repletas de turnos de noche.

—Cómpratela de una vez, y no seas rata.

—Sí, claro, como me sobra el dinero a fin de mes… —protesta —. Ya me apaño con esta birria.

Sacude en el aire la linterna oficial que nos proporcionan en el Cuerpo. No se sabe si es negra o gris del desgaste que tiene y, por supuesto, no alumbra demasiado bien. Yo me compré una especial en una página de internet que solo vende a policías y a militares. Me costó encontrarla, y me gasté mucha pasta, pero, cuando te apuntan a la cara los cien mil lúmenes de potencia que tiene, creerás haber visto, si crees en Él, a Dios.

—Los ríos siempre expulsan los cadáveres —afirma el forense.

—Y más este que no es río ni es *ná* —protesta Toribio.

—Cállate, paleto —le digo en tono de mofa. Yo también soy un paleto, y a mucha honra, pero Lucas siempre está metiéndose con Madrid y con los madrileños. Lo hace para buscarme, y yo le respondo para encontrarlo.

—«Paleto» dice, casi igual que el Guadalquivir, inspector, casi igual.

—Pues a ti bien que te gusta el Manzanares.

Toribio sonríe. Es de Córdoba, aunque apenas guarda ya ese acento del sur tan característico. Lleva más de veinte años en Madrid. Y es del Atleti. A mí no me gusta demasiado el fútbol, pero, si fuera de un equipo, sería del Real Madrid, que la vida te da ya muchos sufrimientos como para, además, sufrir por once tíos en pantalón corto.

—Doctor, ¿sabe cuánto tiempo lleva en el agua más o menos? —pregunto.

El forense me mira y hace una mueca parecida a una sonrisa.

YODA

Apuntes, teorías y suposiciones no oficiales de Saavedra y Del Olmo sobre la desaparición de Armando Porta.

Armando Porta caminaba por la Casa de Campo como si fuera el patio de su casa.

Detrás lo escoltaban El Gorila y La Araña. Juan, El Gorila, era el de los bíceps como jamones de toro y piernas de elefante, el que no tenía objeciones a la hora de avasallar a cualquier mindundi que osara aproximarse a su amo. José, La Araña, era aquel al que, según su abuela, le faltaban dos cocidos y tres potajes, el del radar en la cabeza, el que podía oler amenazas a kilómetros, como la matriarca de una manada de elefantes huele a las leonas que rodean el lago al que se dirigen.

Eran sus dos escoltas de cabecera, en los que siempre confiaba, los que casi no tenían vacaciones, y los que ganaban un sueldo similar al del presidente del Gobierno por el servicio que prestaban. No iba a ningún lado sin ellos. No desde que Armando había sufrido el ataque de los Ortiz-Melgar, una familia que lo había perdido todo en una de las múltiples obras que Sacesa, uno de sus conglomerados, llevaba a cabo a lo largo y ancho del país y del extranjero. Según la versión oficial de los hechos, los agraviados culparon al empresario de la quiebra de su pequeña empresa de excavadoras: unos contratos que nunca llegaron a firmarse tuvieron la culpa, y ellos, en respuesta, se las ingeniaron para acabar con él. Para intentarlo.

Los escoltas solventaron el peligro con eficacia alemana y Armando les subió el sueldo casi mil euros más al mes. También los invitó a unas vacaciones en el pequeño yate del empresario junto a sus mujeres y a sus hijos. Les hizo creer que eran parte de su familia, a pesar de mantener siempre la distancia y el estatus patrón-obrero.

Después de ese incidente, el señor Porta contrató a dos gorilas más, por recomendación de José. De esta forma, seis escoltas conformarían el séquito del empresario. Se sentía casi inmortal cuando estaban ellos cerca. El inconveniente de la falta de privacidad, a sus sesenta y cuatro años, no suponía un problema. Lo compensaba esa sensación de seguridad que El Gorila, La Araña y sus otros secuaces le proporcionaban.

Pero José no tenía sentido arácnido... al menos no esa mañana. Tan solo una perspicacia e instinto superior a la media. Y, la noche anterior al rapto, había dormido mal porque «pillé a la zorra de mi novia cenando con otro». No le pegó, «nunca se pega a las mujeres». Pero la sometió a una tortura psicológica digna del hospital de Alguien voló sobre el nido del cuco. «Lástima que no tenga los electrodos». La tortura puede dañar tanto al torturado como al torturador. Y José solo durmió dos horas; él necesitaba, como mínimo, seis para rendir al cien por cien.

Es de sabiduría popular en la «Universidad de la Calle», en el «Grado en Peleas», que siempre hay que pegar —y, si es posible, abatir— primero al líder. No al más fuerte, sino al que lidera el grupo.

Ese día, el perro con el que se habían cruzado más veces corría con su dueño como cada mañana de los dos últimos meses. Incluso José se había atrevido a acariciar a Yoda, cinematográfico nombre del animal. Un dogo de Burdeos marrón claro, imponente. Las primeras veces que se encontraron con ellos desconfiaron, pero la operación running-canino se repetía todos los días, por lo que, después de un mes, los guardaespaldas entendieron que tenía tanto derecho como ellos a pasear por allí. Eso sí: siempre a una distancia prudencial para el hombre, y no para el perro, al que le daban más cuartelillo con carantoñas y caricias más propias de niños que de secuaces armados.

Error.

Una mañana cualquiera en las que Yoda se había acercado a saludar ocurrió la catástrofe. Un silbido, una palmada y una palabra en un idioma extraño bastaron para que el animal atacara el cuello de José. Juan sacó su arma, pero no vio venir el primer porrazo, que lo dejó aturdido, ni mucho menos los dos siguientes golpes, que le partieron el cráneo. Un segundo silbido hizo que Yoda atacara con más fuerza el cuello de José y acabara con su vida; antes de morir, La Araña tuvo tiempo de sacar el arma y matar también al perro. Un disparo que apenas se escuchó por la proximidad con el cuerpo del animal.

Armando Porta colapsó al ver aquella escena: sus dos guardaespaldas muertos. Los otros dos que lo esperaban en el coche estaban a un kilómetro o más, y a él se le había caído el móvil al suelo cuando había intentado avisar. El dueño de Yoda le quitó la pistola a José, la misma que había matado al perro. Apuntó a Porta, y lo invitó a moverse: «Usted se viene conmigo». Cogió el móvil, lo partió en dos, sacó la tarjeta y la pisoteó. Antes de abandonar el lugar, acarició, con los guantes para el frío puestos, el cadáver del perro. «Lo siento, Yoda.»

Caminaron a paso ligero unos quinientos metros por un camino mal asfaltado por el desuso, hasta que llegaron a una subestación eléctrica propiedad de una gigantesca compañía energética en la que Armando Porta tenía un gran porcentaje de acciones. Allí los esperaba una furgoneta camuflada con el logo de la empresa eléctrica. El captor cubrió la cabeza de Porta con un pasamontañas sin agujeros y lo metió a empujones en la parte trasera. Era un vehículo industrial de reparto con una ventana tintada en la parte posterior, perfecta para esconder secuestrados (e incluso cadáveres). Esperaron un tiempo prudencial junto a la subestación, cuya cámara de vigilancia había sido saboteada semanas atrás sin demasiadas dificultades. Cuando consideraron que habría más tráfico en la zona para despistar así a las cámaras de seguridad (nunca se sabe con la pericia de la policía con la videovigilancia), salieron de la Casa de Campo y se metieron en la

M-30 en dirección a la Castellana y sus grandes torres de oficinas. El secuestrador tuvo el detalle de descubrir los ojos al empresario. Armando pudo echar el último vistazo a sus oficinas, esas que había construido su propia empresa después de uno de los mayores pelotazos urbanísticos de la historia nacional.

LA BURBUJA

El doctor deja de sonreír y nos explica:

—Antes de que empezaran con sus discusiones regionales, quería decirles que el cuerpo no lo pueden haber depositado muy lejos de aquí. Como bien dice el subinspector, este río tiene poco caudal; quizá ahora con las lluvias de los últimos días algo más. Deben investigar en las pasarelas que hay río arriba.

—Gracias, Leo. ¿Quién lo ha encontrado, Lucas?

—Por suerte, un compañero que estaba montando en bici. Estaba ahí —Toribio señala unos juncos que podían esconder el cadáver.

—¿Compañero policía?

—No, de la Guardia Civil.

Suspiro. No es que yo me lleve mal con la Benemérita. Esa supuesta rivalidad en el pasado era más palpable, y en la actualidad se dan algunos, digamos, choques de pareceres, pero la colaboración, en líneas generales, es buena.

—Me alegro. Hemos tenido suerte tanto con este como con los guardaespaldas.

—¿Suerte? —pregunta el forense

—Sí, doctor, no los ha encontrado algún adolescente para traumatizarlo de por vida. Al patrón, un policía y, a los lacayos, otros lacayos.

El doctor me mira como reprobando mis palabras.

—Mi trabajo aquí ha concluido —dice.

—¿Nos puede adelantar algo de la exploración del cadáver, doctor? —pide Olga.

—Sí, que el señor está muerto.

El doctor Paz se marcha, dejándonos una de sus «perlas». Tiene más años que el escudo de la Policía y no está acostumbrado a ver mujeres resolviendo casos. Pido calma a Olga con la mirada, y le señalo el cuerpo con la linterna.

El tipo está desnudo a excepción del calzoncillo, lo que le confiere un aspecto más ridículo que si no llevara nada. Quizá quien lo mató lo haya dejado así por algo. Ella apunta todo en su móvil, y yo no sé dónde acaban los datos que tiene en el teléfono y los que tiene en su cabecita.

—¿Es el pez gordo que desapareció el viernes, ¿verdad, Del Olmo? —pregunta Toribio

—Nunca mejor dicho, subinspector, nunca mejor dicho.

Toribio reprime una sonrisa que hubiera estado fuera de lugar, a pesar de la metáfora visual relacionada con la identidad y físico de la víctima.

—Menudo disgusto se va a llevar Ávila… no ha tenido tiempo de maniobra ni con todos los recursos disponibles.

—Doble disgusto, porque ni lo han llamado para que viniera.

El inspector Ávila es el jefe de la sección de secuestros. Han estado buscando a Armando Porta (nombre del finado) con el mayor operativo montado por su grupo desde que yo recuerde. Dos helicópteros, más de veinte coches camuflados, unas treinta motos del CNP, dos grupos del G.E.O., los de subsuelo, y ni se sabe cuántos agentes a pie y a caballo. Pero no han podido contar con lo mejor: la colaboración ciudadana, porque la desaparición se ha ocultado a todos los medios.

Toribio suspira y dice:

—¿Cómo te atreves a llamarlos «patrón» y «lacayos», conociendo al forense?

—Él me conoce también, hombre. No te preocupes.

Armando Porta era uno de los empresarios más poderosos del país. En el lugar del rapto, aparecieron asesinados dos de sus guardaespaldas. Los cuerpos fueron encontrados por otros dos escoltas que esperaban en el coche.

En ese momento llega la policía Amaya Solís, a la que no le doy tiempo ni a saludar.

—Toribio, te me coges a Solís y te vas a echar un vistazo a las pasarelas de las que ha hablado Paz. Busca cámaras cercanas. Nos vemos en la brigada.

Toribio asiente, y se marcha a realizar su cometido.

—Esa marca que tiene en el esternón no parece de nacimiento —digo.

—Es una especie de círculo…incompleto —dice la subinspectora—. Si se confirma, tiene buena pinta.

Cuando la subinspectora Olga Saavedra recurre a las palabras «buena pinta», no habla de una tarta tres chocolates recién sacada de la nevera, o de un plato de pasta a la boloñesa servido en un buen restaurante italiano. Desde su más de metro ochenta y cinco, lo divisa todo, lo que sobra y lo que falta de una escena del crimen. Y ahora está concentrada apuntando cosas en una aplicación de su móvil que usa como cuaderno de notas.

—¿Una firma, subinspectora?

—Tiene bastantes papeletas, pero esperemos a que nos confirme el simpático forense.

Sonrío, y asiento por su ironía. Ella se agacha y, guiada por mi linterna, se fija en otro detalle. El finado tiene la boca cerrada; acerca su mano enguantada, y separa sus labios. Lo que ocurre a continuación es algo que no había visto en más de noventa cadáveres en mis espaldas. Una pompa de jabón sale de la boca de la víctima. Planea por encima de él y se posa en mi pierna. Yo nunca he vomitado, ni con mi primer fiambre, pero en esta ocasión me viene una arcada tan fuerte que regurgito un poco de bilis. Por suerte consigo controlarlo.

ANATÓMICO

Es curioso cómo las películas recrean, casi a la perfección, las salas de autopsias, con sus paredes blancas, sus mesas metálicas y sus instrumentos cortantes dignos de torturas medievales. Falta un solo detalle: el olor. Y es que de la pantalla no puede salir el aroma que inunda toda la estancia, tan característico como el de una consulta dental o como el de una piscina cubierta. No es que en el lugar donde el doctor Paz disecciona cuerpos sin vida huela igual que en la clínica donde se extraen muelas del juicio. A lo que me refiero es que es un olor tan característico que nunca se olvida. Aunque, por fortuna, esto no lo hacemos más que unos pocos desgraciados que nos ganamos la vida averiguando cosas sobre gente muerta. He estado en varias salas forenses, y en todas huele igual. Esa mezcla de formol y lejía que tarda en abandonar la pituitaria al menos media hora desde que sales por la puerta.

Se nos ha pedido la máxima discreción posible. Se nos ha exigido. Eso ya se presupone en cualquier investigación de asesinato. Mejor dicho: debería presuponerse.

Muchas veces no se cumple.

En ocasiones, hay algún policía que se va al bar con algún periodista, con quien incluso puede ir más allá del bar y, claro, con unas cervezas encima o envueltos en unas sábanas llenas de fluidos, es más fácil irse de la lengua. Los hay que cobran por un chivatazo. Yo no pretendo excusarlos, pero es que nuestro oficio no es que sea duro y esté mal pagado; es que si alguien hiciera el cálculo de las horas que echamos y de lo que ganamos a final de mes, el ratio euros/hora saldría tan ridículo que ríete tú de las *kelys* (con el debido respeto a estas mujeres, que en no pocas ocasiones han sido las primeras en encontrar el cadáver de turno en la habitación de hotel que les toca limpiar).

Siguiendo con el tema de filtraciones, también es fácil que algún funcionario de juzgados con ínfulas de protagonismo, o incluso con un sobrecito bajo el brazo, se vaya de la lengua.

¿Cómo sé todo esto? Es lo que suele llamarse *vox populi*. Y, además, lo viví en primera persona en mi segundo año en homicidios.

Y lo pagué.

Lo pagué demasiado caro, porque después de más de veinte años sigo en el mismo puesto en el que entré: inspector. Y no es que yo me considere un *Sherlock* de la vida, pero he resuelto más de un caso, y más de dos: concretamente ochenta y tres homicidios, violentos y no tan violentos. Tengo almacenados los nueve sin resolver en mi cajonera, dentro de la carpeta roja fosforescente más llamativa que encontré en la papelería. Cada vez que abro el cajón, es imposible no fijarse en ello.

Como suele decirse, de los errores se aprende, y desde que se me fue la lengua aquel día, el comisario me encarga siempre la supervisión de todo: tanto la custodia de las pruebas como las relaciones con la prensa y con la familia del finado. Si algo se filtra, el culpable es un servidor.

Por eso estamos en esta aséptica sala, al lado de ese orondo hombre. Parece que Porta se ha comido la caja fuerte con todos sus millones: la raja que el doctor Leo Paz le ha cosido después de examinar sus órganos sería como una cremallera de la que se podrían sacar fajos de billetes para repartirlos entre los más necesitados. O para pagar el entierro de sus dos escoltas.

—No hay marcas defensivas en ningún lado, ni arañazos, ni golpes, ni nada bajo las uñas. Tiene una marca del cañón del arma en la sien y las de la cinta adhesiva en boca, muñecas y tobillos. Varios traumatismos en nuca y zona de los oídos. Parece que lo golpearon fuerte, muy fuerte.

—Doctor Paz, ruego que me explique lo de la pompa —le pido.

—¿Qué pompa?

EL ESTÓMAGO

El forense me mira como el alumno mira a su profesor de inglés cuando explica el verbo to be por primera vez.

—Sí, inspector, la burbuja.

Al doctor se le ha olvidado. Sería algo normal si yo no le hubiera insistido, hasta por tres veces en un correo interno, que nunca había visto nada igual en toda mi carrera. Dejo a un lado mi molestia, y lo escucho.

—Pues la respuesta está en su estómago, inspector, en esa bolsa.

El forense coge una bolsa negra, como las de basura, en la que debe estar el estómago de la víctima, y la pone sobre una balanza.

—Doctor, no es que me vaya a asustar ahora con un muerto, pero la casquería no es necesaria.

Olga tose para cubrir un insulto despreciando mi hombría; a veces le gusta soltarme una pullita. Me he acostumbrado y ni la miro. No es la primera vez que veo los órganos de un cadáver, pero, por lo que ha dicho el médico, la burbuja que se posó sobre mis pantalones pudo originarse en ese estómago. Y no me apetece verlo.

—Le hicieron comer jabón. Y tragar mucha agua, muchísima. Cuando mi compañera la patóloga analice el contenido del estómago podré darles más datos sobre el tipo de jabón.

Olga se acerca al cadáver, tanto que parece que lo va a besar.

—¿Un sádico, inspector? —pregunta.

Miro al médico, como pidiendo que él sea el que responda. Parece entender mi súplica y habla.

—No sabría decir si es sadismo, subinspectora.

—Podría ser una forma curiosa de sadismo. Matarlo con algo inocuo como el jabón.

—Subinspectora: el jabón no es inocuo, solo que haría falta una cantidad mucho mayor de ingesta para provocarle daños irreparables en el sistema digestivo.

—¿Entonces la causa de la muerte es...? —pregunto y zanjo el tira y afloja entre ambos.

—Hiperhidratación.

—¿Le hicieron tragar agua?

—Tiene heridas en la boca y en el esófago, que pudieron ser provocadas por un tubo o algo similar que debieron de haberle metido.

Paz intenta cubrir el cuerpo, pero Olga lo detiene.

—El círculo, doctor —señala la marca en el cadáver.

El forense suspira.

—Se lo iba a poner todo en el informe, subinspectora.

—Leo, danos un poco de cuartelillo, que no somos nuevos.

El doctor mira a Olga, y da a entender que ella, por el escaso tiempo que lleva en Homicidios, sí lo es.

—No tengo ni idea de cómo se ha hecho esa marca. ¿Han averiguado si no es de nacimiento?

—Doctor, ¿usted cree de verdad que esto puede ser de nacimiento? —Olga, indignada, está a punto de rozar la piel del empresario asesinado. El círculo, sobre el esternón, no está completo, sino que tiene dos espacios vacíos en lo que en un círculo horario serían las dos y las ocho (o la una y las siete, según se mire). Es una marca oscura inclinada hacia el lado del corazón.

—Eso no es una quemadura ni, como usted comprenderá —dice con toda su mala baba—, está hecho con objetos punzantes. Se me ocurre que han podido usar una ventosa potente, pero no sé si duraría tanto tiempo. Aunque esto tendría que consultarlo con algún colega.

—Te lo ruego, Leo —digo.

Asiente sin convicción y, ahora sí, tapa el cadáver.

—Le mando a Toribio mañana a por el informe final, ¿cree que podría tener respuesta de ese colega suyo?

—Deme un par de días más; no hace falta que venga nadie. Se lo meto en el sistema.

—Gracias, Leonardo. Una última cosa, ¿las autopsias de los guardaespaldas las tienes ya?

—Sí, te mandaré también los informes. Uno murió por desangrarse por el desgarro que le causó la mordedura del perro, y el otro por un traumatismo craneoencefálico severo causado por objeto contundente.

—¿Una barra metálica? —pregunto.

—Es probable.

—Gracias de nuevo, Leo.

Olga me abre la puerta, y salimos al pasillo.

Llegamos al ascensor, y no dejo de mirarla en todo momento. Ella solo acierta a hablar una vez dentro, cuando mi mirada ya le ha molestado lo suficiente.

—No lo soporto —protesta.

—Ni él a ti, y eso no implica que debas tensar la cuerda. No nos conviene. Ni con él ni con nadie.

—Sí, pero es de los pocos a los que su machismo recalcitrante se le ve a la legua. Se le huele casi, a pesar de toda la lejía.

—Ya hemos tenido esta conversación antes, Olga.

Cuando la llamo por su nombre de pila, ella procura mostrarse afable, incluso suele sonreír. Pero no es una sonrisa real. Ya conoce mis intenciones: que se calme, que me revele los secretos de su prodigiosa capacidad deductiva, o que me traiga un bocadillo de lomo de la cantina del complejo policial.

—Sí, inspector, ya la hemos tenido.

—Pues vamos a tranquilizarnos, que esto acaba de empezar.

—Te vas a librar de contarme lo que ya sabes, y ya van muchas veces en estos seis meses.

—Todo tiene su momento, subinspectora, todo tiene su

momento.

EL AGUA

Apuntes, teorías y suposiciones no oficiales de Saavedra y Del Olmo sobre ~~la desaparición de~~ el asesinato de Armando Porta.

Armando Porta lloraba sentado sobre una silla oxidada. Las manos sujetas con cinta americana y los pies atados el uno al otro de la misma forma. La boca no podía ser menos y estaba tapada con el mismo pegajoso adhesivo destinado a fines más loables como embalar paquetes o sellar huecos de las persianas viejas para que no entre el viento. No sabía dónde estaba, pero se imaginó que en algún oscuro sótano, un zulo en el que la temperatura no pasaba de los diez grados.

Tiritaba.

Alrededor de su silla deambulaba su captor. Amenazante. La luz de una bombilla incandescente situada en una esquina de aquel agujero era escasa, y no se podía distinguir ni su cara ni su figura. La braga para el cuello, las gafas de sol y la sudadera con capucha no ayudaban tampoco. La misma sudadera con la que Armando y sus escoltas lo habían visto correr por la Casa de Campo casi todas las mañanas los dos últimos meses. Armando intentaba acordarse de su cara, pero no lo conseguía. Sí recordaba a Yoda, el perro que había acabado con la vida de José horas antes. Porta se maldijo por su falta de perspicacia, y culpó a José. Lo que más rabia le daba era no poder echarle la bronca.

La cinta americana de la boca se despegó de un tirón tan fuerte que le arrancó los pocos pelos de la barba que tenía. Siempre se afeitaba un día sí y un día no…y ese día no tocaba.

—Te pagaré el doble o el triple —suplicó—. Efectivo, Bitcoins, Ethereum…lo que quieras, por favor.

El de la capucha soltó un murmullo que Porta apenas pudo escuchar. Como no respondió, le pegó un bofetón, que con un guante de goma puesto duele aún más que a mano desnuda.

—Para, por favor, ¿qué quieres?

—Lo que tú ya sabes. Lo que no tienes en España.

El empresario abrió bien los ojos.

—¿Y tú cómo sabes…?

Porta no pudo completar la frase. Recibió otro bofetón seguido una serie de golpes. Después le puso un trozo de una pastilla de jabón en los labios. Con delicadeza, como si le estuviera dando una onza de chocolate a su abuelo el día de Navidad. Porta cerró la boca, pero el captor insistió.

Se quitó las gafas de sol, y lo miró como el padre que mira al niño que no se quiere terminar las lentejas. Armando entró en pánico. Ahora sí recordaba la cara de su asaltante, pero reconocerlo no era buen asunto, según él tenía entendido. Después de haberlo mirado a los ojos y de haber respirado para intentar calmarse, concedió que aquello era solo una pastilla de jabón y que le convenía colaborar; quizá podría ganar tiempo. Masticó con asco. Había tragado champú o gel en la ducha como cualquiera, pero le estaba metiendo una pastilla entera de jabón blanco, y encima del de pueblo, del gordo. Empezó a tener arcadas. El de la capucha se dio cuenta y, cuando el vómito subía por el esófago de Porta, le cerró la boca y la nariz con tanta fuerza que Armando se lo tragó. Casi se ahogó, pero todavía no era momento para eso.

El captor volvió a preguntarle.

—Está bien, está bien, para, para, por favor.

Armando confesó. Estaba a punto de desmayarse y consideró que no importaba lo que le dijera. Sería muy difícil que, aunque contara con toda la información, su secuestrador consiguiera su objetivo. Y él seguiría ganando tiempo.

El tipo volvió a taparle la boca, y lo dejó a solas. Al cabo de poco *más de media hora, se le escuchó tararear una conocida canción.*

—Es usted un privilegiado, Armando.

La mención de su nombre de pila le molestó demasiado. Solo lo llamaban así sus hijos.

Lo insultó, lo maldijo. Incluso intentó escupirlo, pero todo quedaba dentro de su cavidad bucal, sellada.

—No se enfade, hombre. Ya no falta nada.

El golpe en la boca del estómago le quitó el poco aire que tenía en los pulmones. Otro golpe con las dos manos abiertas en las orejas lo aturdió. Y el tercer golpe, en la nuca con una tabla, lo dejó casi inconsciente, y no le permitió reaccionar cuando le agarró la cabeza por el cogote, le quitó la cinta americana y le metió una manguera en la boca, que el asaltante sujetó con todas sus fuerzas para obligarlo a tragar.

El gran hombre tragó hasta que su cuerpo dijo basta. No pudo advertir que el agua que acababa con su vida estaba más limpia que la de los mares de la costa española.

EL COMISARIO

El comisario jefe de la UDEV central, Manuel Alamillos (metro ochenta, espaldas anchas, perilla inmaculada), preside la reunión. En su mano tiene el fatídico informe de la Policía Científica, que yo he tenido la desgracia de leer antes que él. «Desgracia» porque no han encontrado ni ADN, ni huellas ni fibras. Es decir: el caso se complica, y mucho.

Alamillos, más que un hombre de sesenta y dos años al que le falta menos de un trienio para jubilarse, parece un recién salido de la academia, no por su aspecto físico, que es loable —no tiene barriga, no fuma y conserva todo el pelo—, sino porque es más presumido que un quinceañero que acaba de desvirgarse. Va al barbero una vez cada quince días a que le recorte su perilla pasada de moda y la melena, envidia del personal masculino mayor de cuarenta años de la brigada (yo el primero, que perdí casi todas mis tejas poco después de haberme hecho policía). También le gusta llevar zapatos de marca y usa perfume de esos que cuestan más de cincuenta euros el bote. Cualquiera diría que rapiña billetes de las partidas que decomisan los *estupas*, pero resulta que su mujer trincó un dinerito en una herencia, y el comisario es la niña de sus ojos. Además, acumula más trienios en el cuerpo que pelos en el bigote y por ello no «escapa» mal a final de mes.

Nos reunimos en la sala, casi diáfana, de la Brigada de Delitos contra las Personas de la UDEV central, donde los subinspectores, oficiales y policías tienen sus escritorios y puestos de trabajo. Aquí también están las famosas pizarras de corcho o de otros materiales donde colgamos fotos y trazamos líneas con los sospechosos y con las víctimas. Hay muchísima luz natural y demasiada luz artificial para mi gusto. Parece una oficina de cualquier empresa grande, con unos escritorios de tonos claros, tres banderas a la entrada (la policial, la de España y la de Europa) y dos despachos independientes al fondo: el del inspector jefe y el mío. El comisario se dispone a hablar:

—Señoras, señores, señoritas, señoritos... —dice con lo que parece un ligero tono de sorna—. Tenemos ante nosotros el que quizá sea el caso más importante que ha pasado por aquí en los últimos años. Por eso hay tan poca gente en este despacho, que tan poco les gusta visitar.

Hace énfasis en las palabras «tan poca» y «tan poco». Esta incongruencia o gracia suya recalca el secretismo que va a envolver al caso. Han pasado menos de veinticuatro horas del levantamiento del cadáver, y no paran con la cantinela. A pesar de ello, sonrío y busco en Olga una complicidad que no encuentro.

—Han matado a Armando Porta; no hace falta que os lo presente: lista Forbes y todo eso...Y lo mejor de todo es que nadie puede saber que lo han matado de forma violenta.

Vuelve a marcar la ironía al decir: «...lo mejor de todo». Yo ya estoy avisado porque me he reunido con él una hora antes de esta puesta en escena tan de novela negra de las malas. Las órdenes de no filtrar ni un solo dato vienen de arriba.

—De muy arriba, de tan arriba que ya no se puede mirar más alto porque lo siguiente sería Dios —afirma Alamillos.

Olga me interroga con sus ojos, y yo muevo la cabeza de arriba abajo.

—Esto significa que no es que no puedan filtrarse detalles del caso. Eso ya se presupone en todo asesinato, ¿verdad? —Alamillos se dirige a mí—. Esto significa que la víctima no ha muerto asesinada, sino en extrañas circunstancias, y esta investigación solo es para aclarar dichas circunstancias.

El murmullo en la sala se eleva, y el comisario me mira pidiendo ayuda.

—A ver, hijos de mi vida —digo—. No es tan difícil; solo tenéis que hacer lo que casi siempre: no resolver un puto caso.

Escucho abucheos y alguna risa, pero al comisario no le ha hecho gracia, sobre todo porque esa afirmación es una falacia. Tenemos el índice de éxito más grande de las policías de Europa. También, para ser justos, hay que decir que nuestro número de asesinatos es inferior al de otros países.

—Venga, en serio. Aquí el comisario me ha hecho el honor de ponerme al frente de la madre de todos los casos.

—¿Morcillo va a seguir de baja? —pregunta Toribio.

El comisario asiente sin decir nada. César Morcillo es el inspector jefe de nuestra sección de homicidios, pero lleva seis meses de baja por depresión. Yo también me deprimiría si mi mujer muriera de un cáncer galopante de páncreas en menos de cuatro meses. No me llevo demasiado bien con él, pero no soy tan ogro como para obviar el sufrimiento de un compañero.

—Estamos los que estamos, para mi desgracia —digo de nuevo marcando también el tono humorístico—. No nos puede ayudar más gente. En los grupos quinto y sexto de la Provincial, están hasta arriba con el caso de las dos gemelas.

Los grupos de homicidios de la Jefatura de Policía de Madrid, con los que colaboramos en ocasiones, están tratando de resolver un caso de doble asesinato: dos niñas gemelas de diez años han sido asesinadas, y la prensa y las televisiones lo tienen todo el día en portada.

—No nos quieres nada, inspector —comenta una policía del grupo sin que yo pueda verla.

—Solís, no me seas chiquilla y da la cara. —La policía Amaya Solís se asoma por detrás de otro compañero y levanta las manos haciéndose la inocente.

—El comisario Alamillos me ha puesto al mando y, aquí, Saavedra es la segunda de a bordo. Si yo no estoy disponible, todos a ella. Y, si ninguno de los dos está disponible, el comisario se ha ofrecido cortésmente a ser el siguiente en la línea de comunicación.

—Del Olmo, corta el rollo —dice Alamillos—. Os conozco a los seis, y sé que el inspector confía en vosotros. Y yo también.

Le miro y le pido perdón —o le doy las gracias... no lo tengo claro— con un gesto de cabeza y prosigo.

—El comisario me ha asegurado que, si se filtra algo a la prensa, estamos todos suspendidos de empleo y sueldo de forma indefinida.

EMPLEO Y SUELDO

Después de otra tanda de carcajadas y abucheos, los compañeros se callan.

Mi gesto es serio, y el del comisario, más. A Olga le cuesta creérselo. En otros casos mediáticos, siempre se ha filtrado algo; es casi inevitable.

—Fuera bromas, si se filtra cualquier detalle, por pequeño que sea, y pillamos al que lo ha hecho... —dejo caer una suerte de puntos suspensivos al final de la frase para no repetir la amenaza—. Esto implica que «nos lo vamos a pasar bien», no podemos hablar con periodistas e intentar confundir al asesino o asesina con falsas filtraciones. No podemos hablar con informantes, ni con presos con delitos similares, ni con nuestras mujeres, novios, hijos, etcétera, etcétera, etcétera.

El silencio en la sala es total.

—Pero no os pongáis tan serios. Hay dos razones para estar contentos.

—¿Cuál es la primera, inspector?

—Que, si están aquí, es porque confío en ustedes, tanto que los dejaría pasar una noche con mi mujer en un hotel nudista.

Toribio ríe; a su lado el oficial de policía Sergio Insausti se tapa la boca, y baja la cabeza. A los demás no les ha hecho gracia o la situación no está para bromas absurdas.

—¿A mí también, inspector? —pregunta Amaya.

—A usted quizá no, señorita Solís.

Amaya y el subinspector Julio Pleite también se animan a

sonreír, lo cual es noticia, porque Pleite es un hombre bastante serio. Consigo romper un poco el hielo, aunque siento la mirada del comisario sobre mi nuca. Y también la de Olga.

—¿Y cuál es la segunda buena noticia? —pregunta Olga, que ni ríe ni le hace gracia el teatrillo por la forma en la que le palpita la sien.

—Que aquí el comisario nos ha proporcionado comunicación directa con su señoría, la jueza Torres, que instruye el caso.

Listín, que es el apodo que le ponemos a Luis, nuestro inspector experto en informática, levanta su mirada del portátil en el que siempre está tecleando. Se ganó el mote a conciencia: una mezcla entre listín telefónico y lo listo que es.

—¿Y eso qué quiere decir?, ¿que te vas a llevar a la jueza Torres a ese hotel nudista? —bromea Toribio.

—Muy bien hilado, Lucas —le concedo la gracia—. Eso quiere decir que va a mostrarse muy solícita en cuanto a escuchas telefónicas; si es necesario, ella misma meterá prisa a las compañías telefónicas para que nos pasen rapidito los datos de las antenas repetidoras; y también nos va a autorizar a pegar tantas patadas en puertas que se la pondrían dura al mismísimo Corcuera...

Olga tuerce el gesto; Toribio, que está a su lado le susurra la famosa y polémica Ley Corcuera en la que el exministro autorizaba a la policía de los años duros de la lucha antiterrorista a allanar casi cualquier casa. Olga lo aparta como diciendo que ya sabe de lo que hablo, y sigue sin hacerle gracia la situación.

—¿También podemos llamar a alguna amiga entre escucha y escucha? —pregunta Insausti.

—Si necesitas un desahogo, vente a mi despacho luego y te hago un apaño —bromeo.

—Ya te gustaría a ti, ya —responde.

—Y a ti, querido Sergio, y a ti —digo guiñándole un ojo.

Olga, por fin, hace una mueca de la que no sé interpretar si es de hartazgo o de humor, algo es algo; los demás silban, y hacen algún que otro comentario soez.

El comisario, con los brazos en jarra y con los mofletes más rojos que al inicio de la charla, pone fin al breve momento de asueto.

—Bueno, dejemos a un lado las gracias. ¿Está todo claro? —pregunta, y todos asienten—. Del Olmo les dará el resto de los pocos datos que tenemos hasta ahora. Lo dicho: silencio absoluto y comunicación total conmigo. Gracias, equipo.

Les pido a Toribio que vaya preparando la pizarra con lo que tenemos hasta ahora. La subinspectora Saavedra solicita una reunión conmigo nada más terminar.

—En media hora en mi despacho.

—¿Puede ser en cinco minutos?

Señalo al comisario.

Ella acepta a regañadientes. Tendrá que aceptar bastantes cosas nuevas en el que será su primer gran caso. O quizá sea el segundo. Porque la inspectora empezó a hacerse un nombre en la Brigada de Delitos contra las Personas en el mediático caso VERTE. Tan solo seis meses antes.

VERTE

Termino de hablar con el Comisario, y Olga viene a verme.

La subinspectora Saavedra es mi compañera desde hace poco más de seis meses. Seis meses de los que le sobran cinco para convertirse en famosa dentro de la sección central de Homicidios.

Esa fama se debe a que Olga se fijó en un detalle que nos ayudó a terminar de resolver el caso VERTE. Un oftalmólogo perturbado seccionaba diferentes partes de los ojos de sus víctimas con la ayuda de un colaborador: un óptico frustrado que tuvo la mala idea de llevarse una silla de exámenes de una de sus ópticas. Olga reparó en ese detalle: esa silla no era de un oftalmólogo, sino de un óptico. Ya teníamos al principal responsable, pero eso nos ayudó a dar con el cómplice, completar la investigación y cerrar el sumario para el juicio.

Con esto, la subinspectora se ganó el puesto en la Brigada. Ella ya venía con la buena fama que arrastraba una mujer que, en lugar de opositar a la escala ejecutiva, había ingresado en la básica y se había patrullado las calles de cuatro ciudades españolas antes de dar el salto a Homicidios.

Así se ganó el respeto de muchos en el cuerpo, y el caso VERTE solo fue el colofón.

Pero el mío se lo gana cada día que trabajo con ella, porque cada minuto que compartimos en el coche o en la brigada es un minuto que aprendo. Y creo que este aprendizaje es recíproco.

—¿O sea que suprimimos el derecho a la información de

las personas, pero coartamos las libertades de otras, no? —pregunta.

—Olga —digo—. ¿Quieres que hable con el comisario y te ponga en contacto con…?

—Sí, claro que quiero —me interrumpe.

La miro y hago una mueca.

—Te estoy vacilando.

—Lo sé, pero no estoy de acuerdo.

—Pues es lo que hay. Si quieres, lo tomas o, si no…

—Si no, ¿qué?

Me está retando. Se me pasa por la cabeza decirle que, si no lo toma, la puedo relevar del caso. Pero no quiero. La necesito como un bebé a su madre.

Hay dos formas de resolver un caso de asesinato en el que no hay evidencias físicas claras como una huella dactilar o una muestra de ADN: una difícil y otra casi imposible.

La forma difícil es lenta. Incluye revisar cientos de números de teléfonos que, gracias a las operadoras telefónicas, aparecen en las zonas del crimen. Visionar decenas de vídeos que las cámaras de seguridad municipales o de bancos o de gasolineras o de tiendas han registrado en los lugares y horas próximos al asesinato. También hay que hacer cientos de entrevistas a posibles testigos, vecinos, familiares, amigos. Es una tarea difícil porque exige muchísimo trabajo, muchas horas de oficina y de patearse las calles. Pero suele dar resultados a la larga porque siempre, o casi siempre, hay un implicado que afirma que no está en un punto determinado y hay una cámara o un móvil que dice lo contrario. También suele haber testigos que ven algo que no les cuadra, y eso supone una información valiosa. Y también hay pasos en falso de los culpables.

La forma casi imposible incluye hacer una criba de las personas que más posibilidades tienen de cometer el crimen, e ir a por todas. Pero, claro, esa criba necesita de unas casuísticas algo complejas. En este caso no tenemos la posibilidad de hablar con informantes, ni con amigos que tengo en la prensa, ni con un par de homicidas convictos que nos asesoran al más puro estilo Hannibal Lecter.

Por ello, y más que nunca, necesito a la subinspectora a mi lado. Olga Saavedra posee un talento deductivo que no tiene nadie en la unidad. El Director Adjunto Operativo de la Policía, con quien me entrevisté un mes después de resolver el caso VERTE, me pidió que la cuidara y que la tuviera siempre a mi lado. El director formuló mal la cuestión. Una persona que estudia criminología y psicología mientras patrulla las calles, que aprueba las dos carreras y asciende a subinspectora en nueve años, no necesita que la cuiden. Necesita que los que están a su alrededor se empapen de todo lo que ella aporta.

—Voy a necesitar mucha paciencia.

—Olga, eres demasiado inteligente para saber que este caso es lo que cualquier investigador sueña cuando decide hacerse policía, así que tú déjame a mí lidiar con los de arriba, y dame lo mejor de ti, ¿de acuerdo?

Ella resopla, y admite mi parte de verdad. La miro. Me sigue impresionando su altura (casi uno noventa) y que nunca haya practicado baloncesto o voleibol. Lo suyo es la escalada, como si no se conformase con mirar a casi todos por encima del hombro, sino que quisiera estar todavía más arriba. Quizá de ahí también le viene su afición al montañismo. Y como resultado tiene un cuerpo fuerte y proporcionado. Es una mujer que hace girar cuellos en la brigada, en el complejo policial más grande de España, y, estoy seguro, en cualquier discoteca que visite. Mirada color miel, labios que nunca necesitarán una inyección de colágeno y un pelo más corto de lo que algunas exigirían como canon de femineidad. A ella le da igual. Le gusta su estilo y se enorgullece de ello.

Yo me alegro de que me acompañe a hacer una de las tomas de declaración más difíciles que recuerdo.

LA VIUDA

La entrada principal de la casa de Armando Porta está llena de periodistas. Por ello nos dirigimos a una de las puertas traseras de la mansión a la que accedemos a través de una valla que nos abre un vigilante de seguridad de los que llevan pistola. Como los guardaespaldas de Porta.

Una vez dentro del recinto nos quedamos maravillados porque parece un pequeño trozo de bosque sacado de la misma sierra y puesto en una urbanización de las afueras de Madrid. Árboles enormes, un pequeño arroyo (no sé si artificial o natural) y una especie de museo al aire libre de estatuas de piedra que no tengo tiempo de curiosear. Salimos de nuestro asombro, y llegamos a una puerta donde una especie de mayordomo nos pide que esperemos.

A los cinco minutos, la señora Nuria Soriano, viuda de Armando Porta, abre la puerta y arruga el gesto como si fuéramos dos vendedores de enciclopedias. Nos guía hasta una sala que parece una biblioteca. Una estantería gigantesca al fondo, dos más pequeñas en los laterales y un par de escritorios así lo atestiguan. También tiene una barra de bar para aderezar las lecturas con algún escocés o espumoso de los que no bajan de trescientos euros la botella.

La viuda se sienta detrás de uno de los escritorios y suspira. Nos acercamos a ella, pese a que no nos ha invitado a hacerlo.

—Señora Soriano, no sé si me recordará del reconocimiento en el Anatómico forense —digo.

Ella solo asiente.

—En aquel momento no quisimos molestarla, pero ahora se nos hace necesario que conteste a una serie de preguntas.

—Claro, sí.

Apoya los codos en el escritorio, y posa la cabeza sobre sus manos. En dos días se ha echado dos décadas a las espaldas. Una mujer que no llega a los sesenta ahora parece una anciana decrépita: sus bolsas de ojeras casi rozan las comisuras de sus labios. Está despeinada y lleva puesto un chándal holgado que no deja apreciar las curvas que en su día encandilaron a uno de los empresarios más poderosos del país.

Olga se encarga de las primeras preguntas de rutina: «¿Dónde estaba a la hora del secuestro? ¿Dónde estaban sus hijos, sus empleados del hogar?», etc.

Ella contesta de forma mecánica, como el niño al que le repiten por enésima vez qué tal le ha ido el día en el colegio.

—Su hijo menor, Patricio, ¿verdad? —pregunto, y ella asiente—. Llegó anoche para el funeral, según nos han informado los compañeros que les tomaron declaración a sus hermanos. ¿Dónde estaba?

Nuria abandona por un momento su parsimonia, su mirada triste y ausente y mueve su cuerpo, incómoda, en su asiento.

—Pues la verdad es que no lo sé.

—¿No sabe dónde estaba su hijo, señora Soriano? —insiste Olga, de forma tan torpe que me dan ganas de darle un codazo.

—¿Usted sabe qué hacen sus hijos, mayores de edad, en todo momento?

El tono de Nuria Soriano se torna hostil.

—Disculpe, Nuria, es tan solo una pregunta retórica —Salgo al quite para intentar calmarla y Olga tose como forma de protesta.

—Supongo que también hablarán con él, así que pregúntenle.

—Sí, sus tres hijos están citados esta tarde en comisaría. Le preguntaremos —zanjo la trifulca—. Ahora necesito que nos facilite todos los teléfonos que estén a nombre de su marido y del suyo.

A pesar de que Torres nos va a autorizar a investigarlo todo en las compañías, quiero saber cuanto antes las líneas telefónicas que Porta tenía a su nombre, empresas o familia.

La mujer se queda pensativa.

—¿Van a pincharme el teléfono?

—Si le pincháramos el teléfono, no se lo diríamos —dice Olga con más tacto que antes.

—¿Entonces?

—Si nos lo facilita, no tendremos que solicitar a la jueza una autorización para pedirlo a las empresas de telefonía. Ya sabe cómo son los trámites burocráticos. Si nos hace el favor ganaremos tiempo para la investigación. —Levanto la curva de mis labios en un gesto de amabilidad que he aprendido con los años.

—Eso requiere un trabajo porque tenemos varias residencias y líneas. Yo les doy todos los teléfonos que conozco, y ustedes me mandan a una patrulla para quitarme a la prensa de la puerta.

Olga vuelve a toser, y yo, lo único que puedo hacer es ser amable.

—Claro que sí, señora Soriano —intervengo y le dedico a mi compañera una mirada que ella acepta y entiende a la primera —. Yo le mando a los compañeros en cuanto lleguemos a comisaría. No se preocupe.

—Hay otro asunto, y es acerca de las cuentas de su marido —interviene Olga.

—¿Qué pasa con las cuentas de mi marido?

—Que nos gustaría que nos diera acceso para poder investigarlas sin tener que pasar por trámites judiciales —contesto.

Nuria vuelve a torcer el gesto y me mira a mí, ignorando a Saavedra.

—Inspector, usted sabe bien quién es mi marido, ¿o no lo sabe?

—Señora Soriano... —No me amilano y hago una pausa que podría calificarse de dramática. La mujer habla en presente, como si estuviera en un estado de negación y por ello le toco la fibra sin dudarlo—. Mi deber es hacerle la petición si quiere que atrapemos cuanto antes a su asesino.

—Tiene que hablar con mi hija —concede—. Yo le doy la información acerca de los teléfonos, y usted me quita a esa gente de la puerta.

En ese momento, llamo a comisaría para solicitarlo; es mejor no esperar y que ella misma vea mi predisposición.

—También necesitamos que nos facilite una lista de su gente de más confianza.

Ella asiente, y se produce un breve silencio.

Olga lo rompe; le lanza otra batería de preguntas de archivo: si conocía a alguien que pudiera hacer daño a su marido, si tenía alguna deuda que no se supiera, o si conocía la existencia de alguna amante. Ella responde que su marido tiene muchos enemigos, pero ni una sola deuda, y en la última pregunta conseguimos sacarle una sonrisa, casi una carcajada.

EN EL COCHE

—Símbolos de su masculinidad perdida, dice... —comento.

—Tiene su lógica —responde la subinspectora.

Ya en el coche, Olga y yo debatimos el encuentro. La respuesta de la viuda a la pregunta de la amante nos deja desconcertados. Nos ha contado una historia sobre señores feudales que perdían su masculinidad y construían torres muy altas para «compensar». Por lo visto, Porta era impotente y no tomaba Viagra por consejo cardiológico. Y, dos años atrás, se había construido una capilla en forma de torre en una mansión que tenían en Galicia. La respuesta nos dejó tan desconcertados que nos costó retomar el interrogatorio. Lo dimos por finalizado con la pregunta sobre la marca en el pecho.

—Era obvio que esa marca no era de nacimiento —dice.

—¿Crees que Doña Estirada oculta algo? No es normal su actitud tan hostil —pregunto.

—Le han matado al marido hace menos de tres días; he sido un poco torpe con lo del hijo.

—¿Y lo de que Porta no tomaba Viagra por sus problemas de corazón?

—Ni me lo creo ni me lo dejo de creer. Nos va a mandar hasta los informes médicos. Es un hecho.

—Informes médicos de una clínica privada —marco bien

la palabra «privada»—, que él podría haber falseado pasando por caja, cosa fácil para esta gente, y así escaparse del lecho conyugal.

—No tiene sentido; es una nimiedad.

—Una amante tendría un buen móvil.

—Inspector Del Olmo, por la forma en la que liquidaron a los escoltas y al propio Porta, no parece el modus operandi de una mujer.

Callo. Ella es fuerte y hábil. Hay un ring de boxeo en el gimnasio del complejo policial, donde un día le dio un severo correctivo al subinspector Mayo, de la UDYCO, que presumía de haber llegado a subcampeón de Europa junior. Pero tiene razón en que las mujeres no suelen emplear esa violencia cuando les da por matar.

—En caso de amante despechada, siempre pudo encargarlo a alguien —digo.

—Pudo, pero vayamos a lo fácil, inspector. Bastante tenemos ya con no poder apenas movernos en este caso.

Nuria Soriano es sospechosa, casi la culpable: sospechosa de pedir que la investigación no trascienda a nadie de prensa. Toda una faena. Puede parecer una tontería, pero en las hemerotecas de los periódicos a veces se encuentran datos que ayudan a resolver casos. Y sobre todo en las cabezas de algunos buenos periodistas.

Y yo tengo un contacto de esos en el segundo diario de mayor tirada nacional.

LA PERIODISTA

Matilde Maturana tiene los mejores cuarenta y tantos años que yo haya presenciado en mi vida.

El estúpido apodo de *madurita sexi* se queda corto cuando la veo deslizarse con sus perennes tacones y con sus escotes de corsé (en sentido figurado). En la redacción de su periódico, despierta pulsiones de todo tipo entre sus compañeros, superiores, e incluso compañeras.

Mi mujer, cuando por fin la conoció en una entrega de premios al mérito policial, dijo que entendería si algún día le soy infiel con ella. Que lo entendería, pero que me tendría que ir de casa. No todos íbamos a ser como aquel portero del Real Madrid al que su mujer le permitía una infidelidad al año. «Querida, yo ya no estoy para esos trotes», dije. «Tu trote es suficiente para mí», aclaró. Me dio un beso en la mejilla y un apretón fuerte en el dedo meñique. Como la que marca territorio.

Olga y yo quedamos a comer con ella en una tasca de Malasaña, de las que nos gustan a los dos, con una pequeña terraza y con una carta rica en bocatas y raciones. Cuando llega la Maturana, tan abundante y apretada, prefiero sacarle algo de información antes que la ropa.

—¿Cómo estáis, maderos míos? Y el calor que hace para estar en marzo… no me fastidies —dice Matilde, abanicándose con las manos.

—Ya sabes, amiga: el cambio climático —respondo.

Da dos besos a Olga, después pone su mejilla derecha sobre mi mejilla izquierda, en ese amago de beso casto que lleva dándome años. Su perfume es ineludible: DKNY. Lo conozco porque le regalé un bote por su cumpleaños, hace tiempo, y le gustó tanto que lo usa desde entonces. Todo un privilegio.

—Matilde, esta es una reunión informal. Y supongo que sabrás su motivo —le explico.

—Del Olmo, me conoces de sobra.

—Bien, te ruego, entonces, que dejes de pedir información sobre Porta y que dejes de mandar a tus secuaces a la comisaría y a la casa de la viuda.

—No seas grosero; «secuaces» dices. Pero si ya no estoy en Sucesos.

—Quién tuvo retuvo, querida —digo—. Y no me creo que no te interese nada.

Ella sonríe.

—¿No vas a soltar prenda? —pregunta.

—Señorita Maturana, como dice Toribio: tengo el culo *pelao*. Y tú también. Y sabes que siempre has sido la primera a la que le paso la información que puedo pasar, e incluso la que no debería haberte pasado nunca.

Ella levanta las palmas de las manos hacia arriba, suspira y pone su mejor cara de niña buena.

—El pez es demasiado gordo, ¿verdad?

—¿No es obvio? —respondo.

—No deberíamos ni hablar contigo, Matilde —interviene Olga—, pero te queremos comentar una cosa:¿recuerdas el caso de La silla?

—¿¡Cómo olvidarlo!? Tu debut, por todo lo alto.

—Entrevistaste al oftalmólogo, ¿verdad? —pregunta Olga.

—Claro, aquí tu amigo ya lo sabe. ¿Qué quieres, Del Olmo?

—Necesitamos esa entrevista transcrita, Matilde —le pido.

Me mira asombrada, sin entender nada.

—¿Nos la puedes facilitar o no? —insiste la subinspectora.

—¿Y qué gano yo?

—Seguir siendo mi periodista favorita —respondo

sonriendo

—Y la única mía —añade Olga

Matilde sonríe.

—Veré qué puedo hacer. Me gané una buena por aquello.

El caso VERTE también se conoció como El Caso de la Silla. Se descubrió que, sobre la famosa silla donde se perpetraban los crímenes, los dos implicados del caso habían tenido relaciones sexuales. Rui Ortega —nombre del médico—, el asesino, ejecutaba; Salvador Valle, el óptico, azuzaba al oftalmólogo, y no solo con palabras.

No podemos entrevistarnos con Valle ni con Ortega, así que esa entrevista que Matilde hizo en su momento nos puede servir de mucho.

Olga, entre otras cosas, presume de ser especialista en perfiles criminales. Tiene cursos, másteres y si existiera, tendría una beca en Harvard sobre perfil criminal. Tanto que tengo miedo de que un día me la fichen de la UAC, la unidad de Análisis de la Conducta. Los *mindhunters* españoles. Estudiar crímenes violentos del pasado puede ayudar a resolver crímenes violentos del presente.

—Es muy importante, Matilde. —Olga le coge la mano, y se rebaja tanto ante ella que me da hasta grima.

En la brigada hay quien comenta que es lesbiana; otros compañeros afirman que no. Entre ellos, Insausti, que dice que la ha pillado fijándose en su paquete; yo prefiero no meterme en ese charco del que puedo salir embarrado. Porque Insausti es mucho Insausti, a pesar de que sea un poco cafre.

—Ay, cariño, si me lo pides con esos ojitos de mochuela en lugar de los que siempre tienes, tendré que hacerlo.

—¿Y cuáles son esos ojos que siempre tengo?

—Pregúntale aquí a tu amigo —responde Matilde señalándome.

Yo pongo cara de no entender de nada, y le agradezco a la Maturana su buena voluntad.

Según el resumen que Matilde nos hizo en su día, la entrevista recoge testimonios macabros de los crímenes. Con tanto detalle que harían vomitar a una cabra, como diría Rambo. Y su periódico dijo que para sensacionalismos ya existían otros medios, que aquello no tocaría ni la sección de contactos de sus publicaciones.

Después de comernos tres bocadillos de calamares, uno por cabeza, escoltamos a Matilde hasta su coche.

—Del Olmito, la semana que viene hay un ciclo de Orson Welles en la filmoteca. ¿Te apuntas?

—Si puedo, ya sabes que sí —acepto sonriendo.

Uno de los pequeños placeres que me regala la vida es mi afición por el cine, y, sobre todo, poder compartirlo con mi amiga.

—Aunque también podrías ir aquí con la subinspectora, que hacéis muy buena parejita —Matilde me toca un poco la moral y salto:

—No digas tonterías, Maturana.

—Ay, chico, no seas carca. «Lof is in di er».

—Anda, tira —sentencio.

Menos mal que Olga no parece darle importancia, porque no me gustaría que se pensara que yo he hablado con Matilde de ella y de ese posible «love» que acaba de mencionar. Por fin se mete en el coche y me quedo viendo su cara por el espejo retrovisor hasta que escapa de mi visión.

Me marcho de allí con Olga; ambos sabemos cuál es el siguiente paso en la investigación.

LA UDEF

Madrugo mucho. Es un día importante.

En cuanto llego a la brigada, accedo al sistema informático interno del CNP. Toribio me señala dos informes en la pantalla de mi ordenador. Uno es de las cámaras cercanas a las pasarelas; el otro lo han enviado los compañeros de la delincuencia económica: la UDEF.

El subinspector ha investigado y ha encontrado el lugar desde el que tiraron el cuerpo de Porta al Manzanares, una zona de trasvase fluvial con una pasarela a la que se puede acercar un coche y ponerlo prácticamente sobre el río. Con lo grande que era Porta, es casi seguro que se haya necesitado más de una persona para tirarlo. Toribio me señala una foto en la que aparece una barandilla dañada. Me informa de que es probable que alguien haya acercado un vehículo hasta esa barandilla y haya tirado, desde ahí, el cuerpo al agua.

También me informa de que no hay huellas de neumáticos, que están borradas.

—Así que quien lo hizo tiene conciencia forense. Genial.

—¿Y las cámaras de seguridad, Lucas?

—La más cercana es de una cámara de las vías del tren y solo muestra parte del camino de acceso al río. Se ven varios coches en las horas que dice el forense que pudieron tirar el cuerpo, pero no se distingue a ninguno.

Advierto que Olga está preocupada.

—Una cosa importante y que no sé si hemos

tenido en cuenta —apunto—: ¿alguien ha entrevistado a los guardaespaldas que encontraron los cuerpos de sus compañeros fallecidos en la Casa de Campo?

—Pues claro, Del Olmo, ¿por quién me tomas? —protesta Olga.

—¿Y cuándo? —pregunto.

Ella sonríe.

—Mira en tu correo electrónico, anda. Un fichero llamado «Escoltas».

Le hago caso y encuentro el fichero que dice mi compañera. Lo abro y es una toma de declaración que les hizo la sección de secuestros y extorsiones.

—No me des por saco, Olga. ¿Solo tenemos esto? A esos tíos hay que entrevistarlos.

—¿No confías en Ávila?

—Pues claro que confío; lo sabes de sobra. —Cecilio Ávila es un as de las entrevistas e interrogatorios; tanto que no paro de pedirle que se pase a nuestra sección y deje la suya. No me hace caso nunca, a pesar de todos mis intentos de ficharlo. Quizá porque hemos tenido alguna que otra tensión.

—Lee el informe, haz el favor —insiste Olga.

Obedezco como un buen alumno y, tras haberlo leído durante unos minutos, me resigno. Ávila deja bastante claros los datos sobre los escoltas que esperaban en el coche: «Más de seis años trabajando para Porta y fichados por recomendación de José "la Araña"». Ese dato, y la entrevista realizada por el propio Ávila, dejan cristalino que los dos tipos solo pueden ser culpables de negligencia en el desempeño de su trabajo. «Al señor Porta no le gustaba ir con más de dos escoltas en sus paseos matutinos, y siempre eran José y Juan».

—¿Y si investigáramos las vidas de estos dos? —pregunto.

—¿De los dos guardaespaldas muertos? —Se sorprende Olga.

—Puede que filtraran cierta información sobre Porta, y que alguien se aprovechara.

Olga sonríe, pero es una sonrisa que lleva dibujada la palabra «cinismo».

—Joder, Del Olmo, al final me voy a creer eso de que estás viejo. Mira, me he empapado el informe de Ávila, y eso también está contemplado y descartado.

Suspiro.

—Aunque es difícil que Ávila falle, esa línea de investigación no la vamos a descartar. Pónmela en la pizarra, Lucas, por favor, apartadita a la izquierda en la sección de «improbables» —me resigno—. Una cosa... ¿las cámaras de seguridad de la zona del rapto?

Olga suspira.

—¿No te cansas, Del Olmo? Dos helicópteros. Dos. ¿Tú te crees que con la cantidad de recursos que destinaron a buscarlo no se peinó todo?

—Jefe, por lo visto la cámara de una subestación eléctrica próxima a la zona del secuestro llevaba averiada más de un mes sin que nadie pusiera mucho empeño en arreglarla. Allí no hay ni cobre para robar.

—¿Y no puede ser que el que se llevó a Porta la manipulara conscientemente?

Olga y Toribio callan.

—Me pones esa línea de investigación en el panel y me llamas a la compañía eléctrica. Le haces una visita en cuanto te dejen y te llevas a alguien de inspecciones oculares. —Toribio asiente y se dispone a cumplir la tarea que le encargo. Abro el otro documento que me indica. Es un informe de la UDEF: se trata de una lista de personas relacionadas con Porta en negocios que no resultaron en un *win-win,* como se dice ahora. (Es decir, negocios en los que el que más ganaba era siempre Porta). Esto convierte a esas personas en sospechosas, que tendrían un móvil de peso para matarlo—. ¿Pero tú has filtrado esto, *hijodemivida?* —pregunto a Toribio.

—¿Yo? Los *udefos* lo han despiojado como una mona vieja a sus crías.

El comentario me arranca una sonrisa. *Udefo* es su particular forma de llamar a los integrantes de la Unidad de Delincuencia Económica y Fiscal.

El informe es importante.

INFORMES Y ESTRATEGIAS

Importante, y demasiado extenso.

Hay más de ciento cincuenta candidatos a asesinar a Porta. Empresarios, autónomos, empresarias… Encargo a Solís, Insausti y Pleite que se encarguen de hacer averiguaciones, entrevistas y llamadas de teléfono.

Decido que primero empezaremos por los que hay en el informe de la UDEF y seguiremos por los que nos ha facilitado la viuda.

Por su parte, *Listín* tiene una tarea importante: procesar todos los números en la zona de la desaparición del empresario, otra labor faraónica propia de la forma difícil de resolver un caso.

—¿Del perro se averiguó algo más? —pregunto a Solís antes de que se marche.

—Nada, jefe. Hemos llamado a todos los criaderos y protectoras de Madrid y ninguno sabe nada. Podemos ampliar la búsqueda al resto de España, pero…

—No tiene sentido —interrumpe Olga—; si alguno ha cometido la irregularidad de entregar un perro sin chip no lo van a decir. Y menos después de que el perro mate a una persona.

—¿Se comprobó que no se lo arrancaron? —digo.

—Comprobado: el animal estuvo sin chip toda la vida, según

los veterinarios —insiste Solís.

—Eso es que se pudo criar en el campo —dice Olga.

—¿Por qué? —pregunto.

—Porque un perro de ciudad pasa menos desapercibido —contesta Solís—; yo al mío lo llevo rigurosamente al veterinario.

—¿Ningún resto biológico sobre el animal?

—Nada, y mira que lo han analizado a fondo los de la Científica —indica de nuevo Olga.

—Joder, mira que hemos visto mierda aquí, jefe, pero usar a un pobre animal para matar...

La policía Solís, gran amante de los animales, tuerce la boca y tensa los puños. Eso le otorga un aire todavía más amenazante. Es una mujer fuerte, y no solo en el plano físico. Tiene el pelo corto, pelirrojo y una nariz más aguileña que lo que le gustaría (a veces comenta que se quiere operar). Yo opino que perdería parte de su encanto si comete esa atrocidad.

—Amaya, avisa a la unidad canina para que vengan en cuanto puedan. A ver si se digna su inspector jefe.

Ella asiente, y se marcha.

—¿Quién va a llevar la voz principal en el interrogatorio? —pregunta Olga.

—Es solo una entrevista.

Suelta un leve bufido. Ella quiere que metamos a los hijos en la sala de interrogatorios, pero yo no estoy de acuerdo. Ni yo, ni el comisario.

—Tenemos que llevar esto de la forma más inteligente posible. No nos conviene echarnos a la familia encima.

Olga abre la boca con la intención de protestar, pero nos interrumpe una llamada telefónica. Los hijos de la víctima han llegado y aguardan en el pasillo a que les tomemos declaración. Informo a Olga, quien impone sus condiciones.

—Media hora mínimo de espera.

—¿Por quién empezamos?

—Por la mayor.

—Entiendo que quieres dejar al viajero para el último.

Olga asiente. Es una convencida de que un interrogatorio bien hecho puede salvar horas de investigación, e incluso resolver el caso nada más empezar. Pero esto no es un interrogatorio al uso, y prefiero llevarlo yo con la máxima cautela.

—Insisto en que no debemos hacerlos sentir atacados. Ni una sola presión. Ni una insinuación de culpabilidad. Tan solo hechos, coartadas y que nos dejen investigar en las tripas de sus *aifons*, si es posible.

Olga se da por satisfecha y se pone a apuntar cosas en su móvil.

Yo le echo un nuevo vistazo al informe de la UDEF, y se me ocurre una idea. Aviso a todos los compañeros que dejen de trabajar y que se vengan a mi despacho.

LOS HIJOS

Georgina, Martín y Patricio.

No es que sean nombres muy comunes, pero tampoco de los más rebuscados. Georgina Porta Soriano, Martín Porta Soriano y Patricio Porta Soriano esperan sentados a que los entrevistemos. Lo haremos en la sala informal; informal porque es la sala en la que se lidia con los familiares y testigos, digamos, suaves. No es como la de las películas, con un gran ventanal desde el que se controla y se graba todo; esa la tenemos en otro lugar de la brigada. Esta es más bien como una salita de espera de un hospital. Más funcional si cabe, porque cuenta con un pequeño sofá, con un par de mesas, una máquina de *vending* y una cafetera. La tenemos adornada con pósteres: uno de *El resplandor*, otro del Gernika, uno de la Capilla Sixtina y otro de *Serpico*. Solemos usarla como sala de recreo y para estas tomas de declaraciones, en las que, si bien son oficiales, las personas no están acusadas de nada.

En un principio los íbamos a entrevistar a los tres juntos (una orden de arriba); pero, después de reunirme con el comisario, le pido que me conceda un poco de manga ancha. Lo único que me pide/exige Alamillos es que no grabemos con videocámara. Solo me deja llevar mi viejo MP3 para registrar el audio de la conversación y, a Olga, su móvil, en el que anota todo a una velocidad de tecleo que ni en el nivel diez del Tetris.

Los tres nos esperan en un pasillo y, cuando nos reunimos con ellos, Martín protesta por la tardanza. Al final, los hemos hecho esperar una hora y media.

—Lo lamento, señor Porta, pero había una serie de asuntos que mi compañera y yo debíamos aclarar antes de proceder a tomarles declaración.

—¿Qué asuntos? —pregunta él, altivo.

—Si me lo permite, se lo contaré todo cuando nos entrevistemos con usted.

—Georgina, ¿nos acompaña? —Olga sonríe, pero ni de lejos es correspondida por la *hederísima*.

Me despido de los dos hermanos diciéndoles que solo serán unos minutos más de espera.

Cuando entramos en la sala, le ofrecemos café, pero ella rehúsa.

—Me he tomado dos ahí fuera mientras ustedes atendían sus asuntos.

—Una vez más, le pido disculpas —Uso mi mejor sonrisa y Olga le explica el procedimiento.

—¿Nos permite que la tuteemos? —pregunta mi compañera.

Georgina es una mujer que ya no va a cumplir los cuarenta años. No es madre ni nunca lo será, según cuentan. Entrena en el gimnasio de su mansión todos los días, o al menos cinco por semana. Por lo que indican las revistas del corazón, es vegana o algo parecido. ¿El resultado?: ni una gota de grasa en su metro setenta de estatura. Por no hablar del cutis, tallado a base de cremas, porque es evidente que no ha pasado por quirófano para estirárselo. Una media melena morena con flequillo a lo Uma Thurman en *Pulp Fiction*, y unos oscuros ojos verdes completan su atractivo estilo.

—Por supuesto, inspectora —contesta con un ligero retintín, como si la pregunta sobrara.

—Subinspectora —Olga se permite la modestia en un claro intento de mostrarse simpática y yo le sigo el juego.

—Aquí la señorita Saavedra, que es demasiado humilde. Ya le digo yo que en menos de un año me tiene a mí al cargo.

—Disculpen que les interrumpa su diálogo de policías, pero no tengo ni tiempo ni ganas de conocer sus intimidades.

¿Podemos empezar? Mis hermanos y yo tenemos muchos asuntos que atender.

Le pido disculpas algo avergonzado, y le exponemos la siguiente parte de la toma de declaración.

—Soy la subinspectora Olga Saavedra, y debo informarte de que esta conversación será grabada en formato audio. Es una entrevista en relación con el homicidio de Armando Porta.

Georgina mira hacia arriba y se encuentra con el póster de la Capilla Sixtina. ¿Creerá en ese cielo al que, en teoría, habrá ido el alma de su padre? Asiente, y Olga le hace las primeras preguntas protocolarias acerca de su paradero durante las horas en las que, estimamos, han secuestrado y matado a Armando Porta. La subinspectora toma notas en su móvil.

—Señora Porta, hemos preguntado a su madre acerca de las cuentas de su marido y nos ha remitido a usted —digo—. ¿Tendría algún problema en facilitarnos todo lo que le requiramos?

La hija se queda con la boca abierta sin saber qué decir.

LA HIJA

Después de unos segundos de duda, la mujer se decide a hablar.

—Inspector, me está pidiendo algo muy complejo...— comenta nerviosa—. Mi padre tiene muchas empresas con muchas cuentas bancarias. Eso requeriría una auditoría gigantesca, y no creo que sea relevante para el caso. Sinceramente.

Olga y yo nos miramos. Puede que tenga razón, pero también es posible que trate de ocultar algo en todo el entramado financiero de los Porta.

—¿Podría decirme al menos si conoce la existencia de alguna cuenta... de algún dinero —me cuesta pronunciarlo— ... opaco?

Ella se incorpora en el asiento, arruga la boca y abre bien los ojos. Se le nota la ofensa en la mirada.

—Hasta donde yo sé, no. Si quieren tirar por ahí, deberían quizá hacernos una investigación económica exhaustiva, que, ya le digo yo, no serviría para aclarar nada de la muerte de mi padre.

—Entiendo. —Saco el informe de la UDEF de una carpeta marrón y se lo enseño—. ¿Podría decirme si conoce a estas personas?

Georgina mira el folio, y abre, aún más, los ojos.

—Sí, claro que las conozco, al menos, a varios.

—Son personas que han tenido algún tipo de relación

comercial con su padre y que debemos descartar.

El término «relación comercial» es un eufemismo para expresar que han tenido negocios que no llegaron a buen puerto con Porta. De la lista de más de cien personas que nos ha pasado la UDEF, hemos conseguido dejarla en treinta y tres. Los descartes se han basado en lugar del domicilio, edad y tiempo del final de las relaciones comerciales. De las que nos hemos quedado vamos a solicitar a la jueza el rastreo de las posiciones de sus móviles, pero antes quiero tantear a Georgina.

—¿Y? —pregunta.

—Necesito que lea los nombres con calma y me diga si alguna de esas personas podría tener serios motivos para atacar a su padre.

La empresaria resopla; parece que no le gusta la situación en la que la estamos poniendo.

—Esto me llevaría un tiempo, no sé… tengo que mirar mi ordenador, hacer algunas llamadas…

—No tenemos prisa. Céntrese en los trece que hemos marcado en negrita primero y luego siga con el resto.

—¿No podría marcharme para hacerlo en casa y que pasen ya mis hermanos? Necesito tiempo. A Martín le va a dar algo, y Patricio no se encuentra muy bien.

Olga y yo nos dedicamos una de esas miradas en las que parece que nos comunicamos por telepatía. La propia Georgina ha pedido lo que estábamos deseando. Ha visto algo en la lista que le llama la atención, y estamos seguros de que hará sus comprobaciones.

—Preferimos que lo haga aquí; podemos facilitarle un ordenador portátil con conexión a internet, si lo desea —interviene Olga.

—No será necesario; tengo la tablet en el bolso. Está bien, me quedo e intento ayudarlos mientras hablan con Patricio y con Martín.

Asentimos y la invitamos a salir de nuevo al pasillo. Olga la acompaña, pero, en vez de llevarla con sus hermanos, quiere conducirla al mejor lugar para observarla. La idea es ponerla a comprobar dicha lista debajo de una *hermosa* cámara de seguridad.

EL HIJO PEQUEÑO

Cuando Georgina sale, Martín quiere que entren juntos. Lo impedimos porque queremos a Patricio solito para nosotros. Protesta, mucho, pero tiene que conformarse. Insausti usa su presencia física para intimidarlo.

El menor de los Porta medirá alrededor del metro ochenta, pero no pesará más de setenta kilos. No debe comer ni dormir muy bien por el aspecto de sus ojeras. Lleva el pelo revuelto y, a pesar de vestir de Armani, no aparenta demasiado buen gusto para elegir sus prendas. Aunque a lo mejor es por el cansancio.

Es el más pequeño de los tres y el que podría considerarse como la oveja descarriada. Nunca le interesaron los negocios de la familia más que para poner la mano al estilo egipcio y llevarse su dinero fresco. La madre siempre ha asegurado que tiene sus inversiones y que no es ninguna oveja negra. ¿Qué va a decir una madre de su hijo? Al menos en público.

—Lamento su pérdida —le digo—. La primera pregunta que tengo que hacerle es si puedo tutearlo, Patricio.

Él asiente y trata de encontrar un lugar donde posar su mirada que no sean sus propios zapatos. Los pósteres de la sala tienen una doble intención: aparte de la decorativa, está la de comprobar en cuáles se fijan más las personas que entrevistamos. Es idea mía. Los gustos de las personas suelen decir cosas de su personalidad. Cuando Olga llegó a nuestra sección, dio su visto bueno, y eso ya me bastaba para sentirme bien por la decisión.

Si Georgina se fija en el póster de la Capilla Sixtina, Patricio se fija mucho en el Gernika y en el cartel de *El resplandor*. Olga se da cuenta, y lo anota. La subinspectora le expone lo mismo que a sus dos hermanos acerca de la toma de declaración y le pregunta si da su visto bueno:

—¿Estás de acuerdo?

Él tarda en responder.

—¿Patricio?

—Sí, disculpen, estoy un poco... —Hace un gesto con su mano indicando un más que probable dolor de cabeza.

—Repito la pregunta que te ha hecho mi compañera: ¿estás de acuerdo en que grabemos esta entrevista en formato audio?

—Sí, sin problema —responde por fin mientras se centra en el Gernika.

—La primera pregunta de verdad que tengo que hacerte es dónde has estado estos días de viaje. Tu madre no ha sabido decírnoslo.

—¿Es totalmente necesario que responda?

—Podríamos averiguarlo preguntando a las compañías aéreas, pero nos llevaría más trabajo y no dice cosas buenas de ti que trates de ocultar información a la policía. Información que necesitamos para esclarecer la muerte de tu padre.

—¿La muerte?, dirá asesinato —El tono de Patricio demuestra su nerviosismo. Ha pasado a tomar una postura a la defensiva, y esto ya es un indicio a tener en cuenta.

—No queremos ser bruscos, y las palabras, a veces, pueden serlo —me excuso.

Olga toma la iniciativa. La subinspectora Saavedra es de esas personas que te intimida cuando te mira; si es necesario, se pondrá de pie para que su casi metro noventa obligue al interrogado a doblar el cuello hacia arriba y notar que está en posición de inferioridad.

—Patricio, no estás acusado de nada; eso va por delante. Si tienes alguna duda, puedes llamar a tu abogado e incluso hacerlo venir. Esperaremos a que llegue. Pero nadie quiere eso en esta sala. Insisto en que no estás aquí en condición de investigado.

La palabra «abogado» parece retumbar en la cabeza del pequeño de los Porta. Se ha llevado las manos a la cara y, cuando las quita, su mirada se pierde. Los ojos de Patricio viajan desde el Gernika hasta *El resplandor*.

—He estado en… —duda—… Mykonos, en Grecia.

Olga tarda en apuntarlo en su móvil el mismo tiempo que Patricio tarda en avergonzarse.

—¿Puede ser más concreto, Patricio?

Él se remueve en su silla.

—Bueno, he estado en lugares… que, a un padre conservador, arcaico y convencido de lo que llaman la familia tradicional, no le gustarían demasiado.

Qué manía con sentir vergüenza por ser homosexual… con lo feliz que pueden ser las personas amando a quienes quieran.

—Entiendo —dice ella—. No te preocupes. Esta información no va a trascender. Pero sí necesitamos saber si fuiste con alguien que pueda corroborarlo.

Patricio mueve las piernas hacia arriba y hacia abajo, se frota las manos y sus ojos se mueven de un lado a otro.

—Yo no tengo nada que ver con la muerte de mi padre; se lo juro.

—Nadie ha dicho eso, Patricio; solo estamos hablando —contesta Olga.

Está muy incómodo, no solo en el plano psicológico, sino físico. La silla es fría y dura a propósito, y él no para de moverse. Las casi dos horas de espera parecen dar sus frutos: el joven está medio quebrado.

—Como les he dicho, mi padre era un tío muy antiguo aunque, bueno, ustedes eso ya lo sabrán. Se enteró, se enteró hace un par de semanas. Y, después de escuchar sus barbaridades, compré un billete para Mykonos con su propio dinero. Con su propia tarjeta. Y me gasté su dinero. Y me lo pasé como en mi vida. Pero les juro que yo no…

Patricio se echa a llorar, y paro de grabar. Lo dejamos que se desahogue. Esto es inesperado; nada nos hacía tener una duda razonable sobre él a pesar de ese viaje sin planificar. Olga me manda un mensaje al móvil.

«Dale caña, que no se nos escape; si no, lo haré yo».

Me toco la cabeza, estiro de mi chaqueta hacia abajo, y tomo aire. Es un pequeño ritual antes de empezar una conversación importante.

—Patricio, si hay alguien que corrobore tu viaje a Mykonos, o si nos facilitas el acceso a tu móvil ahora mismo para verificar que estuviste allí y para ver tus llamadas, no tendrás por qué preocuparte.

Patricio llora con más fuerza; parece que se va a ahogar. Le pedimos calma, le ofrecemos un vaso de agua. Repite en voz baja que él no es el culpable de nada, que la culpa la tiene su padre por «ser tan machista, tan homófobo y tan hijo de puta».

Olga, por sus miradas y por su lenguaje no verbal, se impacienta, y hace que yo me impaciente. Le doy de nuevo a grabar.

—Patricio, si no me das algo, voy a tener que...

—Solo era un susto. Solo quería darle un susto.

EL 4X4

El lugar es lúgubre.

La primavera acaba de despuntar y el ambiente tiene un tono otoñal, como si las estaciones compitieran por el favor del cielo. Todavía no ha amanecido del todo. La luz escasea. La temperatura rondará los diez grados, demasiados para la época en la que estamos. Si no fuera porque en el suelo no hay hojas caídas, podría tratarse de octubre en lugar de finales de marzo.

La finca no es demasiado grande, y solo hay una destartalada casa en el centro. No hay perros, o al menos no se escuchan ladridos. No sale humo de la chimenea; pero sí hay huellas de neumáticos recientes en el acceso. Olga cree que hay algo que está mal. Sus movimientos de labios, de un lado a otro de sus mejillas, así lo demuestran. Vamos a detener a un sospechoso cuyo nombre nos ha facilitado el menor de los hermanos.

Patricio Porta se ha derrumbado en la toma de declaración. En mis más de veinte años de carrera sitúo su derrumbe en el top cinco de los más fáciles de conseguir. La discusión con su padre y el viaje a Mykonos derrotaron al menor de los hermanos Porta (eso fue lo que él dijo). Georgina y Martín no se podían creer que su Patricio, que había entrado solo a declarar ante la policía, saliera esposado de la salita de entrevistas. Y no eran las esposas lo que más le pesaba a Patricio, sino la culpa, que se le adosaba al pecho como un lastre de inmersión submarina.

Georgina intentó evitar que nos lo lleváramos arrestado; nos señaló en la lista dos nombres sobre los que albergaba serias sospechas.

—Pero no puede ser —decía—. Tienen que investigar a estas personas. Especialmente a esta.

Georgina nos señaló en el papel un nombre que no pude distinguir en ese momento. Martín estaba fuera de sus cabales; su actitud se había tornado demasiado violenta, por lo que varios compañeros llegaron para intentar calmar los ánimos. El mediano de los Porta tenía sus iracundos ojos posados sobre mí, tanto que sentía sus ganas de golpearme. Le dije a Georgina que nos encargaríamos de investigar esa línea, que nos parecía muy interesante, pero que en ese momento debíamos ocuparnos de su hermano. Le pedí a Solís que se encargara, y ella trató de calmarla.

Patricio nos contó todo sobre la discusión con su padre, un padre conservador y ultracatólico al que le fue difícil de asimilar que uno de sus vástagos fuera homosexual. No se conformó con dilapidar ingentes cantidades de la fortuna de Porta durante su semana en Mykonos, sino que, antes de irse, le dejó un encarguito a «un amigo de un amigo».

Paulo Martens, portugués, treinta y tantos años, sobrevive con una empresa de excursiones en 4x4, y también gracias a un poco de contrabando entre España y Portugal. Tiene antecedentes por eso, y lo tenemos fichado. Acepta cualquier tipo de encargos, sobre todo si están bien pagados.

La idea era —como insistió Patricio decenas de veces— en darle un susto. Sabían que los escoltas no dejarían acercarse a nadie sospechoso a menos de un metro. Así, el susto consistía en embestir su berlina blindada hasta echarlo fuera de la carretera.

«Le pagué dos coches porque me dijo que con uno podría no ser suficiente. Cincuenta mil euros; por supuesto, también eran de mi padre».

Resulta paradójico que el sicario que intente matarte lo haga sufragado con tu propio dinero. Si el señor Porta levantara la cabeza y se enterara de los planes de su hijo pequeño, la volvería a dejar caer del disgusto.

Por ello, y en acuerdo con el comisario Alamillos, organizo un dispositivo para asaltar la vivienda y negocio del tal Martens, que resultan estar en el mismo sitio. Olga y yo aguardamos en la retaguardia. Dentro del coche. Yo ya no estoy para estos trotes, como le dije a mi mujer acerca de las infidelidades. Algo que repetí a Olga las primeras veces que teníamos que montar un operativo y nos quedábamos en la retaguardia. También me lo repito a mí mismo delante del espejo.

El Grupo de Operaciones Especiales accede a la finca, y nosotros esperamos, tensos, el resultado de la incursión.

GOE

Para nuestra sorpresa, el GOE no encuentra oposición. Esperamos perros adiestrados para el ataque, quizá escopetas o, incluso, un todoterreno a toda máquina embistiendo al que pille.

—¡Despejado! —grita un agente especial.

Olga y yo nos dirigimos al lugar para husmear. Lucas y Amaya entran antes y nos confirman el fracaso de la operación.

—Lo único que hay aquí son ropas de cama viejas y cacharros en la cocina.

—Y un poco de porno. —Lucas agita unas revistas en el aire

—Por favor, ¿quién usa revistas porno en el siglo XXI? —protesta Amaya

—Un romántico —replica Toribio hojeando las revistas.

Reprimo mi risa por el sarcástico comentario del subinspector. Doy una vuelta por los alrededores con Saavedra. Hay un rudimentario techado donde se supone que aparcan los todoterrenos con los que Martens hace funcionar su negocio. Un equipo de inspecciones oculares lo peina todo.

—El tal Martens cogió el dinero, y voló —dice Olga—. El disgusto que se va a llevar el pobre Patricio...

—¿Y eso? —replico.

—Cuando se entere de que puede ir a la cárcel siendo inocente.

—¿Por qué inocente? El tipo ha huido. Parece más que culpable.

—Inspector, no se haga el tonto.

Olga no me mira. La compenetración, a veces, es tal que le molesta que le formule preguntas que ya sé.

—Pero quiero que me lo digas con tus palabritas para que se lo traslade a Alamillos. Si las malas noticias vienen de ti siempre lo asume mejor.

Esta vez sí me mira y resopla con aire indignado.

—¿Tú ves restos de que aquí haya vivido un perro? Comedero, cadenas, caseta...

—Se lo pueden haber llevado.

—No huele a perro en la casa.

—Pueden ser muy limpios.

—No me jodas, Del Olmo.

—Subinspectora, ya le digo que necesito algo convincente para el comisario. Hemos metido en el calabozo al hijo de Porta. No podemos decirle que ha sido un error menos de doce horas después.

—Pero es que no es un error nuestro. Es de él...

—Lo que sea; la viuda de Porta va a llamar a Dios y se la va a montar al director general y el director general se la va a montar al comisario jefe y el comisario jefe se la va a montar al nuestro... Voy a avisar a los de la Científica para que hagan una inspección ocular en condiciones antes de dar por hecho que aquí no había perro ni...

Olga se aleja mientras teclea algo en el móvil y me deja con la palabra en la boca. No tarda demasiado. Vuelve, y me enseña su pantalla. Veo una foto de la empresa de Martens. Desliza el dedo y veo otra. Y otra más.

—¿Qué pasa?

—Ni un perro en sus redes sociales. Es imposible que este tío haya usado un perro para atacar a los escoltas de Porta. Patricio lo contrató para darle el susto con el 4x4, y Martens fue el que se asustó. Pilló buena pasta, suficiente para tirar una temporadita y largarse a Portugal.

—Necesito algo más, no suposiciones tuyas, que, por muy buenas que sean, no me bastan con el comisario. Como te digo, voy a avisar a criminalística; espero que no hayamos contaminado mucho la escena.

—Que sí, llama a los científicos —responde seca—. He mandado un mensaje a *Listín* para que rastree las posiciones de los números conocidos de Martens. Habla con la jueza para que lo autorice, por favor. Cuando tengamos los datos, se los restriegas a Alamillos por su perilla.

Consigue sacarme una sonrisa.

—Cuando lo localicemos, mandamos a alguna patrulla a seguirlo para interrogarlo. Te apuesto lo que quieras a que el tipo nos enseña el fajo de billetes con los cuarenta mil que le dio Patricio y se pone a llorar pidiendo perdón.

—¿Por qué dices cuarenta mil? Patricio dijo cincuenta.

—Porque se habrá pulido una parte para intentar tapar su huida. Matrículas falsas, deudas aquí…

Sonrío. Todo parece fácil a su lado. Lo malo es que al comisario no le va a hacer ninguna gracia. Y no sé qué va a pasar con el menor de los Porta Soriano.

—¿Y Patricio?

—No tenemos nada, a no ser que…

La miro. Sé de sobra cuándo su cerebrito está maquinando.

—Termina, mujer, que pareces una novela mala cuando te quedas así.

—Eres muy quisquilloso, Del Olmo.

—No, solo que estoy jodido porque no sé para dónde tirar. Todo esto lo podías haber dicho anoche.

—¿Hubiera servido de algo?

Me quedo callado unos segundos.

—Vale, seguramente debimos meditar más la incursión. Pero me da rabia que ahora te quedes ahí en plan Sherlock esperando a que alguien te haga un primer plano.

—Madre mía, ¡cómo nos hemos levantado hoy!

—¿Lo sueltas o no?

—La marca.

—¿Qué marca?

—El círculo del pecho. ¿Cuál va a ser?

—La firma.

Ella asiente.

—Solo nos queda esperar, entonces, ¿verdad, subinspectora?

Pero la subinspectora se ha alejado un poco y patea los rastrojos que hay en el suelo mientras camina con la cabeza gacha.

Odio y amo por igual el talento de mi compañera.

Lo amo porque nos ayuda a resolver casos.

Lo odio porque sé lo que nos espera si no se equivoca.

Y no suele hacerlo.

EL ENFADO DE ALAMILLOS

El comisario se caga en todo lo cagable. El equipo de inspecciones oculares de la Científica no ha encontrado rastros de perro, ni indicios de que en la morada de Martens haya estado alguna vez Armando Porta ni, mucho menos, de que se haya cometido un acto violento.

—Ya me están poniendo en libertad a Patricio Porta —ordena, y mira a Insausti, el oficial del grupo que suele encargarse de estos marrones, para que proceda. De buen gusto me lo endilgaría a mí, pero no puede permitirse que mi equipo me vea realizando una tarea menor para lo que corresponde a mi rango. Eso le desmontaría todo su castillo de naipes sobre la jerarquía que debe imperar en nuestra brigada. A mí no me importaría hacerlo, y pedir disculpas, y bajarme los pantalones delante de Martín Porta, o incluso de Patricio Porta.

Insausti abandona el despacho presto a comerse el marrón y los demás nos quedamos esperando el resto de la reprimenda.

—¿Han mandado ya a alguien a Portugal? —pregunta el comisario.

—*Listín* está intentando triangular la posición de su número de teléfono —responde Olga—. De momento, confirma que el día de la desaparición de Porta y el día en el que apareció el cadáver, el móvil de Martens no estuvo por la zona.

—¿Y no podían haber hecho eso primero, subinspectora?

Alamillos está tan molesto que se ha atrevido a levantar la voz a Olga que se traba con sus palabras/excusas.

—Comisario, sí, pero... —Alamillos no deja de clavar sus ojos en ella—... teníamos una declaración del hijo de la víctima, una declaración de culpabilidad.

—Señor comisario, asumo toda la culpa del asalto —intervengo antes de que Alamillos le conteste como se merece—. Dejamos a Porta en el calabozo y tardamos un tiempo en organizar el asalto; tuve que averiguar la ubicación de Martens porque Patricio Porta no fue claro en sus indicaciones. Pedí autorización a Torres para que *Listín* se quedara trabajando en lo de sus teléfonos. Averiguar las posiciones del móvil lleva su tiempo. Aunque la jueza nos lo autorice en el acto, las telefónicas tardan en facilitar los datos. Me comenta Luis que le llegaron esta misma mañana.

—Saavedra y Del Olmo, no me traten como si fuera un novato al que hay que explicarle los procedimientos policiales. Mi queja, y deberían saberlo, se refiere a meter en el calabozo al hijo de la viuda.

El comisario está más preocupado por cubrir su culo, ante esas deidades que nos indicó el primer día, que de la investigación.

—Disculpe de nuevo, pero montamos el operativo con la esperanza de que Martens aún estuviera aquí. Urgía.

—Inspector, le digo que no me vuelva a tratar como tonto. El tal Martens, de haber tenido algo que ver realmente, se hubiera largado en cuanto tirara el cadáver al río. No me joda, inspector, no me joda.

Me quedo callado. Olga también.

Toribio sale al quite:

—Comisario, el inspector nos pasó a Solís y a mí unos posibles sospechosos que identificó Georgina Porta. Los hemos estado investigando; habría que hacerles una visita o llamarlos para que vengan.

Se acerca a la mesa del comisario, le entrega el informe, viene hacia mí y me mira con compasión; me entrega el mismo documento.

—¿Esto qué es, subinspector Toribio? —pregunta el comisario.

LOS PRIMEROS ATENTADOS

Toribio, intimidado por la vehemencia del comisario, tarda unos segundos en responder.

—Pedimos a Delitos Económicos de la UDEF si tenían algo contra Porta.

Alamillos lee entre bisbiseos el informe, y Toribio lo expone para todos

—Familia Ortiz-Melgar. Conflicto contra Armando Porta ocho años atrás. Testigos afirman que se presentaron en la torre del empresario en la Castellana con una excavadora exigiendo el pago de unas deudas. Los escoltas de Porta les dieron una buena tunda. No consta ninguna denuncia; solo el testimonio de un par de vigilantes.

—¿Y por qué no denunciaron? —comenta Olga.

—He preguntado a un colega de la UDEF y me ha dicho, extraoficialmente, que sospecha que esa deuda formaba parte de una trama de blanqueo. Es decir, se puso como gasto algún tipo de acuerdo con la empresa de los Ortiz-Melgar, no lo pagó, y se lo quedó calentito.

Al comisario Alamillos se le tensa el gesto, no sé si porque Toribio se haya atrevido a preguntar a los de la UDEF o por la expresión.

—Subinspector... —le digo como el que riñe a un niño pequeño.

—Pues eso, que se quedó el dinero y justificó que lo había pagado. No está confirmado porque los Ortiz-Melgar tampoco denunciaron y, cuando Delitos Económicos les fue a preguntar, negaron la mayor. Y no se preocupe, señor Comisario, las personas con las que estamos hablando en la UDEF no van a soltar prenda, pero eso ya lo sabe usted.

El comisario le echa un vistazo por encima de las gafas de cerca como perdonándole la vida. Se mesa la perilla. No le gusta lo que lee, y menos lo que oye.

—Me preocupa más el siguiente sospechoso, señor comisario —digo.

—Sebastián Sucho...

—Sebastián Suchowolski —lo ayudo con el apellido porque se las trae—. Español, aunque parece un delantero polaco del Rayo Vallecano. —Miro a Toribio que sonríe.

El comisario abre bien los ojos cuando llega a la parte más llamativa del documento.

—Intento de asesinato con arma de fabricación antigua.

—Esto no figura en el informe de la UDEF; he mirado la ficha del tipo en penales y ha salido toda la historia. Por lo visto, era un rifle de la Segunda Guerra mundial —dice Toribio.

El *Sucho*, como lo apoda el subinspector, tenía una colección de armas nazis con más de setenta años de antigüedad, propiedad de su abuelo y de su padre.

—¿Por qué usaría un arma tan antigua que a saber si funciona o no? —pregunta el comisario.

—Porque un arma moderna deja rastro. Parece que este rifle no lo tenían declarado, que lo traería su familia cuando se instalaron en España allá en los sesenta —incide Olga.

La subinspectora, que también lee el informe, no puede reprimirse. Es bastante obvio, pero el comisario, desde su posición en el altar de la policía, ha olvidado algunas cosas de sus años de calle. Por ello quizá no replica.

—También tenemos los datos de su teléfono móvil: no se movió de casa en las horas del rapto y asesinato de Porta —digo.

—A ver, señores y señoras. No me basen toda la investigación en esta gallina de los huevos de oro que les he regalado; vayan a hablar con este tipo.

Ahora soy yo quien no me puedo reprimir:

—Con el debido respeto, comisario Alamillos, ¿comprende ahora los motivos para salir disparados a la guarida de Martens y meter a Patricio Porta en el calabozo?

LOS PRIMEROS INVESTIGADOS

—**V**aya huevos tienes, inspector —dice Toribio.

—Bah, no son tan grandes. ¿No te acuerdas del día que…?

—No me des por culo, Del Olmo.

—Ya me gustaría, ya —contesto.

El subinspector me llama *pesao* y Amaya sonríe. Olga hace el amago.

Me he tragado yo solo el final de la reprimenda del comisario porque los ha mandado a todos, no a tomar por culo, como le hubiera gustado, a trabajar. La bronca ha sido más suave porque, aunque está feo que yo lo diga, se le han bajado un poco los humos con mi observación sobre cómo dirigir una investigación en función de la casuística del caso.

Ahora estamos todos en mi despacho decidiendo cuáles serán las siguientes pesquisas. Amaya y Sergio están tan cerca que sus pies se están rozando. Insausti es lo que podría llamarse el matón del equipo. Ponle a cualquier bigardo de discoteca que te lo tumba con un puño bien dado en la costilla flotante, o poniendo sus manazas en los ojos mientras les hace un *Osotogari* en menos de un segundo. Valor le sobra para eso. Además, es un tío muy seguro de su físico. Morenazo de pelo corto y arreglado, barba perfectamente recortada por barbero, ojos claros, mandíbula delineada y sonrisa *profiden*.

Irresistible para mujeres y para hombres. Pero el intelecto no es lo suyo, ni tampoco la gallardía. Nieto de un Guardia Civil de los de la época dura de Intxaurrondo. Si no hubiera aprobado las oposiciones a la policía, estaría en el paro, bien porque no valdría para ningún puesto, bien porque hubiera acabado a hostias con cualquier jefe que le quisiera poner las pilas. Aquí, en la policía, puede gozar de esos momentos de violencia necesaria, y bienvenida en ocasiones, y someterse a una disciplina que entiende y asume.

Solís se parece más a Insausti de lo que le gustaría. Yo estoy convencido de que han compartido cama y fluidos fuera de comisaría. Muchas noches de «troncha» juntos, vigilando durante horas a tipos que no salen del puticlub que regentan o del taller clandestino que rigen con mano dura. Esas noches de invierno, cuando hay que ahorrar en calefacción porque gasta gasoil, deben de haber sido testigos de más de un encuentro amoroso. Mientras no interrumpa con sus labores de vigilancia, por mí no hay problema. Es más, me alegro. Porque son tan parecidos que estoy convencido de que en el futuro acabarán juntos. Cuando superen la mitad de su treintena y se den cuenta de que más vale estar mal acompañados que solos. Con sus palabras, Amaya se gana una mirada tierna de Insausti y ella le corresponde con una tibia sonrisa.

—Julio, entrevistaste a Martín Porta como te pedí, ¿verdad? —pregunto a Pleite

—Sí, inspector. Estaba demasiado fuera de sí para sacarle algo decente. En teoría tiene coartada...

—¿En teoría? —interrumpe Olga.

—La tiene, solo que es su familia quien la corrobora. Habría que rastrearle el móvil —concluye Pleite.

—Bien, ¿dónde está *Listín*? —pregunto.

—Con los de la BIT —responde Toribio usando el acrónimo de la Brigada de Investigación Tecnológica.

Luis a veces pasa tiempo con ellos, colaborando y aprendiendo como todo ratón de biblioteca (o de ordenador en este caso) que se precie.

—Me lo llamas ahora mismo, que aquí hace falta. Si te pone pegas, le dices que le requiero todas sus horas reglamentarias en su puesto.

Mientras Toribio llama a *Listín*, Olga pregunta:

—¿Cuándo vamos a ver a Suchowolski y a los Ortiz-Melgar?

—Mañana, mejor. ¿Dónde viven?

—No están cerca; Suchowolski vive en la sierra de Gredos. Es casi Ávila ya.

—¿Y los otros?

—Cerca de Villaconejos.

—¿Dónde los melones? —pregunta Toribio.

—Ni idea, ¿por qué? —responde Olga.

—Sí, Lucas, sí, donde los melones —contesto yo —. Iremos por la mañana a Gredos y por la tarde a Villaconejos.

Pleite se ofrece como voluntario para acompañarnos pero no tengo claro que sea el ideal para la tarea. No es que Julio sea tímido: es que, por no hablar, parece hasta maleducado. La primera vez que lo conocí, me estrechó la mano, y me miró casi con miedo, como si un tío como yo pudiera dar miedo a alguien como él, un hombretón de estilo mastodonte que colabora con Insausti cuando hay que imponer. Al contrario de este, no es demasiado agraciado: ojos achinados, pelo lacio mal peinado y una nariz gorda y pequeña. Pero, también, al contrario de Insausti, es bastante perspicaz. Hace dos años, en un caso que se nos enrevesó más de la cuenta, fue el único que se dio cuenta de que una huella de la que todos creímos (hasta la Científica) que era del posible culpable, era, en realidad, la huella de un simio que pertenecía a ese posible culpable. Y, gracias al simio, conseguimos atraparlo. Pleite es biólogo y podría ascender, si quisiera, a inspector en poco tiempo. Pero, por alguna extraña razón, no quiere. Entró a la básica como Olga. Yo creo que le cuesta asumir puestos de responsabilidad.

—Luego os paso quién se viene y quién se queda.

—Jefe —dice Toribio con el teléfono en la mano—. *Listín* dice que esta noche nos pasa un informe, que están probando un nuevo programa de rastreo de BTS, lo de los teléfonos, y que quizá nos pueda servir. Que no nos asfixiemos, que volverá pronto.

—Bien, mañana los que os quedáis aquí podéis hacer una cosa, y es coger la lista original de la UDEF y repasarla otra vez. Repasad todos los nombres; si lo consideráis absolutamente necesario, se podría hacer alguna llamada.

Todos emiten un suave sí, que no identifico si es un «Sí lo que tú digas» o un «Sí, a la orden». No me gusta ninguna de las opciones, pero trato de que no me irrite su actitud. Olga pide al equipo que nos dejen a solas y obedecen al instante. Cuando nos quedamos solos no se anda con rodeos.

—Suchowolski no quiso asesinar a Porta.

INFORMES Y EXPEDIENTES

En mi cara se vuelve a pintar el interrogante, y la subinspectora no me da tiempo a preguntar.

—Porta y Suchowolski, según el informe de delitos económicos, eran amigos de la infancia. Porta le prestó dinero para montar un criadero de animales. Perros de raza.

Abro los ojos, mucho.

—En el expediente del juicio, se explica: le prestó una cantidad nimia para toda la fortuna de Armando. Nueve mil euros. El abuelo de Suchowolski tenía un terreno en un pueblo de Gredos, donde se estableció cuando llegó desde Polonia allá por los años cincuenta. Un simpatizante de la SS, por lo visto.

—Por eso lo de las armas antiguas; armas nazis, ¿verdad?

—Parece obvio, claro.

—¿Todo eso lo pone en el informe?, ¿o en el expediente?

—Parte en el informe de la UDEF, parte en el expediente.

Asiento, y Olga prosigue con su explicación.

—Según el testimonio de Porta, que sí denunció, y no como con los otros.

—Los Ortiz-Melgar.

—Sí. Porta denunció que su amigo Sebastián le disparó, pero que falló, y él huyó campo a través hasta llegar al refugio de sus escoltas, que, por supuesto, intentaron dar otra paliza a Sebastián, pero este disparó al aire y llamó a sus perros. Así que ni paliza ni nada.

—Y Porta puso la denuncia a instancias de sus lacayos, que vieron herido su orgullo —pienso en voz alta.

—Eso ya no lo sé, pero es posible.

—¿Y por qué crees que no lo quiso matar?

—Porque en la declaración del propio Sebastián lo afirma.

—Claro, no va a decir que le disparó con la intención de matarlo; eso se lo diría su abogado.

—No llevó abogado al juicio; rehusó el de oficio. Se comió toda la condena sin rechistar.

Me callo, y trato de analizar la situación.

—La verdad es que sería raro que, si pudo matarlo en su día y no lo hizo, el tal Suchowolski monte todo el cristo este ahora para cargárselo diez años después. No tiene mucho sentido.

—¿Sabes qué más declaró Sebastián? —pregunta Olga, y prosigue sin esperar mi respuesta—. Que Porta usaba el terreno donde tenía el criadero de perros para esconder dinero negro. Tienen un pequeño cuarto de aperos, donde había unos armarios que, al parecer, el empresario empleaba para algo.

—Suchowolski se cansó de que lo usara para sus chanchullos, y discutieron —comento.

—O lo hacía a espaldas de él, y lo pilló con los euros en la masa —incide Olga.

—Un poco rebuscado.

—Enseñó una caja fuerte antigua que tenían en ese cuarto de aperos de la finca y en la que quedaba un billete de quinientos euros por ahí suelto.

—¡Vamos, no me jodas!

—Por supuesto, los policías no le creyeron, y el juez menos.

Echo un vistazo al informe.

—Diez años en la cárcel dan para generar mucho odio y arrepentirse por no habérselo cargado cuando tuvo oportunidad —opino.

—Estaba demasiado cerca para fallar, según la declaración de Suchowolski.

—Sí, pero insisto: eso fue antes de los diez años en el talego.

—No sé qué decirte.

—Mañana a las siete y media en el garaje, subinspectora. Avisa a Solís y a Toribio.

—¿Por qué Solís?

—Porque me acabo de acordar de que ella tiene perro.

Olga asiente y, antes de despedirse, me toma la mano y me mira, con sus pestañas infinitas y con su sonrisa casi perfecta.

—Gracias. —Mi boca abierta y mis ojos entornados bastan para que ella me aclare el porqué de su agradecimiento—: Por lo de antes con el comisario.

—Ah, pero si ya te dije que la culpa es mía. Además, agradéceselo a Lucas, que se lo ha currado con el informe.

—Bueno, pues gracias a los dos, jefe.

Me sonríe antes de marcharse y, por primera vez en lo que llevamos juntos como compañeros, consigue que el vello de mis antebrazos se ponga de punta.

DEL OLMO

L lego a casa más tarde de las ocho.

Sofía me da un beso en la mejilla y, cuando le pregunto por los niños, me responde con un «En su cuarto, con la *tablet* de las narices».

Los niños no usan la tablet de las narices para jugar a videojuegos, sino para ver vídeos y buscar información en internet. También leen cómics de acción o novelas juveniles de misterio de dudosa calidad; y lo que es peor: la usan para descubrir noticias de sucesos. Admiran y añoran a papá de forma proporcional y los dos, a pesar de tener solo diez y once años, están decididos a hacernos sufrir a su madre y a mí cuando crezcan: quieren ser policías. Aunque el mayor no lo tiene tan claro.

Juro que yo no tengo nada que ver en ello; no soy el típico padre pesado que quiere que sus hijos sigan sus pasos laborales, verter en ellos todas las metas que no pudieron conseguir y guiarlos por la senda del conocimiento supremo. Y menos siendo todavía tan pequeños. Me gustaría que estudiaran periodismo, como hice yo, pero que se quedaran tranquilamente en la redacción, en la sección de sucesos que tanto les apasiona. O incluso en el departamento de comunicación del Cuerpo. Aunque todavía queda mucho tiempo, y tampoco me agobia demasiado.

Víctor, el mayor, sale al pasillo y me da un abrazo. El tío, para la edad que tiene, está fuerte como el anís porque se harta de hacer abdominales y flexiones en judo. Carlos sale después, más perezoso, más flaco pero más alto y con el pelo más revuelto. Me da otro abrazo y pregunta.

—¿Un caso jodido?

Un «niño» en forma de grito maternal sale de la cocina y llega hasta el pasillo. Yo hago el amago de darle una colleja y, lo insto a que no diga palabrotas.

—Ayer no te vimos el pelo; el poco que te queda —dice Víctor.

—Te vas a librar porque eres el primogénito y la calvicie se salta una generación.

Se ríe, y le hace una especie de corte de manga a su hermano, que le suelta un «Ya veremos quién se queda calvo antes».

—¿Habéis puesto la mesa? —pregunto.

No responden. Saben que esas tareas en casa son innegociables, y salen disparados a la cocina para llevar mantel, cubiertos y vasos al salón. No son muchas las noches entre semana que cenamos juntos. Me atrevería a decir que la de hoy es una excepción, y están contentos por ello. Yo también y, por mucha palabrota que haya dicho el pequeño, no quiero hacer un drama. Yo, a su edad, era peor y estoy convencido de que reñirlo o castigarlo no servirá para nada, porque al día siguiente, en el colegio, *el* Dani, o *el* Tito, o *el* Nacho ladrarán palabrotas mucho peores que esas, y mi reprimenda —y la de su madre— no habrán servido para nada.

Nos sentamos a la mesa del salón de la casa. Un piso de tres habitaciones y dos baños de la periferia de Madrid. Con una tele de 32 pulgadas, un sofá grande con *chaise-longue* y algunos cuadros con motivos marinos que mi mujer eligió hace diez años, al poco de haber dado a luz a Víctor. En una de las estanterías tenemos una enciclopedia de las antiguas, de esas rojas con tapa dura que acumula más polvo del debido (culpa también en parte de la *tablet* de las narices y de «San Google»). En otra tengo mi colección de películas de cine clásico; si algún día se produce un incendio en el edificio, será lo único material que me preocupe por rescatar.

Una cena en familia es un pequeño duelo de quién ha

hecho más cosas en el colegio o en las extraescolares. Los dos van a judo y a inglés, pero, mientras que el mayor juega al fútbol, arrastrado por la mayoría de sus compañeros de clase, el menor insiste en que tiene más personalidad, y emplea ese tiempo en leer y ver películas, otra pasión que compartimos y que me acerca más a él. Y eso me molesta; me molesta tener un favorito, porque, si hablamos de porcentaje de amor que siento por uno y por otro, el resultado siempre será el mismo: infinito por ciento. Pero me jode que, si me apuntaran con una pistola en la cabeza y me obligaran a elegir, a pesar de dudarlo mucho y suplicar y amenazar, elegiría que viviera Carlos. Todo el que es padre de más de un vástago tiene un favorito, aunque jamás lo reconocería ni delante ni detrás de ellos, solo ante el espejo. Solo si le apuntan con una 9mm en la sien.

—¿En qué caso dice este que andas ahora, papá? —pregunta Víctor.

—Ya sabes que de eso en la mesa no se habla —digo antes de que Sofía se adelante. Mi mujer los tiene rectos como palos la mayor parte del tiempo, y no es justo que, si yo estoy en casa, ella siga haciendo de poli malo.

Lo miro con un gesto falso de enfado y él entiende que antes de acostarse charlaremos un rato, pero me tendré que inventar algo o recurrir a alguna víctima pasada, porque de Porta ni pío.

Vemos una serie de aventuras y, cuando termina, los acompaño a su dormitorio. Lo reviso todo: en el lado de Víctor, un póster de la Selección española; en el de Carlos, uno de *El Imperio contrataca*. Y, en medio de ambos, uno del Sherlock Holmes de Benedict Cumberbach. Ellos ya saben de sobra que es ficción y que es inviable un talento así (ni Olga Saavedra), pero reconozco que es divertido.

—Papá, tu amiga, la periodista… —dice Carlos.

—Matilde.

—¿Puede ir haciendo preguntas como un policía?

—¿Por qué me preguntas eso?

—No, por nada.

Miro a Víctor que, a su vez mira a su hermano con rabia,

dando entender que se ha ido de la lengua.

—¿Carlos?

Él me esquiva, y se pone a deshacer la cama. Víctor se encoge de hombros.

No me gusta sacarles la información con amenazas; llegó un día en el que dejé de hacerlo. Me apliqué mi propio estilo policial: tomarme las cosas con calma, sin presión y aplicando la lógica. Lo contrario me aproximaría más a Insausti que a Saavedra, así que salgo de la habitación con la excusa de mear. Me detengo en el pasillo, y escucho el bisbiseo de Víctor, sin entender nada. Voy al pequeño cuarto que tengo de despacho; cuando estos sigan creciendo, deberemos transformarlo en otro dormitorio, y yo tendré que mudarme a la esquina de la habitación conyugal donde menos moleste.

Hay algo que no está en su sitio.

CARLOS Y VÍCTOR

Soy metódico hasta la obsesión en lo que a este cuarto se refiere. Solo tengo bajo llave el arma cuando me la llevo a casa, algo poco habitual; pero el resto de las cosas (archivos, manuales, libros...) las tengo colocadas y sé si alguien los toca. Me fijo en un cajón, lo abro y encuentro un sobre del que, tras analizarlo, sé quién lo ha traído y también sé que han intentado abrirlo. Vuelvo al cuarto de mis hijos y no llevo la USP Compact, porque ya es demasiado tarde para liarme a tiros; los vecinos madrugan.

—Ya sabéis que me gusta usar mucho más la razón que la fuerza —digo—. Pero, como volváis a husmear entre mis cosas, os voy a poner un trozo de la película *El Lute*. ¿Sabéis cuál es?

—A mí me suena —dice Víctor.

—Bien, si queréis, podéis indagar en internet la forma en la que la Guardia Civil de su época interrogaba.

Me arrepiento un poco de la amenaza, y no sé si quiero que encuentren la famosa escena en la que a Eleuterio Sánchez le atan los testículos y se los azotan con una vara.

—Y dicho esto, os diré que Matilde tiene mucha escuela, y que puede hacer cierto tipo de preguntas siempre y cuando se identifique como periodista. Y que la gente quiera contestar, claro, que eso es más difícil.

—A mí, a lo mejor, me gustaría ser periodista, como Matilde —dice Carlos.

Escucho un «cobardica» por lo bajini de la boca del hermano, y le dedico la misma mirada que los Guardias Civiles a El Lute.

Él la reconoce al instante, pero sonrío a continuación.

—Sabia decisión. ¿Ha estado aquí ella esta tarde?

Los dos afirman.

Se levantan y me dan un beso de buenas noches y les digo que mañana será otro día duro —que no jodido—, que no sé si cuando llegue estarán despiertos. Protestan y se meten en la cama a soñar con esa «bonita» vida que les espera.

Voy con Sofía que, como casi siempre, lee en la cama.

—¿A qué hora ha venido Matilde?

—Después de comer. ¿Has visto lo que ha traído?

—Sí, claro que sí. ¿Y tú por qué...?

—No sé si me gusta que los niños la estén cosiendo a preguntas —me interrumpe.

—Yo tampoco sé si me gusta, pero mejor a ella que a mí, ¿no?

Sofía mueve la cabeza tan poco que tengo que imaginarme que es un asentimiento.

—¿Qué lees? —pregunto para dejar atrás el asunto.

—Lo mismo que ayer.

La miro, y no entiendo su tono borde. O sí, es el mismo de siempre que tiene algo que le reconcome pero, en lugar de decírmelo, se lo guarda hasta que estalla. Yo no tengo muchas ganas de bronca, así que lo dejo correr. Me meto en la cama con más esfuerzo de lo habitual y a ella parece importarle poco.

Miro su libro.

—Interesante.

No me hace ni caso. Como veo que no tiene ganas de hablar, le doy un beso de buenas noches en la cara, apago la luz de mi mesilla y me envuelvo en las sábanas, que falta me hace descansar.

—Menudo ejemplo el de El Lute... como si los niños no tuvieran ya bastante violencia...

Me incorporo, y respiro antes de contestar.

—Sofía, los niños me cotillean las cosas del trabajo, cosas que no deberían ver, y tú me echas a mí la bronca. ¿En serio? ¿Por qué no lo has guardado bajo llave?

—Quizá no deberías traer cosas del trabajo a casa.

—Pero…

—Ni peros ni nada; hoy he notado raro al niño.

—¿A cuál de los dos?

—A Carlos. Ha salido del cole muy serio, como si hubiera tenido algún problema. Es la segunda vez que lo veo así.

—¿Y qué te ha dicho?

—Nada, si del cole apenas cuenta nada.

—¿Voy a hablar con él?

—No, ya es tarde. A ver si el señor saca un poco de tiempo para estar más con su familia.

Siento la tentación de responderle. No sé si pedir perdón porque quizá no haya estado muy afortunado con la amenaza a mis hijos. Encuentro una justificación: no deberían haber leído o husmeado en mis cosas. Si llegaran a abrirlo y encontrar las fotos o leer los testimonios, sería algo muy desafortunado, tanto para mis hijos como para la propia Matilde. Respecto de la última puya sobre el tiempo que paso en casa con mi familia, prefiero ignorarlo. Es algo que creía superado; nos hizo mucho daño en el pasado, cuando nacieron los niños y ella se las tenía que maravillar para sacarlos adelante. Nos costó incluso ir a terapia, pero Sofía decidió enterrar el hacha de guerra porque asumió que se había enamorado, casado y tenido con un policía de Homicidios.

Sin embargo, sus palabras de hoy me demuestran que, a pesar de tenerlo superado en teoría, la práctica la tiene suspensa.

LA AUTOVÍA DEL SUROESTE

—¿Pero tú no me dices que quieres que tus hijos tiren para el periodismo y se olviden de la policía? —protesta Matilde al otro lado del teléfono.

—Pues por eso no quiero que vean cosas como las que hay en ese informe.

—Del Olmo, ahora hay un montón de *True Crime* en la tele y en internet. Tienen acceso a casos similares a golpe de clic.

—Pero no es lo mismo, mujer.

—¡Ay, Dios! Pasaba cerca de tu casa, y se me ocurrió que así sería mejor. Lo siento, la culpa es tuya por meterme tanta prisa.

Antes de colgarle, le doy la razón como a los tontos, y también las gracias.

Me centro en la carretera. «Autovía del suroeste» se llama ahora. La Nacional Cinco de toda la vida. Conduce Toribio, y Solís va de copiloto. Yo atrás, en mi sitio de siempre. Saavedra al lado leyendo el informe de Matilde que le acabo de entregar.

El paisaje es raro. A ratos hay urbanizaciones con extraños nombres portugueses; a ratos, centros comerciales sacados de la mente perturbada de algún megalómano; y, a ratos, campo (poco, pero lo hay).

Y gasolineras. Muchas gasolineras.

—Interesante esto —dice Olga interrumpiendo mis

pensamientos.

—Cuéntame más —respondo en voz baja y pidiendo lo mismo a la subinspectora.

Toribio primero se desvía para tomar la M-507, pasado Navalcarnero y después mira por el retrovisor, como queriendo enterarse de algo. Solís va a su rollo con el móvil.

—Se entrevistó con el condenado tres días seguidos en una especie de vis a vis —dice Saavedra casi susurrando—. ¿Le quería sacar la información de cualquier forma?

—Bueno, Maturana puede ser muy persuasiva, pero no creo que tuviera esa bala en la recámara.

—No estaba hablando de eso, que tienes la mirada más sucia que la de Insausti.

Lucas aumenta su frecuencia de cotilleo por el retrovisor. El subinspector es un policía con el que siempre puedes contar. Si lo llamas a las cuatro de la mañana del día de Navidad y está con sus padres en Pozoblanco, pues prepara un bocadillo y se viene para la capital. No destaca ni por su sagacidad ni por su fuerza física ni por sus ideas brillantes. Tampoco es un as de la persuasión, no es ni guapo, ni feo, ni alto ni bajo. Es del montón del bueno, como él siempre dice; con su pelo rizado, su nariz pequeña, sus ojos oscuros y su boca grande. Su arma es su simple presencia. Aunque, hablando de armas, la verdad es que tiene buena puntería; eso hay que reconocérselo. En una ocasión, disparó a un investigado que se había liado a tiros con nosotros. Él salió corriendo a toda leche por el Paseo de la Ermita del Santo. Sacó su 9mm, se agachó, disparó, y el tipo cayó redondo al suelo y gimoteando como un bebé. Toribio lo alcanzó con una bala en el gemelo. El sospechoso juró, en español y en varios idiomas eslavos, que lo había dejado cojo y que nunca se olvidaría de él. Toribio le puso el cañón en el otro gemelo y le pidió que lo repitiera. Se acabó la amenaza de inmediato.

—A lo que me refiero es que no le tuvo miedo a estar solas con el asesino —dice Olga.

—Eso parece el título de una película: «A solas con el

asesino» —apunta Toribio con humor.

—Tú a la carretera, subinspector —digo.

Cojo el informe, y le señalo un nombre subrayado en una página.

—Inspector,¿quién era el cerebro de esos crímenes? —pregunta Saavedra.

—El médico.

—Entonces estamos de acuerdo en que ese médico es un tío, digamos, inofensivo…

—A ver, jefe, cuéntanos de qué va el tema del que habláis —interrumpe Toribio.

Después de suspirar y con el permiso de Olga, me decido a explicarle por encima.

—La subinspectora y yo estamos revisando casos antiguos.

—Lo que quiero decir es que la gran mayoría de los asesinos con una clara psicopatía, en el fondo, son cobardes que solo atacan a personas en inferioridad de condiciones físicas. Pero Matilde, aunque pueda saberlo, debería mostrar más respeto por un asesino —sugiere Olga.

—Se nota que conoces poco a Matilde —respondo.

—Inspector, me he tomado unas cervezas con ella —contesta Olga resignada—; eso debería bastar. Pero ilústrame.

—La Maturana tiene más mala hostia que estos dos de delante y yo juntos —comento en voz alta, y ambos se dan por enterados—. Recuerdo el día que se presentó en la brigada y le cantó las cuarenta al comisario. ¿Os acordáis?

—Vaya —dice Toribio —. ¿Pero qué os traéis con la Maturana ahora?

—La carretera, Lucas, la carretera —pido.

Recuerdo lo que pasó con risa y con amargura por igual.

EL CONFLICTO CON MATILDE

Diez años atrás.

«Niña desaparecida y encontrada muerta en un vertedero pocos días después. Dos menores implicados como autores de los hechos. La víctima, de diez años, fue violada y quemada».

El titular del diario dejó poco lugar a la imaginación.

El comisario Alamillos reunió a los dos grupos de homicidios y les advirtió con una expulsión del cuerpo si nadie cantaba el que lo había filtrado a Matilde Maturana, responsable de la noticia.

Después de pensárselo mucho, el inspector Del Olmo dio la cara. Levantó la mano. Alamillos pidió al resto de policías que abandonara la sala. Cuando lo hicieron, se acercó hasta el inspector, lo agarró de la pechera y le gritó a milímetros de su cara que, como pasara algo así de nuevo, lo expulsaría del cuerpo sin importarle lo que dijera la prensa. Del Olmo se tuvo que limpiar hasta las babas del inspector de su cara.

Alamillos expedientó al inspector con un mes sin empleo ni sueldo. Además, inició una guerra contra la prensa en general y contra Matilde Maturana en particular.

¿Consecuencia? En una rueda de prensa sobre el caso, hubo una trifulca. Un fotógrafo del diario de Matilde se llevó un golpe, y su cámara se fue al suelo con la consiguiente rotura del objetivo. Matilde se presentó en el despacho del comisario. Nadie se atrevió a detenerla, porque era conocida, y porque todo el que se encontraba con ella sabía dónde se dirigía y quizás pensaron que Alamillos se merecía la reprimenda de la periodista. Matilde se despachó a gusto. Los gritos se escucharon de planta en planta. Los exabruptos y amenazas de denuncias de la Maturana retumbaron por todos lados.

Un bochorno.

LA MALDAD ESTÁ MÁS ARRIBA

E s Lucas el que cuenta la historia a Olga.

—Sí, una tía echada para adelante, pero creo que no me estoy explicando bien. — Olga insiste—. Lo que quiero decir es lo siguiente: una periodista no le tiene miedo a un asesino sanguinario porque intuye que, por encima de la mano ejecutora de ese asesino, está realmente su propia maldad y unas circunstancias determinadas. ¿Me explico?

Asiento.

—Quizá nosotros no estamos dirigiendo bien nuestras pesquisas con los nombres que nos ha pasado la UDEF. Quizá hay algo por encima; quizá la maldad está más arriba.

Se produce un silencio.

Yo me pongo a mirar por la ventanilla; estamos cerca de Gredos, y un bonito bosque de árboles cuyo nombre no sabría precisar nos rodea. No puedo disfrutar del verdor del paisaje y del sol de ese día despejado porque siento que la subinspectora espera algo de mí.

—¿Te refieres a que hay un autor ideológico que está por encima de esto y que nos dirigimos a la casa de un mindundi que, si por casualidad está relacionado con el caso, sería un simple ejecutor? —pregunto.

Olga, una vez más, puede tener razón, pero ¿dónde dirigir las pesquisas si apenas contamos con libertad de movimientos?

¿A Dios? ¿A Jesucristo? ¿Al Espíritu Santo?

—Quizá —contesta.

—Puede que este mindundi nos sople quién es el cerebro de esta supuesta trama que habláis —interviene Solís, que abre por primera vez la boca desde que salimos de la brigada.

—Mucha fe tienes tú, Solís —digo.

Olga continúa:

—¿Pero no te parece que puedo tener raz...?

—Este tío, lo quieras o no —la interrumpo— ya intentó matar a Porta, o al menos pasó casi diez años en la trena por ello. Y nuestra obligación es investigar primero un indicio tan evidente y no elaborar teorías propias de conspiraciones o de series de televisión, subinspectora.

Olga gira su cabeza, y mira por la ventanilla. No le gusta entrar en conflicto conmigo. Apenas los tenemos. Y yo solo me dirijo a ella con esta autoridad cuando estoy convencido de que llevo razón.

—Aparte de esto, ¿has encontrado algo en el informe, Olga? —Me dirijo a ella por su nombre de pila con la clara intención de mostrar cordialidad y cercanía.

Ella suelta un «no» correcto, como el no que se le da a un operador de telefonía cuando te llama para ofrecerte un contrato y un móvil mejor.

LLEGANDO A GREDOS

La media hora restante del viaje la pasamos escuchando la olvidable música de los mejores éxitos actuales del pop-rock internacional que escupe una conocidísima emisora. El que conduce es Toribio y es el que manda sobre la radio; yo me maldigo porque con las prisas se me han olvidado los cascos para escuchar la música dream de los noventa que tanto me relaja y me ayuda a pensar.

Cuando llegamos a la finca, nos miramos como si fuéramos a entrar a una película de miedo. Está en medio de un bosque de alcornoques que tienen el tronco pelado del corcho con el que es más que posible que la familia Suchowolski comercie. El terreno está vallado de una forma un tanto dejada. No se ven huecos en las alambradas, pero tienen más años de los recomendables para contener a las fieras que habitan en su interior: al menos tres perros de raza *rottweiler* o *pitbull,* o cualquiera de esas que nunca consigo identificar a pesar de los esfuerzos de Florencio, de la Unidad Canina, por instruirme en ello.

Sebastián Suchowolski sabe cómo proteger aquella vieja casa de campo en la que vive.

Toribio pone el luminoso en el techo para llamar la atención; deduzco que no le apetece liarse a voces con esas bestias a escasos metros, por mucha valla que haya delante.

Suchowolski no hace acto de presencia y, después de dos

minutos de espera, Toribio pierde la paciencia, y da dos pitidos. Dos pitidos que molestan a los perros y los hacen correr hasta la valla. Una figura humana sale de la vivienda enseguida. Llama a los perros y los tranquiliza con unas carantoñas caninas. Lleva un pañuelo en la mano, manchado de algo que no sé reconocer; lo tira encima de una silla que tiene a la entrada de la casa y camina hacia nosotros.

Es un hombre, un tipo ancho, como si tuviera que haber llevado a su padre en brazos toda su vida y eso le hubiera hecho crecer la espalda. Tiene el pelo rapado, pero sin signos de calvicie; es una cosa que no entenderé nunca y me hace recordar el refrán aquel de «Dios da pan a quien no tiene dientes». Los ojos casi se los tapan dos tupidas cejas que le confieren un aspecto más siniestro del que el resto de su fisionomía aparenta.

—Buenos días, ¿qué ocurre, agentes?

Toribio y Olga salen del coche.

—Buenos días, ¿puede acercarse hasta aquí y cerrar bien la puerta? Por favor —pide Toribio.

Sebastián abre, y uno de los perros se aproxima corriendo.

SUCHOWOLSKI

Solís sale del coche. Más tranquila que sus compañeros. Toribio le pide a voces a Suchowolski que ate a los perros y lleva la mano bajo la axila por si hay que desenfundar rápido. Amaya se acerca más a la valla y les dice alguna palabra cariñosa a los perros. Parecen calmarse; Sebastián les da dos voces a sus animales con un código que no entiendo. Los canes giran ciento ochenta grados, y se marchan.

—Están bien entrenados —dice Solís sonriendo.

—Llevan toda su vida conmigo —contesta Suchowolski.

Por fin sale de la verja. Olga me mira, y mis ojos le piden que sea ella quien lo entreviste. «¿Y tú?». Su lenguaje corporal parece decir algo así, y el mío es un «Prefiero quedarme aquí un poquito, ahora intervengo, no te preocupes».

Mi presencia a veces intimida a las personas a las que investigamos. Resulta casi ridículo que alguien como yo imponga ese tipo de respeto y me hace pensar que en esta sociedad todavía queda mucho por aprender.

—Soy la subinspectora Saavedra, de la Policía Judicial de Madrid.

—¿Policía Judicial? —pregunta él, sorprendido —. ¡Vaya! ¿Y puedo saber qué los trae a mi casa?

El tipo parece amable. Podría decirse que ha entrenado esa faceta para caer simpático a la policía o quizá por lo que yo llamo «el síndrome de las dos tazas». La gente que ha pasado por la cárcel tiene una mirada distinta, un gesto distinto en sus hombros, como más sumiso, como el que pide caldo y le dan dos tazas.

Toribio y Solís se sitúan en segundo plano. La subinspectora vuelve a mirarme: que por qué no salgo debe preguntarse. Prefiero observar al investigado en la distancia y, al mismo tiempo, su guarida. Olga inicia su batería de preguntas de protocolo.

—Ese día que me pregunta estuve aquí; apenas salgo ya. Mi padre está muy mal.

—Nos tiene que dar todos sus teléfonos móviles y fijos, suyos y de su padre —pide Olga.

—De acuerdo —acepta mientras saca del bolsillo su teléfono móvil.

El investigado se los facilita, y Olga teclea a su típica velocidad ultrarrápida en el móvil.

—¿Por qué intentó matar a Porta hace diez años?

Suchowolski inspira hondo; el gesto lúgubre y de hombros caídos que tenía antes cambia, como si le hubieran notificado que ha ganado un premio en la lotería. Se yergue, y sonríe dejando a la vista la falta de alguna pieza dental.

—Así que están aquí por eso —dice—. ¿Han matado al «hijodelagrandísima» ese? Ya me olía yo algo raro.

Es hora de tomar partida.

LOS PERROS

bro la ventanilla del todo y me dirijo a ellos.

—Subinspectora, ¿pueden entrar al coche? Sebastián, por favor, acompáñela y siéntese en el asiento del copiloto.

Olga, extrañada, acata la orden.

Sebastián abre la puerta del copiloto, y se sienta. Olga hace lo mismo en la del conductor. Toribio y Solís nos miran a través del parabrisas, expectantes.

—Buenos días, Sebastián, soy el inspector Del Olmo, encargado…

—…del caso del asesinato de Armando Porta, ¿a que sí?

Suchowolski no puede parar de sonreír. No es correcto alegrarte de la muerte de nadie; a quien se comporta así lo invitaría a venirse un par de días al anatómico forense para hacer un tour visual de algunos cuerpos a los que les arrancaron la vida antes de tiempo. Aunque entiendo ese sentimiento de venganza satisfecha, y espero no sentirlo nunca.

—¿Le importa que mi compañera eche un vistazo por su finca? Solo en los alrededores, sin entrar en la casa.

—¿Se atreve? —responde Suchowolski.

Bajo la ventanilla, y llamo a Amaya.

—¿Te das una vuelta por la finca, Amaya? —pregunto—. ¿Te acompaña Lucas?

Lucas suelta un bufido, y Solís me dedica una mirada como

diciendo: «¿Quién te has creído que soy?». Asiento, y Toribio niega con la cabeza: no entra ni loco. Amaya le saca la lengua y mueve los brazos en el típico gesto de llamar «gallina» a alguien. Él le devuelve una peineta.

Solís cruza la valla, y los perros se le acercan; se relaja y, cuando llegan a su altura, los acaricia. Coge un par de palos, se los tira, y empieza a jugar con ellos a medida que se adentra en la finca. Suchowolski contempla la escena, y sonríe.

—Se nota que sabe usted rodearse bien, inspector —dice.

—Gracias, Sebastián. Tengo que pedirle que, por favor, mantenga sus deducciones en secreto. Deducciones, ¿me entiende?

—¿No me va a contar nada? —protesta, y espera unos segundos antes de seguir hablando—. ¿Y por qué habría de mantenerlas, inspector?

El comisario y sus instrucciones de secretismo absoluto nos obligan a aguzar el ingenio como un lince ibérico cuando no encuentra comida en el monte y ha de salir fuera de su territorio. Me inclino un poco hacia adelante y clavo mis ojos en los suyos, o al menos en los que sus cejas me dejan ver.

—Porque estamos investigando también a su familia y, si resulta que alguno de ellos está implicado, no solo habría muerto el hombre que le jodió la vida, sino que su estirpe quedaría manchada para siempre.

Abre bien los ojos, sorprendido, y ahora percibo un color negro como un pozo tan seco que una simple lágrima de emoción llenaría.

—¿Tenemos trato?

Olga sonríe.

Suchowolski espira, y se relaja. Mira a la subinspectora, y le da el repaso visual que le daría si la viera en una discoteca. El hombre moderado y sumiso que ha salido de la verja cinco minutos antes se transforma en alguien diferente. Y este cambio tan palpable deja claro que, o es el próximo candidato al óscar por la mejor interpretación protagonista, o está lejos de ser la persona que buscamos.

EL CHIP

Suchowolski nos cuenta paso por paso lo que ocurrió el día que disparó a Porta. Y todo coincide punto por punto con la declaración que figura en su expediente. De una forma tan exacta que tendría que haberlo escrito en un papel y llevarlo apuntado bajo la manga del brazo como si fuera una chuleta. Y han pasado diez años.

Nos da los datos de los chips de sus perros, «que uno es pobre, pero lo tiene todo en regla»; sin embargo, algo le mosquea del asunto e indaga.

—Digamos que hay rastros de un perro —contesto evitando dar más datos.

—¿Qué tipo de rastros? ¿Pelos, saliva, pisadas? —Miro a Olga. Tengo la tentación de darle más información, pero no estoy seguro de ello y quiero que mi compañera lo apruebe. Suchowolski se da cuenta de que algo pasa y sonríe—. ¡¿No me digan que lo ha matado un perro?! Bueno, mejor dicho. Díganmelo y me darán una alegría. Sería como eso que llaman justicia poética...

—Sebastián —lo interrumpo—, le agradezco su colaboración, pero a nosotros no nos pagan por escuchar proclamas revanchistas. ¿Lo entiende, verdad? —Suchowolski calla, y sonríe.

—Digamos que se ha producido algún tipo de violencia con un perro de por medio —concede Olga—. Pero no es lo que usted piensa. Se lo garantizo.

—Bueno, a ver si los puedo ayudar. Si alguien ha usado

a un perro para matar a Porta, ese perro podría haber sido un mastín, un Staffordshire o también un dogo, argentino o de Burdeos. Todo el mundo tiene miedo a los PitBull y a los Rottweiler, y sí, te pueden liar una importante, pero influye mucho el tamaño. A un niño, este tipo de perro sí lo puede matar. A una persona adulta y grande —abre las manos imitando la gordura de Porta—, ya es otra cosa. Con las tres razas que digo, hay más posibilidades. Si te atacan el cuello y consiguen morderte la garganta... —El hombre hace el gesto típico de rebanar el pescuezo con su dedo índice.

—¿Y dónde se puede conseguir uno de esos perros sin el chip?

—¿Sin el chip? —repite Suchowolski sin borrar la sonrisa de su cara—. Pues, no sé ¿en Europa del este? Se pueden conseguir aquí, pero habría que dar más explicaciones, tomar más riesgos; sería más complicado. Hace tiempo conocí a un tipo que cogía el coche, se hacía los dos mil y pico kilómetros que hay hasta Eslovenia en un día, y allí se traía a algún animal o dos.

—Pero Eslovenia no es propiamente Europa del este —protesta Olga.

—No sé, agente, esta persona de la que les hablo me contó más batallitas con gente que había ido a Ucrania, Moldavia...

—¿Y nos puedes dar el contacto de esa persona?

—Era un tipo que conocí en Soto del Real; no estuvo mucho tiempo, ni me acuerdo de su nombre. Lo siento.

Bajo la cabeza, derrotado. Rastrear una persona en Europa del este es muy complicado. Un perro es casi imposible.

Me asomo por la ventanilla y llamo a Amaya. Me despido de Sebastián, y él se ofrece a ayudarnos en cualquier cosa que necesitemos sobre comportamiento animal, «incluso con los perros policía si hace falta».

Le pedimos que esté localizable, y acepta sin problemas. Un hombre mayor en silla de ruedas sale de la casa y reclama su presencia. Los perros también acuden mansos a las caricias del anciano. Suchowolski quiere justificarse antes de despedirse.

—Lo que declaré hace diez años es lo mismo que les he contado ahora. Es toda la verdad: si lo hubiera querido matar, lo hubiera hecho. Allí donde ha husmeado su compañera es donde estaba la pasta. El desgraciado escondió una caja fuerte en mi propia casa, ¡en mi propia casa! —dice antes de despedirse y acudir al encuentro de sus perros y de su padre.

Amaya se despide de los animales con algunas caricias y, cuando retorna al coche, nos volvemos camino de Madrid.

MENÚ DE CARRETERA

—¿**H**as encontrado algo interesante? —pregunta Olga.

—Hay un cuartucho donde hay armarios viejos y cosas del campo. He husmeado y, detrás de esos armarios, hay otro mueble que a simple vista no se ve. Aunque tiene una llave, está estropeada, y lo he podido abrir. Está vacío, pero es curioso. Mira.

Nos enseña una foto hecha con su móvil. Se ve una marca cuadrada en la madera inferior del mueble, muy parecida al cuadrado que podría dejar una caja fuerte que hubiera estado ahí un tiempo.

—No me jodas —protesto.

Amaya suspira, y Olga apunta en el móvil. Aunque eso no demuestra nada, damos por válida la versión de los hechos de Suchowolski en su conflicto con Porta, y nos largamos de allí.

Comemos en un bonito restaurante de Cadalso de los Vidrios, que nos pilla de camino. Yo me pido una sin alcohol, al igual que Solís. Toribio se toma una copa de vino y Saavedra, una botella de agua. En la comida, a base de entremeses, sopa y albóndigas, Lucas pregunta:

—¿No convendría pincharle el teléfono?

Olga me mira, y yo me encojo de hombros.

—Recursos ilimitados, ¿no, Toribio? —dice Olga.

—Claro, no perdemos nada —responde.

—Perdemos tiempo en alguien que tenga que escucharlo.

—Subinspectora, ya sé que creen su versión; sin embargo, el tipo podría hacer alguna llamada donde cuente que se han cargado a su archienemigo, y podríamos sacar algo de ahí.

Por sus gestos, a Olga le molesta que Toribio no confíe en su criterio. Ella (y yo) está convencida de que Suchowolski no tiene nada que ver. Pero yo entiendo a Lucas. Él se acoge siempre al protocolo, investigue quien investigue el caso.

—Pásale el dato a Listín —digo, y me gano una mirada reprobatoria de Olga—. Escribo ahora mismo a su señoría; no pondrá impedimentos con el antecedente de Sebastián.

De vuelta en el coche, Olga sigue clavando sus ojos en mí. La ignoro por un momento hasta que me canso y la correspondo. Parece una película del oeste. Ella defiende lo suyo y yo a mi compañero.

—¿Cuál es el problema?

—Lo que he dicho antes: que, a pesar de los recursos ilimitados en lo de la telefonía, no contamos con demasiados recursos humanos.

Toribio mira por el retrovisor y quiere decir algo, pero Solís le pone la mano sobre el hombro pidiendo que calle.

—No pienso discutir contigo esto, Olga. Por muy honesto que nos parezca este tipo, como bien dice Lucas, es posible que se vaya de la lengua y habría que saber con quién habla y qué cuenta.

Olga no insiste. Ha entendido que no va a ganar esta batalla, y es algo que nos restará energías a ambos. Me alegro de que así sea; tomo aire, y cierro los ojos porque todavía nos queda media hora para llegar a nuestro siguiente destino. Después de la comida, siempre necesito cerrar los ojos de quince a veinte minutos. Puedo dormir cuatro horas por la noche; dicen que esa es la duración de un ciclo de sueño. Y, si soy capaz de dormir un ciclo completo, al día siguiente me encuentro bien. Pero da igual que duerma cuatro o seis horas —más me es imposible—; necesito esa pequeña siesta, si es que se puede llamar así, después de la comida. A veces me duermo, a veces no. Cuando lo consigo, sufro una distorsión de la realidad que no sabría si calificar de sueño o de pesadilla, porque habitualmente sucede en el entorno en el que estoy.

Hoy sí sueño, y lo hago con Olga y con Toribio, que fuma un cigarrillo sentado encima del capó con ella al lado. Empiezan a besarse y a desnudarse delante de mí. Allí, sobre el capó del coche camuflado, se dan un repaso, digno de una película erótica.

Un frenazo me saca de la ensoñación.

MEDITACIONES

Toribio casi se estampa con un coche al entrar a una gasolinera. Ha parado a por un café y sospecho que andaba medio dormido. Le pido que me compre un Red Bull. No tolero el café; me dilata el cardias y me provoca un reflujo terrible. La taurina tampoco debería tomarla, pero por alguna extraña razón no me hace tanto daño. Lo malo es que estoy desarrollando tolerancia, y ya no me provoca el mismo efecto que al principio. El cardiólogo ya me lo avisó: no es una bebida recomendable desde el punto de vista cardiológico. «Ya, doctor, ¿y qué tomo?». El médico me recomienda que duerma más pero, por más que insisto, no comprende la naturaleza de mi trabajo. ¿Por qué voy al cardiólogo? Por un pequeño agujero que tengo entre las dos aurículas del corazón: una CIA, como si de la agencia de inteligencia americana se tratase. Comunicación interauricular. Un problema más de salud que añadir a mi cuerpo serrano, pero un problema menor que tengo desde nacimiento y que no me impidió entrar en la Policía. Solo me causa más fatiga de lo normal en ejercicios anaeróbicos. Y yo nunca he sido fan de levantar pesas.

Cuando vuelven, Olga toma el volante. Sospecho que necesita relajarse y meditar. Dice que medita cuando conduce. No en plan budista, sino que consigue concentrarse tanto en la carretera que su cerebro se pone a pensar en paralelo, y la ayuda a ordenar su mente. Y estoy seguro de que sus pensamientos sobre el caso coparán su meditación.

MÁQUINAS

La sede de la empresa de maquinaria de construcción de los Ortiz-Melgar se encuentra cerca de Villaconejos (donde los melones), en la comarca de Las Vegas del sudeste madrileño. Los cuarenta y cinco minutos que pronostican el GPS de Olga se convierten en una hora y cuarto gracias al ingente tráfico de las circunvalaciones de la capital. Llegamos pasadas las cinco y media de la tarde.

Una chica que parece la administrativa (o la secretaria) está cerrando la verja de la empresa MELORT Excavadoras, un acrónimo fácil de crear y que seguro usan para algún tipo de publicidad por su proximidad sonora con la palabra *mejor*.

Olga se baja del coche, se identifica y le pide que nos deje pasar. La chica no se lo espera y, del susto que se lleva, le cierra la puerta en las narices a la subinspectora. Olga pide explicaciones, y la secretaria (o administrativa) le pide, a su vez, que espere a que avise al encargado. Saavedra resopla, y vuelve al coche reclamando nuestra presencia. Amaya sale al instante, y yo no me voy a hacer de rogar, como con Suchowolski. Salgo del coche, despacio, y llego hasta la verja. Toribio también nos acompaña. Los cuatro nos miramos tensos.

Por fortuna, la espera no se prolonga más de cinco minutos. Un hombre de una edad indeterminada entre los cincuenta y los sesenta años nos recibe.

—Buenas tardes, me ha dicho Cristina que son ustedes de la policía. —El encargado nos echa una furtiva mirada. Hay tensión en su rostro.

—Buenas tardes, soy la subinspectora Saavedra de Policía Judicial. ¿Es usted uno de los hermanos Ortiz-Melgar?

—Sí, soy José. ¿Qué pasa?

—¿Nos permite pasar?

Nos abre la valla de forma lenta. Chirría como en las películas de miedo, y José Ortiz-Melgar nos escruta mientras se abre. Cuando termina, Olga inicia su batería de preguntas.

—¿Están los cuatro hermanos?

—Mi hermano Florentino no está —dice con cierto tono de duda—. Ha tenido que irse corriendo por un asunto personal.

Olga mira en el móvil.

—¿Puedo saber cuál?

—Su hijo; no está muy bien, la verdad.

—¿Qué le ocurre? —pregunta Olga.

El hombre se toca la cabeza con dos dedos, como diciendo que el hijo de Florentino Ortiz-Melgar no está bien de la azotea. Olga mueve la cabeza, y traga saliva.

—Entonces, me confirma que podremos hablar con usted, José Ortiz-Melgar, con Laureano Ortiz-Melgar y con Hipólito Ortiz-Melgar.

José asiente, y nos invita a pasar. Nos conduce a un *container* que hace las veces de oficina. El camino es de tierra, y me cuesta avanzar. A lo lejos se distingue una fila de excavadoras y también de hormigoneras. El hombre nos invita a pasar a la especie de oficina y me mira extrañado.

—¿Qué le parece si lo hablamos aquí? Hace buena tarde, y no importa que esté usted de pie —sugiero antes que él objete algo.

—Por mí no hay problema, ¿llamo a mis hermanos? Están ahí, más atrás, con las máquinas.

—Empezaremos por usted —dice Olga.

Con un gesto de cabeza pido a Solís y a Toribio que vayan a husmear un rato.

La secretaria pregunta si se puede ir, y José le da el visto bueno. Cierra la verja al salir, chirría de nuevo y, cuando termina de cerrarse, da la impresión de que nos hemos quedado allí encerrados.

Olga le hace las mismas preguntas protocolarias acerca de su paradero el día del crimen de Porta y del día previo. Toma las notas pertinentes y, una vez terminadas estas cuestiones, dispara a matar:

—¿Por qué atentaron contra Armando Porta en 2010?

TORRE SPAZIO

Once años atrás.

José, el jefe de la seguridad de Porta, siempre cambiaba la ruta de su protegido en las visitas semanales a las oficinas en el Paseo de la Castellana, como si de un amenazado del terrorismo se tratara. El día en cuestión, La Araña usó una suerte de sentido arácnido propio de Spiderman. Hizo frenar el coche a Juan, El Gorila. Le pidió que tomara la calle a la derecha. «No fastidies, José; tardaremos el doble». José miró a Armando, que confiaba a ciegas en su guardaespaldas.

Se desviaron, y salvaron la primera amenaza y la que le hubiera costado la vida, con casi total seguridad. La calle de la Reina, por la que debían pasar, es estrecha y con pocas posibilidades de escape si una excavadora Hitachi ZX250 te eleva tres o cuatro metros, te deja caer y te aporrea con su pala llena de dientes metálicos, una y otra vez, hasta dejar el coche como una cama después de un revolcón de una pareja de amantes.

Pero los Ortiz-Melgar tenían otra excavadora cerca de la oficina de Armando, por si la primera fallaba. Lo malo era que ahí había más margen de maniobra para un hábil conductor como Juan. Una vez más, José usó su sentido arácnido y divisó la mole que los perseguía a 50 km/h. La eludieron como un Ferrari se escaparía de una Vespino, y se metieron en el garaje de la gran torre de oficinas de Sacesa.

Armando pidió llamar a la policía, y José, con el debido

respeto, solicitó quince minutos para decirles cuatro cositas a los agresores. Después llamarían a la policía si el señor Porta insistía. El jefe lo miró, y supo que debía respetar lo que sus escoltas deseaban hacer. No le puedes quitar a un perro rabioso la comida, aunque tú seas el que se la da: podría acabar mordiéndote a ti mismo.

Desde la última planta de la torre Spazio, Armando Porta aseguró presenciar cómo sus dos escoltas destrozaban la excavadora con sendas barras de hierro que siempre llevaban en el maletero del Mercedes SLK. Los dos únicos integrantes de los Ortiz-Melgar que habían intentado el fallido asalto solo pudieron observar desde el suelo, uno con un traumatismo en el muslo, y el otro con la nariz rota, cómo Juan y José destrozaban lo justo y necesario para que la excavadora quedara inservible, pero pudiera circular y largarse lo más lejos posible de allí. Ni cristal, ni radio, ni sistema de subir y bajar los dientes quedaron vivos después de que la máquina pasó por los brazos de Juan y su barra de hierro, a la que quería ponerle nombre, pero nunca encontraba uno apropiado. José los amenazó, hasta que cantaron que tenían otra excavadora preparada para atentar en la calle de la Reina y, gracias a esa confesión, no les hicieron más daño. Por supuesto, los Ortiz-Melgar no pusieron denuncia alguna, y se volvieron a su pueblo con el rabo entre los dientes de su maltrecha excavadora seminueva.

EXTRAÑAS CIRCUNSTANCIAS

José sonríe de forma irónica. Además del informe de la UDEF, Georgina Porta nos había pasado por escrito tanto el altercado con Sebastián Suchowolski como el de los Ortiz-Melgar.

—¿Todo eso quién lo dice? —pregunta.

—Georgina Porta y un par de testigos de la Torre Spazio.

Vuelve a sonreír.

—Si eso fue un atentado, que venga Dios y lo vea.

—Tenemos un informe que así lo dictamina.

José se mesa la barba de tres días que alberga su rostro lleno de arrugas.

—Hicimos el ridículo, inspectora.

—Subinspectora —lo corrige Olga.

—Lo que sea; fue una gilipollez, la mayor de mi vida.

—Le ruego que nos lo explique —intervengo y consigo que José retire los ojos inquisidores de la cara y cuerpo de mi compañera.

—Cuando uno está desesperado, pues hace tonterías. La rabia nos reconcomía, sobre todo a mí, que soy el mayor y se supone que soy el más responsable.

—¿Qué ocurrió exactamente?

José Ortiz-Melgar nos cuenta con todo detalle y coincide con el informe.

—En la calle de la Reina, estaban Dionisio y Laureano, y menos mal que Porta no pasó por allí porque estoy seguro de que ellos dos no hubieran dejado el ataque en un susto, que era lo que habíamos hablado. —Olga y yo nos miramos y nos mandamos un mensaje telepático: «Otro susto». Como si todo aquello fuera algo parecido al chiste de elegir entre susto o muerte—. Allí en la torre esa, enorme, Hipólito y yo solo podíamos hacer el ridículo. Un lugar tan amplio, con su coche blindado y con tantos testigos... No teníamos ninguna posibilidad.

—Pero aun así lo intentaron —incide Olga.

José se rio.

—Sí, bueno, si usted llama intentar que una excavadora, que bueno...era la más veloz de la época, pero que más de cincuenta por hora no podía coger. Que una máquina así pudiera dar caza a un cochazo como el de Porta, pues... eso. Llámelo «intentarlo», si quiere.

—¿Y por qué Porta no los denunció? —pregunto.

Al mayor de los Ortiz-Melgar se le agría el gesto, como si se emocionara o le entrara pena. Suspira y se decide a hablar.

—Supongo que entendió que nos hizo la putada del siglo.

—A ver si me entero bien: ¿ustedes intentan atacarlo con una de esas moles y él lo deja pasar?

—Señora inspect..., perdón, subinspectora. Porta nos arruinó.

—Explique su versión, por favor.

José Ortiz-Melgar nos cuenta todo el chanchullo que les hizo Armando Porta y por el que su empresa casi se va a la quiebra. La versión difiere de la de Georgina y se aproxima más a la del informe de Delitos Económicos. Según los Ortiz-Melgar, Porta los contrató para una megaurbanización en la sierra de Madrid y a última hora los dejó tirados, después de que les dio un adelanto, que ellos invirtieron en la compra de cinco nuevas máquinas. La *herederísima* dice que el adelanto fue mayor que el que declaran los Ortiz-Melgar, y que cubría los gastos de al menos la mitad de esas máquinas. En el informe de la UDEF solo se menciona una disputa comercial sin aclarar cantidades.

—¿Sabe lo más gracioso? —pregunta José—. Que, encima, después de aquello, Porta mandó a sus secuaces, los mismos que nos zurraron delante de los vigilantes de seguridad de Torre Spazio y que destrozaron la máquina, con un sobre que tenía dentro diez mil euros.

Olga toma notas en su móvil a velocidad de hiperespacio.

—El tío nos dio una propina porque se sentía culpable. Como si ese dinero fuera una especie de redención y como si aceptarlo fuera por nuestra parte una forma de pedir perdón por el ataque. ¿Ustedes se hacen una idea de lo humillante que fue eso? ¿Se dan cuenta de que necesitábamos esa propina para poder comer, para que esta empresa subsistiera después de lo que nos hizo? Tuvimos que aceptar su limosna.

José, rígido, aprieta su puño derecho. Sus ojos brillan como lo hace un delantero al que no le han pitado un penalti clarísimo. Olga y yo nos volvemos a mirar. Esta vez no consigo descifrar las señales de su rostro.

—Ha muerto en extrañas circunstancias, dicen en la tele pero, por tenerlos aquí, creo que lo han matado, ¿verdad?

No sé qué decir.

ALGO SUCEDE

—**S**eñor Ortiz-Melgar, estamos esperando el informe del forense —miento después de unos segundos—, no podemos darle más detalles. Lo único que le pedimos es una completa discreción.

José suspira.

—Si son discretos, será mejor para usted y para su empresa —asegura Olga.

El hombre la mira con desprecio, como si ella no tuviera derecho a decir lo que le conviene a él y a su empresa.

—Supongo que no me traería nada bueno tener por aquí a los paparazzis preguntando. —Yo asiento. Parece calmarse—. Voy a llamar a Laureano.

Antes de que lo haga, otro hombre de unos treinta y pocos años aparece por el camino de tierra. Camina junto a Pleite, con el que, según parece, ha intercambiado algunas palabras.

—Aquí viene Hipólito, ¿tienen algo más que decirme?

—Solo le pido que facilite a mi compañero Julio todos los números de la empresa, así como los personales. Mujer, hijos, padres. Si colabora con esto, se lo agradeceremos mucho —José Ortiz—Melgar se lo piensa.

—Está bien, inspector —dice—. Pero ya le digo yo que nadie de esta familia ha tenido nada que ver.

—Estoy seguro de ello.

—No lo entiende —insiste—. Ustedes me han preguntado por el pasado viernes, ¿verdad? Estuvimos todo el día trabajando aquí en el chalé de un amigo y, por la noche, cuando terminamos, hizo una barbacoa. Estuvo toda la familia, y ya le digo yo que ninguno acabó en condiciones de ir a cargarse a ese hijo de puta. Le daré esos números de móvil que tanto quiere para que lo investigue. Ya verá cómo no encuentra nada. Bueno, podría acusarnos de conducir borrachos.

José Ortiz-Melgar se marcha diciendo adiós con la mano y entra en la oficina con Pleite, que acaba de llegar de su inspección ocular. Olga invita a Hipólito a acercarse.

El sol se va ocultando, y la temperatura desciende.

—Buenas tardes, Hipólito Ortiz-Melgar —dice la subinspectora.

El muchacho asiente, y le sonríe. Digo «muchacho» porque, aunque los datos que tenemos indican que tiene treinta y cinco años, aparenta bastantes menos. Olga inicia la misma ronda de preguntas con Hipólito. También toca el tema del ataque, y entonces el gesto de él vuelve a cambiar, como lo hizo su hermano.

—Me partió la cara aquel *desgraciao* —dice.

—¿Quién? —pregunto.

—Pues el animal ese, el guardaespaldas de Porta… menudo bestia. Si me pilla ahora, lo mismo se lleva una sorpresa.

El menor de los Ortiz-Melgar tensa sus músculos. Va en manga corta; se le observan unos bíceps grandes y definidos. Tiene el cuello bastante ancho, con un tatuaje que le sube desde el brazo. No es que imponga demasiado con su aspecto físico, pero es posible que, después de la humillación que le hizo sentir el escolta de Porta haya decidido ponerse fuerte y aprender algún arte marcial (algo muy típico en todo al que humillan).

—¿Usted piensa que podrían haber atentado realmente contra la vida de Armando Porta? —pregunto.

—No sé; la verdad es que el coche que tenían corría de la hostia y que nosotros solo teníamos a la ReVo.

—¿Qué es la ReVo? —interviene Olga.

—Es un mote que le puse a la máquina; suelo ponérselos a todas.

Otros datos que refuerzan mi teoría de que podría pasar por

un veinteañero son su forma de hablar y sus expresiones. La toma de declaración nos está aburriendo, y miro a Olga para que aligere el trámite. Veo una figura al fondo, donde están las máquinas, y supongo que es el tercer hermano presente en la empresa: Laureano.

Olga pide el teléfono a Hipólito y él saca su móvil para entregárselo a la subinspectora. Ella le corrige y le indica que solo quiere el número y le pregunta si tiene alguna otra línea. Él niega y le facilita las nueve cifras.

La sombra deja de ser sombra, y otro Ortiz-Melgar se aproxima por el camino de tierra.

—Ese es mi hermano Laureano. No se asusten por las pintas. No mataría a una mosca.

Olga le pide la misma discreción que a José, que hable con él. Hipólito entra en la oficina.

Laureano llega a nuestra altura. Es un tipo alto, con el pelo largo, barba y ojos claros. Si se pusiera un pañuelo rojo en la cabeza y se subiera a una Harley, podría pasar por un motero de los clásicos.

—Buenas tardes, soy Laureano Ortiz-Melgar —dice con aire solemne, como con orgullo de tener un apellido compuesto.

Nos presentamos.

Ha caído la tarde, aunque la temperatura se mantiene por encima de los quince grados. El hombre nos invita a pasar a la oficina. Declino la invitación. A mí me gusta estar allí en medio de la nada y con la vista en el horizonte violáceo. Me gustan las puestas de sol en Madrid, la contaminación, y sus partículas en suspensión hacen que haya una variedad de colores más amplia que una puesta de sol sobre el océano en un ambiente con mucha menos polución. Por ello siempre me han dicho que soy raro.

Olga se dispone a interrogar a Laureano; sin embargo, en el camuflado suena una alarma de transmisiones. Nuestros móviles también pitan.

Algo sucede.

EL CREMATORIO

Nadie debería ver nunca un cadáver carbonizado como el que nos encontramos. Si mis hijos ingresaran en la sección de homicidios de la Policía o de la Guardia Civil, es probable que tengan que presenciar cuerpos devorados por las llamas como el de Fortunato Pereira. Y esto es algo que no quiero que ocurra. Creo que podría tolerar que vean a un hombre o a una mujer apuñalados o abatidos por disparos. Y eso ya es mucha tolerancia de un padre hacia lo que los ojos de unos hijos han de ver. Pero el asesinato de este hombre sobrepasa lo recomendable para poder conciliar bien el sueño en unos años.

Los de la Científica han sacado el cuerpo de un horno crematorio. No lo han tenido que tocar gracias al mecanismo de arrastre mediante rieles del que dispone. Hay unas figuras pintadas en la parte externa del horno; simulan las pisadas de un perro y nos indican que estamos en un crematorio de animales.

El cuerpo está calcinado desde el cuello hasta los pies La cabeza cuelga por fuera de la compuerta del horno y apenas presenta quemaduras. Parece obvio que el asesino dejó fuera del horno la cabeza de la víctima con una clara intención. Me cruzo con un oficial de criminalística, que cierra los ojos y mueve la cabeza de lado a lado, resoplando, lo que viene a decir que allí no hay ni un maldito indicio físico.

La subinspectora y yo observamos el cadáver y, cuando encontramos una marca en su frente, actúa nuestra telepatía: lo han dejado así para que podamos ver el círculo incompleto...

Idéntico al que había en el pecho de Porta. Ni todos los lúmenes de mi linterna consiguen aclararme algo sobre el origen de dicha marca; parece un tatuaje, aunque no lo es, ni tampoco una quemadura.

—Olga, recuérdame que le pida al forense que levante la piel de la marca, y la de Porta también para ver si hallamos algo.

—Atienza, el oficial de la Científica que acaba de irse, dice que no sabe lo que es.

—Razón de más para intentarlo con el doctor. ¿Hasta cuándo podemos retener el cadáver?

—No mucho; díselo tú, que te hará más caso que a mí.

Olga arruga el gesto. Se ha cruzado con él justo cuando se marchaba y, como de costumbre, ni se han dirigido un «Hola» de cortesía.

—Buenas noches —dice la jueza Torres—, ¿qué tal va esa inspección ocular?

—Buenas noches, Luz —saludo. Insisto en que siempre es mejor llamar por el nombre de pila a las personas cuando quieres caerles bien. Aunque la tarea sea complicada con la jueza Torres, hay que intentarlo—. Pues acabamos de llegar como el que dice, pero no nos retrasaremos mucho.

—Bien, porque me gustaría que se llevaran a este pobre al anatómico.

La expresión de la jueza es distinta a la habitual. Ella está acostumbrada a ver cadáveres, y aunque es cierto que no se acerca mucho, la imagen es tan impactante que debe de haberle tocado un poco las vísceras.

—Antes de nada, quería agradecer su autorización con el tema de los pinchazos y de los seguimientos de los móviles...

—Inspector, prefiero que no me agradezca eso aquí —me pide.

Miro hacia todos lados con gestos ostensibles para recalcar que no hay nadie cerca. Ella me ignora. No es que sea una irregularidad si un juez lo autoriza, pero entiendo que quiere curarse en salud con la instrucción del caso. Si el tribunal que juzgue a los culpables cuando los encontremos —si es que los encontramos— aprecia irregularidades, todo el trabajo se puede ir ya sabemos dónde. Además, no quiere sentar precedentes para el futuro. En el cajón de los casos sin resolver hay muertes que investigar, y quizá teme que le pueda pedir lo mismo en cuanto tenga oportunidad.

—Entiendo, señoría. Gracias de cualquier forma.

—Subinspectora, venga conmigo.

Olga se sorprende y acompaña a la jueza hasta el exterior.

Me quedo a solas junto al cadáver en aquella nave industrial llena de suciedad y polvo, con una chaqueta y con una camisa —con el calor que hace no necesito nada más—, y con un olor familiar, que se introduce en mis fosas nasales.

CARNE ASADA

El crematorio, abandonado hace más de dos años (según nos informan) está en la Carretera de Vicálvaro a Coslada. Es una nave de unos cinco metros de alto con ventanas en la parte superior, por las que se cuela la escasa luz de las farolas de la calle. El horno donde está el cadáver parece el trono de una siniestra sala real de un castillo abandonado.

Es una zona de Madrid donde aún queda algo de campo rodeado de nuevos barrios residenciales nacidos de las burbujas inmobiliarias. El que haya cometido el crimen ha tenido tiempo de recrearse en el dolor de la víctima porque el lugar está aislado. Hay otros locales industriales cercanos, pero a más de cincuenta metros y tampoco tienen pinta de tener mucho movimiento.

El olor a carne asada es todavía perceptible en el ambiente, y siento asco de que me parezca un buen olor. La carne humana, cuando arde, huele muy parecido a la carne de cualquier otro animal de los que comemos casi a diario. Me dan ganas de volverme vegano o al menos vegetariano, pero estas ganas se me pasarán cuando mi cuñado prepare sus famosas costillas asadas en la próxima barbacoa familiar de turno.

Allí solo, con la linterna, reflexiono sobre la investigación. Sin la influencia de Olga. Ella suele adelantarse siempre en casi todo, en una marca en la muñeca de la víctima, en los restos de adhesivos en la boca, en la postura en que yace el cadáver en el suelo que puede revelar tantas cosas sobre cómo pasó sus últimos segundos de vida… El círculo que hay en su frente no es un círculo perfecto, sino que está achatado en la parte superior e inferior. Miro en el móvil las fotos de la autopsia de Porta, y se confirma la misma forma.

Olga llega de nuevo a mi lado.

—¿Qué te quería *la* Torres?

—Un consejo barato sobre cómo tratar a los forenses.

—¿Barato?

—Déjalo...

—Está bien —concedo—. Pide al equipo que averigüe el propietario de este crematorio. Habla con los municipales que han encontrado el cuerpo y averigua los datos del vecino que vio el humo de la chimenea. Olga teclea en su móvil mensajes dirigidos al equipo.

Cuando termina, le enseño la imagen de mi móvil.

—Muy bien, Del Olmo, muy bien —dice sonriendo.

Su condescendencia no me irrita, sino todo lo contrario: es un halago para mí.

—Los municipales han interrogado a los vecinos más próximos, y nada. Están todos bastante lejos. Uno de ellos es una señora mayor, que fue la que llamó. Dice que desde su casa solo se ve la chimenea. Los «pitufos» también me confirman que la nave más próxima está cerrada.

—Genial —ironizo—. Recuerda a Toribio que hable con el propietario de esto lo antes posible. ¿Alguna cámara cerca?

—Las de la M-40 y quizá alguna de las vías del tren, pero cerca, lo que se dice cerca...

—Me pides a Pleite que vaya gestionando su descarga a Tráfico y a Adif.

Olga vuelve a teclear en el móvil y se dirige de nuevo a mí:

—Entonces, estamos de acuerdo en que es ritual, ¿verdad, inspector?

Asiento.

No tengo ningún problema en darle la razón a la subinspectora. Y estoy seguro de que la va a tener más veces antes de que termine este caso.

—¿Y estamos de acuerdo en lo que quiere representar ese

círculo?

La miro, y vuelvo a mover la cabeza de arriba abajo.

—¿Y estamos de acuerdo...?

—¡Olga! Es suficiente.

EL FUEGO

Apuntes, teorías y suposiciones no oficiales de Del Olmo y Saavedra sobre el asesinato de ~~Armando Porta~~ Atilio Pereira.

Pereira era un tipo poco agraciado. Tanto que mucha gente afirmaba lo típico de que su mujer se había casado con él por el dinero. Ser feo no es algo malo; ser poco precavido, sí. Y lo raptaron de forma demasiado fácil.

Llevaba escolta en escasas ocasiones y le gustaba acompañar al instituto a sus dos niñas, que ya tienen doce y catorce años, y de niñas les queda poco. Quizá por eso le gustaba apurar sus últimos días de lo que consideraba su infancia antes de que tuvieran otras prioridades. Y las llevaba a un instituto público, porque Pereira, además de feo, había nacido pobre. Del tipo pobre que se convirtió en rico y se dijo a sí mismo que no perdería sus valores de origen humilde. Por eso no entendió que, después de haber dejado a sus hijas en el instituto, y justo antes de montarse en su Volvo híbrido aparcado en el garaje subterráneo de su urbanización, alguien le golpeara la cabeza y se lo llevara amordazado.

Por ese origen humilde no entendió que alguien le golpeara las piernas con saña para sacarle información.

—¡Yo te pago lo que quieras, lo arreglo ahora mismo si me das un móvil, pero no me pegues más!, ¡no puedo más, por favor! —suplicó.

Las súplicas no causaron ningún efecto en su captor, que le dio un bofetón en la cara. Dos bofetones, tres, cuatro. De esos tortazos que pican y suenan. Y, en la cochambrosa nave donde estaban, el sonido de los golpes reverberaba y multiplicaba su volumen.

¿Quién era Fortunato Pereira?

Hijo de inmigrante portugués. Su padre se casó con una burguesa venida a menos que renegaba de su familia, pero que no renegaba de la renta que le pasaban a escondidas sus dos hermanos. Estas rentas de su mujer permitieron a Pereira padre fundar una pequeña empresa de muebles. Pereira hijo convirtió esta pequeña empresa en una grande. La número tres a nivel nacional y con visos de convertirse en la primera después de haber copiado el modelo nórdico de muebles automontables. Se adelantó en el ámbito online, y se convirtió en la que más facturaba en venta por internet en su sector.

El captor torturó a Fortunato a base de bofetones, como si esos guantazos estuvieran clavados en su memoria, como si alguien en el pasado lo hubiera torturado así.

Aguantó dos días, pero finalmente no pudo más: cedió y le dio la información que el secuestrador buscaba. La amenaza clara del captor hacia sus hijas lo doblegó. Pereira no pudo llamar a sus escoltas ocasionales para que las protegieran. Ni su mujer podría pagarles después de que él apareciera muerto. Porque, a pesar de haber cedido y cantado la información, se dio cuenta de que iba a morir. Lo único que esperaba era no sufrir mucho. Algo complicado, porque el chasquido de un mechero, si uno está amordazado, no augura nada bueno. El captor mostró a Fortunato un mueble metálico de tamaño considerable con una trampilla cuadrada en el centro. Por ahí era difícil que cupiera un cuerpo humano, así que se imaginó que lo iba a trocear. Dolería, pero moriría desangrado en poco tiempo. Cuando el captor abrió la trampilla, tiró de la puerta y se deslizó una especie de camilla como las que hacen resonancias magnéticas, el mechero volvió a la mente de Fortunato, que se temió lo peor. Encima de esa camilla deslizante sí que cabía un cuerpo humano, además, él no era demasiado grande.

El agresor sabía que, por las buenas, Pereira no se iba a subir al horno, así que le atizó varios puñetazos con saña en la boca del estómago hasta el punto de hacerlo vomitar. Después lo golpeó en la parte posterior del cráneo con la ayuda de un trozo de madera plano y no incisivo. No quería matarlo a golpes, sino solo dejarlo atontado para meterlo en la pira. No sin un considerable esfuerzo pudo sacar su cabeza por la trampilla y dejarla colgando; de esta forma, cuando deslizara la camilla hacia el interior del horno, la cabeza estaría fuera del horno y de lo peor del alcance de las llamas. Cuando lo consiguió, echó varios kilos de pélets de los buenos, que cayeron sobre el cuerpo amodorrado de Pereira. Después vertió una garrafa de gasolina de la barata que se mezcló con los pélets y con la carne de Fortunato. El empresario se espabiló un poco y quiso gritar, pero la mordaza de su boca no se lo permitió.

El olor de la gasolina se te mete tan adentro que desespera a todo aquel que lo siente sobre su propia carne.

Antes de prender fuego a la macabra pira, el agresor se acercó a Pereira, sacó una especie de lupa de un bolsillo y del otro una especie de linterna. Apuntó a la frente del empresario que no entendía nada de lo que estaba haciendo. Quizá pensó que todo había sido una advertencia, una amenaza por su comportamiento empresarial en los últimos tiempos. Cuando el agresor dio por terminada su obra, untó la cara y cuello de Fortunato con un extraño líquido que resultó ser un producto ignífugo industrial y que Fortunato tuvo la mala suerte de saborear. También le puso un collarín de un material resistente a las altas temperaturas. Una vez preparado todo, encendió el mechero y lo acercó a la mecha de tela impregnada en gasolina barata que llegaba al interior de ese horno que en el pasado había dado despedida a cientos de animales. Y es que Fortunato murió como un animal.

La muerte del empresario no fue rápida. Primero, los pélets quemaron su ropa, después, su piel y, para finalizar, el aumento de la temperatura quemó sus órganos. No tuvo la suerte de que su corazón dijera basta antes de que su hígado se cociera.

Antes de morir escuchó una conocidísima canción, y creyó ver a sus hijas; sin embargo, aquello era una imagen de sus niñas en la pantalla de su propio móvil, donde se reproducía dicha canción, y que el captor le mostró en un último acto de crueldad.

¿ASESINO SERIAL?

Un asesino serial.

Todo apunta a ello. Pero tenemos que seguir con el pico y pala habituales de nuestra brigada. Investigar a los más próximos a las víctimas: familia, amigos y empleados. Pero con mucha cautela porque todavía, y hasta nuevo aviso, impera la ley de silencio en el caso. Por ello, mientras el equipo habla con los familiares y empleados más afines, Olga y yo nos reunimos con el inspector Cecilio Ávila, jefe del grupo de secuestros, alguien del que sabemos que no filtrará nada.

—Con este no te ha dado tiempo ni a maniobrar —digo.

—Si es que la mujer no había denunciado, porque se iba de viaje después de dejar a las niñas en el instituto. Por lo visto era algo habitual. Ha sido todo rapidísimo —contesta el inspector, cariacontecido.

Ávila es un tío de mi edad: más cerca de los cincuenta que de los cuarenta. Pero, debido a la naturaleza de su trabajo, está en forma. No es un tío guapo; yo no lo considero así, ni por cómo lo miran mis compañeras tampoco. Es cierto que tiene algo en sus ojos que llama la atención. Y pelo, mucho pelo. No es por esto, faltaría más, por lo que estamos distantes, sino porque hemos chocado en más de una investigación en la que él quería a toda costa buscar a una persona viva, pero yo estaba convencido de que debíamos buscar a una persona muerta. Y el enfoque es muy distinto.

—¿Cómo es que no sacaste nada de las cámaras de seguridad

de la Casa de Campo? —pregunto.

—Porque las dos más próximas a la zona de la desaparición no funcionaban.

—Espera, ¿qué dos? —dice Olga.

—La de la subestación eléctrica llevaba rota un mes; en la compañía me dijeron que era algo más que normal. Y la otra es la de la Torre del Guarda Forestal. Empañadísima por cómo amaneció el día. Se ve algo de movimiento que parece del propio Porta con los guardaespaldas, pero nada más.

—He mandado a un agente a que pregunte a la empresa eléctrica.

—Ya preguntamos, Del Olmo, hombre, y nos dieron largas. Pasan de la cámara porque consideran que aquella subestación no tiene mucho valor. Por lo visto, si hay algún problema se puede derivar fácilmente la energía de otra cercana.

—¿Y por dónde lo sacaron de la Casa de Campo? —pregunta Olga para evitar mi reproche.

—Vamos a ver, subinspectora. Tenéis todo apuntado en el informe. Cuando te lo mandé no pusiste ninguna objeción. ¿Qué pasa ahora? —protesta Ávila, y me hace perder la paciencia.

—Pasa que tenemos a un tío carbonizado como un vampiro al mediodía —replico—. Que esto tiene pinta de haberse hecho por más de una persona o incluso un grupo. Que, aunque estemos investigando a familia y a allegados, lo hacemos por puro protocolo. Y yo tengo que ceñirme a ese protocolo porque tenemos las putas manos atadas. No necesito leer un puto informe en una pantalla de ordenador: necesito que el gran inspector Ávila, de Secuestros y Extorsiones, me aporte algo.

Ávila se queda callado unos segundos; al principio me aguanta la mirada, pero después la baja, y resopla. Se levanta.

—Del Olmo, no me hagas la pelota —se queja—. Con el mayor operativo que yo he visto en mi vida, no conseguimos nada. Se lo tuvieron que llevar por alguna de las salidas de la Casa de Campo. Fuimos capaces de sacar algunas huellas de la zona, y nos indican que lo obligaron a caminar hasta la zona de la subestación eléctrica y suponemos que allí lo subieron a un vehículo.

—Solo las huellas de Porta. ¿Cómo es que no hay de nadie más? —pregunto.

—Sacamos alguna otra huella, pero sin marcas claras de pisada. Como si llevara algo en el zapato para no dejar rastro de las muescas de la suela, ni de la marca del zapato, ni siquiera el número. Te lo puse en el informe.

—La conciencia forense de esta gente me asusta.

Ávila no dice nada, y prosigue:

—Como te iba diciendo, suponemos lo del coche porque las huellas desaparecen, pero no hay una puta marca de neumáticos. Sí, tienen una conciencia sobre lo que hacemos que me da que pensar que lo mismo es alguien del Cuerpo —Olga abre los ojos—. Entiendo que después salieron a la M-30 y se mezclaron con el tráfico. Peinamos las cámaras, más de diez agentes durante doce horas, pero había muchísimo tráfico y poca visibilidad por una leve niebla. No sacamos nada. Si hubieran funcionado la de la subestación eléctrica o la otra... quizá. Quien lo haya hecho ha tenido suerte.

Olga mueve los labios, como si pensara que aquello es demasiada suerte.

—Gracias, Cecilio. —Me despido de él.

Ávila se marcha cabizbajo y mosqueado, como lo estoy yo. Olga, en cambio, teclea en el móvil.

—Vamos a ver al equipo.

MÁS DATOS

En la oficina conjunta nos reunimos con el grupo.

—Toribio, no hace falta que preguntes a los de la compañía eléctrica...

—Ya me han contestado y...

—Sí, lo sé, que la cámara estaba jodida —digo resignado—. ¿Habéis hablado con la viuda, Julio?

—Imposible, por lo visto, está drogadísima por la crisis de ansiedad que le ha dado.

—¿Y las hijas? —pregunta Olga, y se gana mi mirada de reprobación—. ¿Qué? Fueron las últimas que lo vieron con vida.

—Son pequeñas, Olga.

—¿La mayor tiene trece o catorce años? ¿Acaso no pudieron ver algo? ¿Son ciegas?

Medito unos segundos antes de decirle lo que se merece.

—Llama a la UFAM y que te manden a alguien experto en hablar con niños, pero hay que esperar un poco para preguntarles.

—En la Unidad de la Familia están también a tope; colaboran en el caso de las dos gemelas —dice Pleite.

—Tenemos la negra, jefe —dice Toribio cuando me ve mi gesto de abatimiento—. Los de criminalística no han encontrado una mierda. Bueno, miento: media huella, pero sin marca del calzado ni nada.

—Lo sé, hijo mío, lo sé.

—¿Vamos a ir al entierro, Del Olmo? —pregunta Amaya.

—Sí, montaremos un operativo.

—¡Toma!, ¿y eso? —pregunta Toribio.

—Pues porque tiene cariz de asesinato ritual, porque parece un asesino en serie y ya sabemos más o menos cuánto le gusta a esta gente el protagonismo.

—¿Y a Porta no lo entierran? —pregunta Insausti.

—Porta sigue en el depósito por si hay que volver a abrirlo. De Pereira no podemos sacar nada más.

—No hará falta ni incinerarlo. —Insausti mete la pata con el comentario.

—No jodas, Sergio; ahórrate el humor negro. No hace ni puta gracia —Amaya se me adelanta a la bronca que le iba a echar. El oficial levanta las manos, y pide perdón.

—Jefe, ya hemos intervenido el teléfono a Suchowolski —me comunica Pleite—. Si quieres, me encargo de la escucha.

—Gracias, Julio, te lo agradezco.

—Cuando terminemos con el entierro, tenemos que volver a hablar con los Ortiz-Melgar. Toribio, llámalos para ver si podemos acercarnos mañana. Amaya, ¿me puedes pedir grabaciones de las cámaras de donde desapareció, algún banco o algo cercano al colegio de los hijos?

—Claro, jefe. Una cosa: ¿y el coche?

—¿Qué coche?, ¿el de Pereira?

—Sí, ¿dónde está?

—Pues en algún barranco ardiendo o en un despiece de coches —contesto.

—Ya he cursado orden para ver si los de tráfico lo encuentran por la matrícula —dice Olga.

—Gracias, será complicado, pero habría que mirar más cámaras de los alrededores. Subinspectora, ¿te importa añadir a la pizarra el nombre de Fortunato Pereira, por favor?

Ella se acerca a paso lento, y observo sus piernas de exjugadora de voleibol, pero no me fijo en su culo, sino en la foto de la cara de Fortunato Pereira, que sitúa a la derecha de la de Armando Porta. Debajo de Pereira coloca otra foto, muy parecida a la que cuelga debajo de Porta: el círculo incompleto, la firma del que los ha mandado al otro mundo.

EL ENTIERRO

La mujer de Fortunato Pereira abraza a sus dos hijas en el entierro de su marido. Se ha llevado dos disgustos: la muerte violenta de su compañero de vida y no poder incinerarlo como era la voluntad del finado (por aquello de si es necesaria una exhumación posterior para buscar más indicios). Aunque, por desgracia, no queda mucho que incinerar, como diría Insausti. El forense autoriza el entierro porque, en el futuro, del cuerpo de Fortunato no se puede sacar mucha más información que la que ya obtiene en la primera autopsia. Al menos tiene más suerte que el cuerpo de Porta.

Montamos el dispositivo de vigilancia en el sepelio con los seis del grupo (*Listín* no está para estos curros) que estamos en el caso, más otros cuatro policías del grupo de Secuestros que he podido conseguir gracias a las súplicas al comisario y a un mensajito a Ávila.

A pesar de que sea un entierro en teoría privado, ya se sabe que, por estadística, los primeros sospechosos en casos de asesinatos pertenecen al entorno de la víctima. Y porque siempre puede colarse alguien que no pertenezca a ese entorno por muchas medidas de seguridad que se pongan. Nosotros hacemos lo contrario: pedirles a los policías que relajen dichas medidas; hemos mentido a la viuda y a familiares, pero es necesario. Eso sí, periodistas ni de lejos, porque tampoco se ha informado de nada a prensa. Aunque es casi seguro que alguien del entorno de la familia se habrá ido de la lengua, y los compañeros tendrán que dar largas a más de un *plumilla* que venga a cotillear.

Saavedra y yo esperamos en un furgón negro camuflado con el nombre de una funeraria. Hemos montado cuatro cámaras de vigilancia en diferentes partes del cementerio, y los cuatro ojos que las observamos deberán bastar para advertir si hay algo sospechoso. Insausti y Solís están en el aparcamiento tomando nota de todas las matrículas y vigilando si alguien llega tarde. Toribio y Pleite están cada uno en una punta de la comitiva fúnebre, fijándose en todos los detalles.

Las otras dos parejas de policías deambulan por el cementerio con flores en busca de una tumba imaginaria de un muerto que no les pertenece. Con los pinganillos bien ajustados por si tienen que salir a correr detrás de alguien.

—No sé, Saavedra, tengo mis dudas. ¿Crees de verdad que el que hace esto necesita venir al entierro? —pregunto.

—¿Si no estabas conforme por qué no te has opuesto a montar el dispositivo? —responde, molesta.

—¿Hubiera servido de algo?

En realidad, la idea del operativo en el entierro es de Olga.

—Inspector, ¿tú tienes algo mejor de donde tirar?

—Habría que hablar con la UDEF y pedirle el mismo informe que nos dieron de Porta, o uno similar con todo lo que tengan de Pereira.

—Eso ya está solicitado —contesta seca—, ¿algo más?

—Hay que tomar declaración a la viuda lo antes posible.

—Claro, cuando no esté hasta las cejas de Valium y pueda responder algo coherente.

—Y a más familiares; hay que preguntar por los que han venido al entierro.

—Y a las niñas; te recuerdo que a las niñas también, inspector —añade Olga, condescendiente.

—Y hay que volver a donde los Ortiz-Melgar.

Olga suspira, como diciendo que ya sabe que ambos asesinatos están conectados y debemos comprobar sus coartadas.

De todas formas, Saavedra tiene toda la razón con este

operativo. Como buena aspirante a analista de la conducta, sabe que el tipo de asesino al que nos enfrentamos puede acudir a los entierros de sus víctimas a ver el resultado de su obra. Me cuesta rebatirle nada.

—¿Qué opinas de la firma, subinspectora?

—Que tenemos un asesino en serie ritual después de mucho tiempo.

VIGILANCIA

Sonrío, aunque no debería.

Es cierto que los últimos crímenes que hemos investigado son de otro tipo: ajustes de cuentas entre bandas callejeras, o entre traficantes de poca monta, o violencia doméstica, de la que algún desgraciado pensó que la policía es tonta y que las mujeres jóvenes se caen por las escaleras, así como así.

El caso VERTE se remonta a cuatro años atrás, a pesar de que arrestamos al cómplice hace menos de uno gracias a la labor de la propia Olga. Y, antes de ese caso, solo recuerdo el del asesino de la baraja, cuyas pesquisas llevó Morcillo y que no consiguió resolver, para su pesar.

No creo que a Olga le guste la muerte, los crímenes en sí. Sin embargo, la apasiona esta especie de juego macabro: atrapar a una persona que se considera legitimada para acabar con la vida de otra, para ensañarse con ella, para quemarla viva.

—Una vez te pregunté si creías en Dios —digo.

—¿Y recuerdas qué te respondí?

—Que no lo tenías muy claro.

—Sigo pensando lo mismo —concluye la subinspectora.

—¿Crees que un Dios permitiría que esas dos niñas y esa madre pasaran por esto?

Olga me mira seria; yo la percibo por el rabillo del ojo porque no quiero perder la visión de las cámaras. Están metiendo el féretro en un pequeño panteón familiar.

—Depende del concepto que tengas de Dios —responde.

—¿Y cuál es tu concepto?

—El mío, y también el tuyo, que es por el que estamos aquí, es que la viuda es la principal sospechosa por mera estadística, y que puede que sus lágrimas sean teatro.

—Eso no es tu concepto de Dios. Eso es una puya que me quieres meter, subinspectora. Sabes de sobra que un crimen así no lo va a cometer su mujer.

—Te equivocas. Lo que quiero decir es que el concepto de deidad puede ser distinto para un ultracatólico, para un protestante o para un budista. Y la mujer siempre ha podido contratar a alguien.

—Pero vamos a ver, ¿ahora eres tú la que se aferra al protocolo habitual de homicidios? No te sigo, subinspectora.

—Si Dios existe, no tiene que ser una luz detrás de una nube, ni un anciano con barbas, ni un elefante con manos. Dios puede ser, simplemente, un sentimiento humano, una forma de energía, o la propia naturaleza.

—¿Y qué tiene que ver eso con que la viuda sea sospechosa por estadística?

—Puede ser que, a lo mejor, el concepto de Dios de esta señora sea el dinero. Puede que esté enamorada de otro y que ese otro tenga también alguna conexión con Porta y con el siguiente cadáver que nos encontremos y lo hayan organizado todo para quedarse con la pasta. Que es mucha pasta.

—Así que un tercer cadáver...

—Inspector, no te hagas el modesto. Sabes de sobra que habrá más víctimas.

Olga parece estar dentro de la mente de cada una de las personas que la rodean. Tiene esa capacidad para leer el lenguaje no verbal, la mirada, la forma de respirar, o lo que sea que ella analice con el fin de descubrir lo que otras personas están pensando.

Yo no estoy tan convencido pero, por la firma y por el modus operandi del asesino o asesina de Pereira y de Porta, es más que probable que haya más muertes violentas con el círculo en la piel del cadáver.

—Deberíamos estar investigando la conexión que hay entre los dos y, cuando la encontremos, si hay una tercera víctima potencial protegerla —incido.

—Pues en eso coincidimos, inspector, pero ahora fíjate en este señor —dice Olga.

Un tipo corpulento está en la cola para dar el pésame a la viuda de Pereira. Catalina Sostres, como se llama, ya ha cruzado una mirada con él y se ha girado noventa grados para no volver a verlo.

—Toribio, Pleite, os mando una foto al móvil con un posible sospechoso.

La subinspectora le hace la foto a la propia pantalla y la envía a los agentes.

—¿Qué hacemos, Saavedra? —responde Toribio.

—Acercaos todo lo posible a él y a la viuda, e intentad captar lo que dicen.

La cola de personas que le dan el pésame se acerca a su fin, y nuestro objetivo sigue allí; cuando le llega su turno, Catalina Sostres se gira y envuelve a sus hijas con la mano por encima de los hombros. El tipo le toca un brazo, y ella lo elude. La toca de nuevo y provoca una pequeña hecatombe: Catalina lo golpea con fuerza donde pilla: cara, pecho, brazos. Él solo pone las manos para intentar detenerla. El que debe ser el padre de la viuda se da cuenta y la abraza por detrás, hasta que consiguen separarla.

—Toribio, te me pegas al tipo como una lapa y, cuando se vaya a subir al coche, le das el alto y le pides amablemente que nos espere. Hay que entrevistarlo.

—¿Querrá colaborar? —pregunta Olga.

—Si no quiere, ya sabes: recursos ilimitados.

ATILIO

El tipo sí quiere colaborar y accede a subir a la furgoneta. Gesto serio, impresionado por el dispositivo de cámaras y por la propia Olga Saavedra que va muy de negro, y muy maquillada.

—Los compañeros nos han dicho su nombre, pero no sus apellidos —digo.

—Soy Atilio Pereira, hermano de Fortunato.

Olga disimula, aunque se sorprende igual que yo.

—Bien, ha de saber que esto no es un interrogatorio. Hemos preferido hacer el trámite aquí, ya que en la calle podríamos ser objeto de muchas miradas. Además, así no tiene que acudir a comisaría y le ahorramos su valioso tiempo.

—Se lo agradezco —responde—. ¿Cómo se llama usted para poder dirigirme a usted?

El tipo es educado, tanto que no cae en su propia redundancia. Parece más una persona de atención al cliente de cualquier compañía telefónica que el hermano de un gran empresario y, por lo tanto, forrado como él o algo parecido. Aunque quizá no. Sin duda, es un tipo atractivo; el traje negro de más de quinientos euros le da el aspecto elegante y serio que pretende. Su estatura de más de metro ochenta, sus anchas espaldas y su pelo peinado hacia un lado con estilo informal lo hacen merecedor de las atenciones de muchas féminas. Y de muchos hombres.

—Soy el inspector Del Olmo. Lo primero que tengo que transmitirle es mi pésame por la muerte de su hermano.

—Gracias, inspector. Debo decirle que no tenía una buena relación con él y que supongo que ya saben el incidente con mi cuñada.

—Precisamente por eso estás aquí, Atilio —interviene Olga.

Él la mira a la cara con sus pequeños ojos oscuros, aunque nunca ha dejado de hacerlo, de reojo o a hurtadillas.

—Bien, debo pedirles una cosa —dice él.

—Adelante.

—Yo sé que lo que acaban de ver me deja en mal lugar, y lo que les puedo contar todavía más pero, si quieren que colabore, tienen que prometerme que no filtrarán nada a la prensa y que investigarán el asesinato de mi hermano de la forma más discreta posible.

Resoplo. Otra vez nos piden discreción, y esta vez no es el Dios del que habla el comisario. Es un *pringao* que se cree que puede negociar con la policía como si estuviera en una película.

—Esto no es una película, señor Pereira. ¿Va usted a colaborar? —Se queda callado. Se frota las manos y mueve los pies—. Si quiere, mejor para todos. Si no, pues es libre de marcharse. Ya le citaremos formalmente en comisaría.

Mueve los pies más rápido aún; ya no sabe dónde mirar.

—Entonces le pido, como caballero, que lo que yo le diga no se lo cuente más que a las personas que usted considere imprescindibles para la investigación del caso. Le pido que la prensa nunca se entere.

Miro a Olga y me pregunto qué pensará ella acerca de eso de «caballero».

Puedo imaginármelo.

¿CABALLERO?

Yo no soy un caballero.

Y Atilio Pereira, menos.

El tipo se follaba a su cuñada y tuvieron una pelea unos meses atrás, lo que los había distanciado. Él estaba enamoradito, y quería que Catalina rompiera su matrimonio. Ella no estaba segura.

Su declaración coloca al menor de los Pereira como investigado, sobre todo porque Catalina Sostres, entre Valium y Valium, lo confirma. Le dimos un día para descansar, pero la entrevista no podía dilatarse más en el tiempo. Con las niñas, de momento, hay que esperar, aunque es poco probable que puedan aportar algo relevante.

Catalina Sostres tiene cuarenta y pocos, pecho operado, cara retocada (lo justo para que no se note y le quite al menos diez años) y cuerpo pulido por entrenador personal. Como sigue un poco grogui por las pastillas, apenas aporta nada. Al parecer, ella se fue a clases de pilates cuando su marido llevó al cole a las niñas, después a la piscina, y pasó el resto del día en una oficina de *coworking* trabajando en un proyecto personal enfocado en el sector de la moda. Por la tarde regresó a casa, y las hijas ya estaban cenando con la cuidadora. Como el marido viajaba por negocios ese mismo día, no le dio importancia a que no intercambiaran mensajes, ya que era algo habitual. Su coartada es más que sólida. «Me da igual la coartada; le pinchamos el teléfono a estos dos, pero ya. Luis, en breve te llegará la autorización de su señoría», digo. *Listín* afirma sin levantar la cabeza del ordenador.

Poco después maldecimos la suerte de los dos adúlteros. Atilio trabajaba en su oficina desde temprano, corroborado por sus empleados a los que entrevistamos por teléfono. Solo falta confirmar las posiciones de los teléfonos móviles de los dos amantes, cosa que no tardará mucho. Pero además tienen doble suerte: el nexo entre la muerte de Pereira y la de Porta es más que obvio.

La firma del círculo incompleto también parece descartar a los familiares, pero no podemos olvidarnos de esa línea de investigación por el momento.

—Ya ha matado a cuatro personas: ya es asesino en serie —afirma Insausti.

—Técnicamente, ha matado a tres —objeta Olga.

Insausti la mira desconcertado.

—El perro, Sergio, el perro —le aclaro.

Insausti abre la boca, pero se arrepiente, y calla.

Durante la siguiente hora seguimos debatiendo aspectos de la investigación y no llegamos a ningún avance.

No tenemos nada de las cámaras de la M-40, ni de las de Adif, ni de las cercanas al colegio de las hijas de Pereira.

Como indicaba el informe de criminalística, solo han encontrado media huella sin indicar la marca del calzado. Al parecer han empleado el mismo método de evitar que se impriman bien en el suelo. Y también parece seguro que han realizado un barrido para complicar aún más el rastreo.

De la autopsia solo sabemos que el hombre murió asado vivo, que su corazón y su hígado estaban cocidos. Y no hemos podido averiguar procedencias del collarín, ni del líquido ignífugo.

La investigación sobre el perro que mató al guardaespaldas de Porta también está parada. La Unidad Canina no puede ayudarnos más y no quiero contactar con Suchowolski.

Después de debatir todo esto se produce un silencio; me fijo en los integrantes de mi equipo:

Lucas remueve su café como si buscara un bicho. Amaya

acaricia su porra extensible como si acariciara la entrepierna de algún novio del pasado. La subinspectora teclea en su móvil como si sus dedos fueran alas de un colibrí. Insausti se toca los bíceps como si estuviera enamorado de sí mismo. Pleite lee el expediente. Y *Listín* está sentado con un portátil, tecleando; parece ajeno a la charla.

—El comisario nos espera dentro de una hora, pero antes quería que habláramos nosotros.

Bebo un trago de agua, y me aclaro la garganta. Me muevo de mi mesa para repartirles una carpeta a cada uno con el dosier. En esta ocasión prefiero entregárselo impreso.

EL RASTREO DE POSICIONES

La primera página del informe recoge la foto del cadáver carbonizado de Pereira. Mejor dicho, de la cara no carbonizada, que es lo único que el asesino ha dejado sin quemar.

—Joder, jefe, menuda bienvenida —protesta Toribio.

—Ahí tienen la firma —comento.

—El mismo círculo que había en el pecho de Porta —apunta Amaya.

Asiento, y vuelvo a mi escritorio.

—Igual que con la primera víctima, el entorno y familia de Pereira han pedido la máxima discreción. Al principio no querían, pero por consejo de su abogado lo han pensado mejor.

—No me extraña con la que tienen esos dos —dice Solís con sorna.

—Del Olmo —interrumpe Saavedra—, ¿no crees que eso puede indicar algo?

—¿El qué?, ¿que estén liados y no quieran que lo sepa nadie porque la opinión pública los va a crucificar?

—No, hombre —protesta Olga—. Porta es uno de los empresarios más poderosos del país. Pereira, no a un nivel tan alto, pero se le acerca. Lo del hermano con la cuñada podría ser puro teatro. Los dos patriarcas asesinados de forma violenta... ¿No parece un poco de *Omertá*?

Listín para de teclear. La palabra capta su atención.

Cuando trabajé en la UDYCO en Galicia, al inicio de mi carrera, descubrí el significado de este término. Por supuesto que no la llamábamos así, pero el cine y la literatura la pusieron de moda: la famosa *Omertá*, el pacto de silencio de las mafias siciliana y napolitana.

—Vienes hoy con ganas de marcha, ¿eh, Saavedra? —digo—. Esa palabra es casi una palabrota.

—¿Por qué?

—Decir que hay un pacto de silencio, *Omertá*, como tú lo llamas, puede sugerir que hay un delito que ocultar. Y decir que lo del hermano y la cuñada es teatro...

—Olvídate de eso. ¿No parece bastante claro que hay vínculos entre los crímenes?

—Que haya conexión entre los crímenes no quiere decir que las víctimas tengan delitos que ocultar.

—¿Y lo de Suchowolski? —insiste.

—Algo que no está probado de un tipo que acabó en el talego. Olga asiente y vuelve a teclear en el móvil.

—Como iba diciendo, seguimos con las manos atadas y estamos a la espera de la magia de aquel señor que está al fondo dándole a la tecla.

—¿Hay lista de posibles personas con motivos para cargarse a Pereira como con Porta? —pregunta Amaya

—Estamos a expensas de la mano del comisario con la UDEF. Si tienen algo en común, pues ya tendríamos algo muy sólido donde agarrarnos —responde Olga.

—De momento, insisto: aquel *máquina* es nuestra máxima esperanza.

Listín ha vuelto a sus quehaceres y ni se inmuta cuando lo menciono de forma indirecta hasta dos veces.

—Eh, Cortocircuito, ¿algo para nosotros?

—¿Cortocircuito? —pregunta Amaya sorprendida—. ¿Otro mote?

—No, que el inspector que es más viejo que las paredes —se burla Lucas.

—*Cortocircuito* es una película de los ochenta, con un robot muy inteligente que se lee libros con solo hojearlos, como si fuera un folioscopio —aclara Olga.

—¿Y qué coño es un folioscopio? —pregunta Insausti.

Olga no está para explicaciones; teclea algo en su móvil y se lo enseña al oficial que solo expresa un «Ah».

—Os ha dado por las pelis antiguas, sí —replica Amaya.

Me acerco a la mesa que ocupa *Listín*. Entre él y yo hay un código: si avanzo hacia su lado del escritorio y no para de teclear, es que me deja ver su trabajo porque, o ha terminado, o está en buen camino de ello. No hay que interrumpirlo cuando está en el ordenador; puede perder la concentración, y perder la concentración puede suponer la pérdida de todo el trabajo que está realizando, así que avanzo despacio, como un coche que quiere adelantar a otro en doble fila, pero apenas queda espacio para hacerlo. No le quito ojo de su gesto. Si me deja pasar, son buenas noticias. Atravieso la línea imaginaria sin su reprobación y me dan ganas de darle un beso. En la pantalla hay un mapa de Madrid. Acaba de introducir unos dígitos en el software que usa para verificar las coordenadas de los repetidores que nos mandan las compañías telefónicas y, muchas veces, podemos precisar las posiciones con margen de metros. *Listín* teclea y, en una segunda pantalla, aparecen números de teléfonos. Son las listas de llamadas de los últimos días de las víctimas. Hay dos puntos en tonalidad roja. Los dos puntos están muy próximos entre sí, casi tocándose.

—¿Ese es el programa nuevo?

Él mueve la cabeza arriba y abajo. Un software de última generación para cribar las posiciones de los teléfonos. A los pocos segundos, para de teclear. Sonríe. Me mira y, si antes tenía ganas de darle un beso, ahora me gustaría estamparle un morreo. Lástima que sea tan poco atractivo.

No hará falta esperar al informe de la UDEF.

EL RESTAURANTE

Olga conduce por las calles de Madrid como si lo hiciera por una pista de Hot Wheels, el juguete donde los coches circulan por carriles con barreras en los laterales para no salirse de la pista. Usa el regulador automático de velocidad y lo pone siempre cinco kilómetros por encima de la permitida. «El velocímetro tiene errores de calibrado, y lo que marca suele ser entre un dos y un tres por ciento menor que la real», me aclara en su día. Es una conductora tan eficiente que, a pesar de que le gusta pisar el acelerador, no le ha causado daños a ningún camuflado ni cuando hemos tenido que perseguir a algún «bendito» a más de ciento veinte por hora.

Nos dirigimos al Restaurante Green Brasil, situado en el barrio de Azca, que resulta ser un asador de la carne más roja que se puede encontrar en un matadero.

¿Por qué?

Porque las habilidades de *Listín* nos han dado una pista magnífica: Porta y Pereira comen juntos el jueves anterior, justo un día antes de la desaparición del primero. Al menos lo hacen en el mismo lugar: el Green Brasil. Eso dicen las posiciones de sus móviles: están desde la una y cuarto hasta las cuatro y media de la tarde en dicho restaurante

Aparcamos casi en la puerta en una plaza de movilidad reducida.

—Olga. —Ella se gira, y me presta toda la atención que sus ojos castaños pueden prestar—. El caso va a saltar a prensa en cuanto hablemos con el metre.

—¿Qué piensa el comisario?

—Me ha dicho que le supliquemos que no cuente nada, que le hagamos entender que, por el bien de todos, incluso de la reputación del restaurante, es lo mejor.

—A ti te parece bien que lo llevemos tan oculto. Dime por qué.

—¿Seguro que no lo sabes ya?

—Porque el responsable de los crímenes quiere que sea mediático, y el hecho de que no lo sea le puede hacer dar un paso en falso.

Sonrío.

—Y si se convierte en mediático, ¿va a cambiar en algo? ¿No crees que podría sentirse más acorralado? —pregunta.

—La verdad es que no lo sé. Lo que sí temo es que Torres nos corte el riego con los seguimientos y con los pinchazos telefónicos.

Olga se coloca un mechón de pelo que le ha cubierto parte de la cara. Se lo lleva detrás de la oreja. El claroscuro que tiene en su rostro provocado por la luz que entra de fuera y la oscuridad que hay dentro del coche le da un aspecto de estrella del cine en una escena dramática.

—¿Tú no le dijiste al comisario que no hay que basar toda la investigación en ello? Parecía que te lo creías, y todo.

—Sí, pero, si estamos ahora aquí, es gracias al rastreo de los móviles de Porta y de Pereira. La rapidez con lo que hemos obtenido esto es algo fuera de lo normal.

Olga suspira, y da por finalizada la conversación.

Salimos del coche; en la puerta nos atiende un camarero. Olga se identifica, y el servicial trabajador borra la obligatoria sonrisa con la que ha de recibir a todos los clientes. Nos pide un momento para buscar al encargado.

Un tipo pequeño, enfundado en un esmoquin azul oscuro que le confiere un aire de pingüino, nos estrecha las manos y se presenta.

—Buenos días, agentes, soy Luciano, que hemos hablado antes por teléfono —dice—. Ruego que me acompañen.

Nos guía por un pasillo que deja a un lado el salón principal del restaurante. Pasamos por delante de una puerta de la cocina y percibo un olor delicioso de carne asada que, instantes después de haberme deleitado, me repugna por recordarme al crematorio donde encontramos a Pereira. Entramos en una oficina pequeña y desordenada, con paredes oscuras y con muebles de madera antiguos. Varias fotos con famosos de todos los ámbitos decoran la mejorable estancia.

—Disculpen el desorden —se excusa Luciano, mientras trata de ordenar sin éxito los múltiples papeles que reposan sobre su escritorio —. Díganme en qué puedo ayudarles.

—Señor Luciano, antes de proseguir, le tengo que pedir que lo que aquí hablemos sea de carácter confidencial —exige Olga. La subinspectora le exige confidencialidad hasta con su propia familia, y el pobre Luciano mueve los labios y no sabe cómo ponerlos. No sabe si debe sonreír o quedarse serio. Cuando escucha los nombres de nuestras víctimas, por un momento pienso que se va a desmayar. La estancia es oscura, y la tonalidad de la piel de Luciano vira a blanco, tanto que podría decirse que se ha iluminado un poco—. Luciano, sabemos lo que está pensando y solo queremos que nos confirme si suelen venir por aquí.

—Sí... claro, suelen venir un jueves sí y un jueves no desde hace unos meses —confirma y ya sé lo que está pensando mi compañera.

—No le vamos a pedir si escuchó algo de lo que hablaron, pero le tengo que preguntar qué tono opina usted que tienen esas reuniones. —Luciano nos mira a los dos sin entender—. Si usted diría que son reuniones de trabajo o de ocio.

—Ah, pues yo diría que *fifty-fifty* —explica Luciano, recurriendo al extranjerismo.

—Explíquese.

—Pues que suelen venir pronto, sobre la una o una y media —responde—. Los pasamos al reservado, y allí, por lo que yo supongo, hablan de negocios, porque se enseñan cosas en sus móviles y sí, bueno, confieso que algo sobre la construcción de una urbanización o de un centro comercial escuché en su día.

—Bien, y ¿el otro *fifty*?

—Cuando empiezan a comer, ya piden vino, y los tres acaban pidiendo una copa o dos cuando terminan el postre.

—¿Los tres? —Se sorprende Olga.

—Sí, perdonen, es que no les había hablado del señor Leopoldo.

Marco en mi teléfono el aviso de emergencia. Quizá podamos evitar que al tal Leopoldo le pinten un círculo en alguna parte de su piel.

LA BÚSQUEDA

Leopoldo Roger.

Así se llama la persona que parece destinada a ser la tercera víctima.

Luciano, el metre, insiste en que los tres llevan varios meses reuniéndose en semanas alternas en su restaurante; esas reuniones *fifty-fifty* negocios-ocio.

Luciano pregunta qué ocurre; seguro que está al tanto de la muerte de Porta, pero no debe de saber nada de la de Pereira. Y así tiene que seguir siendo. Nos entrega una tarjeta de Leopoldo, y Olga llama al teléfono que figura. Apagado o fuera de cobertura. En la tarjeta, Roger aparece como CEO de una constructora: Rego Terra S.L. No tenemos toda la identidad del empresario, por lo que no puedo solicitar a la jueza que nos autorice a buscar su teléfono. Contacto con *Listín* para que haga su magia e intente averiguar el segundo apellido y completar así su identidad, pero la magia no es inmediata.

Nos despedimos de Luciano y nos encaminamos al coche; le pido que esté localizable y acepta con resignación.

Olga encuentra el número de Rego Terra en internet, y yo llamo por teléfono; me lo coge un chico que se identifica como Arturo. Le expongo mi nombre y mi cargo, y le pido que me ponga con el señor Roger. Arturo no está autorizado a pasarme con él; tiene que hablar con su superior. El superior tarda en comunicarse conmigo tres larguísimos minutos y, mientras espero, le pido a Olga que busque la dirección de la empresa, cosa que ella ya tiene buscada y que me recochinea enseñándome el móvil. También le pido que hable con Insausti, que coja un coche, y que junto a Solís se dirijan a la dirección de la empresa: un edificio situado en el Parque de las Naciones.

—Buenos días, soy Leire Muntaner, me comentan que es usted de la policía. Dígame qué ocurre.

—Señorita Muntaner, quiero hablar con el señor Roger lo antes posible. Es muy importante.

—Lo lamento. No se encuentra aquí. Dígame su mensaje, y yo se lo haré llegar.

Suspiro profundo, y Olga arranca el coche.

—Necesito hablar con él y solo con él. ¿Sabe dónde está?

—No estoy autorizada a facilitarle esa información, agente.

Me dan ganas de gritarle.

—Señorita: si no me da un teléfono, una dirección o un lugar donde encontrar a Leopoldo Roger, la voy a acusar por delito de obstrucción a la justicia.

Se escucha un silencio al otro lado.

EL PARKING

—Haga usted lo que considere oportuno. Un saludo, agente.

—Señorita, ¿usted se da cuenta de…?

No me da tiempo a terminar porque me cuelga como se le cuelga a un amante despechado.

Olga me invita a entrar al coche a toda la prisa que puedo darme. Enfilamos por la Castellana y ella se pone en modo piloto de carreras. Yo llamo por teléfono a la jueza Torres y tengo la gran fortuna de que me lo coge al tercer tono.

—Del Olmo.

—Luz, perdona, necesito que llames en persona a las operadoras de los números que te voy a pasar para que nos atiendan en el acto. Leopoldo Roger tiene pinta de ser la tercera víctima.

—Más despacio, inspector, más despacio. ¿Qué ocurre? —Le cuento todo, y ella suspira—. Esto no va a ser fácil gestionarlo en cuestión de minutos, inspector.

—Debemos intentarlo, señoría. De lo contrario, habrá que levantar el cuerpo.

—Dile que ya le he mandado el número que tenemos de Roger —dice Olga.

Se lo hago saber, y ella vuelve a suspirar. No sé si por mi comentario anterior o por la urgencia.

—Lo intento, Del Olmo.

—Si es posible, se lo pasa directamente a Luis, ya sabe, el

teleco de mi grupo.

—De acuerdo. ¿Dónde estáis?

—Camino a la empresa del tal Roger, en el Parque de las Naciones.

—Entiendo; espero que lo encuentren. Suerte.

—Gracias, señoría.

Llamo a Toribio para que le meta un poco de presión a *Listín* por si puede hacer algo, pero Lucas me transmite que va a ser complicado.

—Amaya y Sergio ya han tirado hacia el Campo de las Naciones —dice.

—Averigua lo que puedas del tipo… redes sociales, lo que sea. Llama a los de la BIT. A la inspectora Silvia. A ver si saca algo. Pídele a Pleite que te ayude. A muerte, Lucas, a muerte.

Toribio promete quemar el teléfono, y la red wi-fi de la comisaría si hace falta.

Olga, con su destreza habitual, sale de la Castellana antes de llegar a las famosas torres y toma la M-30 en dirección al Campo de las Naciones.

—¿Qué vamos a hacer, inspector?

—Contactar con este hombre como sea.

—¿Y cuando aparezca el cadáver?

La miro por el retrovisor, y encuentro sus ojos. No hay desafío, no hay enfado, no hay nervios. Solo espera que le dé una orden.

—Saavedra —incido en su apellido—, vamos a seguir el protocolo, ¿de acuerdo?

—Del Olmo, no te enfades, pero estamos yendo dos o tres pasos por detrás del culpable de todo esto. Si quieres obtener resultados diferentes, no puedes seguir haciendo lo mismo.

—Subinspectora —levanto la voz—, no me venga ahora con frasecitas sacadas de internet. Vamos a contactar con ese hombre como sea, y espero que usted también desee que lo encontremos con vida.

Olga aparta la vista del retrovisor, pone la sirena y pisa el acelerador. Eso requerirá mayor concentración por su parte y me dejará tranquilo unos minutos. Unos minutos que necesito para pensar qué decirle al comisario antes de llamarlo.

Llegamos a la sede de Rego Terra. Es un edificio de oficinas gigantesco, al estilo de muchos de los que hay en esta zona de Madrid. En el parking, Olga se identifica al vigilante que hay en la garita, que asiente y pregunta si puede ayudar en algo. Ella le pide acceso y le comunica que vendrá otro coche con otros dos compañeros. No nos da tiempo a esperarlos, Insausti acaba de llegar y nos pita para hacérnoslo saber. El vigilante nos da paso, y nos indica cómo subir.

Ese tiempo de espera me irrita. Al menos perdemos cinco minutos con este trámite absurdo, y en estas circunstancias necesito todos los segundos que hay en el reloj.

Olga aparca tan deprisa que ocupa dos sitios. Insausti y Solís estacionan al lado.

—Subid los tres, y averiguad el domicilio y que te confirmen si Roger tiene más líneas de teléfono. Pregunta por Leire Muntaner.

—¿La que te ha colgado?

—La misma; con un poco de suerte, si la presionáis entre los tres, dirá algo. Hazle ver la gravedad de la situación sin entrar en demasiados detalles. ¿De acuerdo?

—¿Y tú?

—Yo tengo que hablar con el comisario que ya es bastante.

Olga asiente, y sale del coche; le da indicaciones a Insausti y a Solís, que me miran y me levantan la mano a modo de saludo.

Me quedo solo.

UNAS MULTAS

Es un parking semicubierto, agradezco que entre un poco de luz solar porque los aparcamientos subterráneos me saturan, me incomodan. Quizá me ocurra eso desde que investigamos y detuvimos a un violador homicida que actuaba en aparcamientos. O quizá sea de antes... no lo sé.

La luz que entra por las ventanas me anima y me da la calma que necesito para hablar con el comisario.

—Señor, es posible que tengamos otro cadáver.

—Del Olmo, estaba esperando tu llamada. Me he cruzado con Toribio y no me ha dado demasiados datos.

—Tampoco yo tengo mucho más que aportarle, mi comisario —digo, y me callo esperando sus palabras apremiantes.

—¿Quién es ese tal Leopoldo Roger? No me suena.

—A mí tampoco pero, por lo que nos ha contado el metre, tenía relación con Porta y con Pereira.

—¿Qué tipo de relación?

Le cuento al comisario las reuniones ocio-negocio; le explico dónde estamos: que he llamado a la jueza y que tengo a *Listín* trabajando y esperando a que las compañías faciliten los datos del teléfono de Roger.

—Señor comisario, es muy probable que esto ya salte a prensa.

No dice nada por unos segundos.

—Yo me encargo de hacer unas llamadas.

Entiendo que va a llamar, él, o el mismísimo Director

Adjunto Operativo, a los principales medios del país, pero le aviso que ya no estamos en 1990.

—No se le pueden poner puertas al campo, señor.

—¿Qué quieres decir, Del Olmo?

—Pues que con Twitter, Youtube, Facebook y compañía, va a tener que hacer usted muchas llamadas, y no creo que Mark Zuckerberg le coja el teléfono, con el debido respeto.

Vuelve a producirse un silencio.

—Usted procure hacer el menor ruido posible.

—Lo siento pero, si no hacemos ruido, no vamos a encontrar a ese hombre con vida.

—¿Su compañera qué piensa?

—Que ya está muerto.

—Hágale caso: ella es muy sabia.

—Comisario Alamillos, voy a avisar a Ávila, de Secuestros.

—Lo que no sé es por qué no lo ha hecho ya.

Me cuelga, y con esa última frase me dan ganas de estampar el móvil contra el parabrisas del coche. Por pocas que sean las posibilidades de encontrar a Leopoldo Roger con vida, hay que agotarlas. Y que todo un comisario general de la UDEV asuma una muerte más me lleva al límite de estrés tolerable.

Me comunico con *Listín*.

—No puedo, jefe. Me ha llamado la jueza, pero el número pertenece a una empresa telefónica que no tiene sede fiscal en España. Me ha pasado la orden y estoy intentando contactarlos, por todos los medios, pero no va a ser fácil.

—Joder, ¿y qué podemos hacer?

—He encontrado a un Leopoldo Roger en un perfil de una red social profesional. Lo he contactado, sin respuesta por el momento.

—¿No tiene ninguna otra información en esa red social?

—Pone lo mismo que en la tarjeta esa que le han dado en el restaurante. Nada más.

Le agradezco el trabajo, y vuelvo a agarrar el teléfono con ansias de destruirlo. Me siento inútil en ese aparcamiento; me dan ganas de salir del coche a gritar. Me contengo y lo hago dentro, dándole de hostias a los reposacabezas de delante. Inspiro y cuento hasta siete. Siete es un número mucho más efectivo que tres o que diez; no sé por qué las personas que se hacen llamar *expertas en control del estrés* siempre lo mencionan.

Siete inspiraciones después, me siento más tranquilo, tranquilidad que me dura poco porque me llama la subinspectora cuando yo lo que quiero es que se presente en el coche y salgamos volando a buscar a Leopoldo.

—Del Olmo, esta tipa no suelta prenda. Dice que son órdenes expresas de Roger ante una circunstancia así.

—¡La madre que la parió! Interroga a otra persona.

—Lo hemos hecho y nadie abre la boca.

—¿No te han dicho el segundo apellido del tipo, al menos?

Se produce un silencio y me parece escuchar algo de fondo.

—Leopoldo Roger Martínez —dice Olga por fin.

—Menos mal.

—Hay un despacho, pero sin una orden no podemos entrar. ¿Llamas a Torres?

Una cosa es pinchar un número y otra es pedir una orden de registro en un minuto. No creo que quiera colaborar y prefiero no tentar a la suerte. Hace mucho tiempo que no siento tanta impotencia. No pienso tolerarlo. Le pido a la inspectora que baje al parking con Insausti y con Solís.

No me apetece, pero me veo obligado: marco en mi móvil el número del inspector Ávila.

—Dime, Del Olmo.

—Necesito una dirección, un teléfono, lo que puedas. Hay un tipo desaparecido. Es más que probable que esté en peligro.

—¿Has hablado con el comisario?

—Claro, y me ha dicho que no sabe por qué no te he llamado ya. Pero no hay tiempo de montar un operativo; es urgente que localicemos el domicilio de esta persona. Te lo pido a ti como compañero, si lo salvamos, te cuelgas todo el mérito; me da igual.

Ávila no dice nada.

—¿Cecilio? —pregunto impaciente.

—Mándame el nombre, cojo a un compañero y lo busco.

—No, dime los datos; coges a tu compañero y nos vemos en la casa del tipo, o donde quiera que podamos encontrarlo.

—Te estás extralimitando; si el tipo está vivo, no tienes ninguna competencia en este asunto.

—Si está vivo, es porque yo he dado con él.

El inspector se vuelve a callar.

—Pásame el puto nombre y te llamo en cuanto sepa algo.

—¿Lo prometes?

—Que sí, Del Olmo, que sí.

—Cuento contigo, Cecilio.

Cuelgo y le paso la foto de la tarjeta que me facilitan en el restaurante.

Olga, Solís e Insausti llegan al parking.

—¿Qué hacemos, Del Olmo? —pregunta Olga.

No sé qué decir; estoy sudando y me quito la chaqueta a duras penas. Miro a la subinspectora.

—Sube al coche; vamos a ganarnos unas multas.

EL CHALET

Salimos disparados, dirección la M-30 norte. Por el nivel adquisitivo de las víctimas, deduzco que sus casas tienen que estar en una zona noble de la ciudad. Ahora Olga no conduce como si lo hiciera por una pista de Hot Wheels, en la que es difícil salirse por los carriles con quitamiedos. Ahora conduce como si estuviéramos en un Scalextrix. Vamos a 140 por hora en un lugar donde solo se puede ir a 80. No son muchas las ocasiones en las que nos vemos obligados a ir a tal velocidad; esto no es una película de persecuciones al estilo de Fast and Furious. Pero, cuando es necesario, la subinspectora Saavedra saca a relucir sus horas de vuelo en conducción deportiva. Su padre, corredor aficionado, le metió el gusanillo de la gasolina, que dicen que han de meterte desde pequeño, para que no te atemorice ir al límite con un volante entre las manos. No sé si en estos momentos meditará o no. El caso es que, a pesar de su temeridad, no tengo miedo.

Los minutos previos han sido un intercambio de llamadas con el inspector Ávila. Leopoldo Roger está fichado en nuestra base de datos, y estar fichado no significa que tengan un caso abierto sobre él. Tan solo está en la órbita, seguro que de la UDEF, como lo están Porta y Pereira. Ávila me facilita la dirección en Madrid de Leopoldo. No me equivoco demasiado: Roger vive en Pozuelo de Alarcón.

Correr tanto no nos sirve para nada: el inspector jefe de Secuestros ha pedido por transmisiones que dos zetas se nos adelanten y están ya en la casa. También, obvio, lo está el propio Ávila, en la puerta, como diciendo quién puede entrar y quién no. La casa no está en una exclusiva finca con vigilantes de seguridad, barreras contra intrusos o cámaras de videovigilancia por todos lados pero, por el poder adquisitivo del dueño, tiene las suficientes medidas de seguridad para dificultar la entrada de asaltantes.

Al menos eso creía Leopoldo, otro gran empresario, con otro grado menor de cuenta bancaria. Esto me lo explica el comisario antes de colgarme el teléfono metiéndome un poco más de presión. Como si el culpable de esta masacre hubiera organizado una pirámide de poder adquisitivo de sus víctimas y hubiera empezado por arriba para ir descendiendo en sus objetivos.

Saludo a Ávila y le suelto un escueto «Gracias» que él ni responde. Cuando nos encontramos con el cadáver, me recuerda a mis hijos jugando a enterrarse en la playa. Su cabeza sobresale de una montonera de tierra y césped que le sirve de tumba prematura, en la que su asesino ha vuelto a recrear una escena del crimen trabajada y macabra.

No nos podemos acercar mucho porque la Científica todavía no ha llegado, así que, desde el perímetro que han delimitado los compañeros, observo lo que mi cansada vista me deja ver con la ayuda de mi linterna; ya ha caído la tarde, y se ve más bien poco.

—Marca del círculo en el cuello.

—¡Joder!, qué vista, Saavedra —digo.

—Tu linterna ayuda, inspector.

Sonrío, pero Olga ni me mira; solo teclea en su móvil. Yo no consigo alcanzar a ver bien la marca. Si ella lo dice, ahí estará. Solís e Insausti llegan en ese momento.

—¿Has hablado con Luis? —pregunto a Amaya.

—He hablado con Toribio; a *Listín* no se lo puede molestar —responde.

—Lucas viene de camino junto con Pleite —dice Insausti.

Olga no para de teclear en su pantalla.

—¿Puedes dejar el móvil un momento y mirarme? —le exijo.

Levanto la cabeza tanto que el cuello me duele. Me encuentro con su mirada seca, como si se acabara de llevar un desengaño amoroso.

—No voy a soltarte un «Te lo dije», aunque te lo merezcas, Del Olmo. No tiene sentido. Ahora tan solo escucha. Mejor dicho: observa.

Me enseña en el móvil una imagen que, en un principio, no entiendo. La miro. Intento preguntar pero, antes de que pueda hacerlo, escucho el paso inequívoco de un agente de la Científica: el ruido característico del roce del plástico de sus trajes al caminar los delata. Nos saludan y acceden a la zona donde yace el cuerpo.

—Luego me explicas eso, subinspectora.

—Seguro que ya te has dado cuenta.

No encuentro soberbia ni en su mirada ni en sus palabras. Es una invitación sana a que piense y asuma lo que me ha enseñado.

Llegan Toribio y Pleite. Les pido que hagan una inspección exhaustiva de los alrededores en busca de cámaras, de marcas de neumáticos, y de cualquier otro indicio que nos pueda ayudar.

La casa es un unifamiliar de dos plantas, al más puro estilo modernista con grandes ventanales de formas rectangulares. Por supuesto, una de las llamadas *infinity pool* (una piscina de esas de moda que parece que se va a desmoronar por un barranco) corona el jardín y deja caer el agua sobrante en una cascada que se recoge en una acequia junto a la que está el cuerpo, como si de una catarata se tratase. Quizá lo último que Leopoldo Roger viera en su vida fuera esa cortina de agua caer desde su piscina.

LOS CUATRO ELEMENTOS

—Los cuatro putos elementos —protesta Toribio. Olga nos acaba de entregar el expediente que tenía a medias y que termina cuando llegamos a la brigada—. ¿Esto qué es?, ¿una serie del netflis ese?

Amaya e Insausti ríen, todo lo contrario que Olga, Pleite y yo. En el informe, Saavedra expone que el *modus operandi* del agresor está basado en los cuatro elementos:

Porta murió por agua.

Pereira por fuego.

Roger por tierra.

Solo falta el aire.

—Ni serie, ni película, subinspector Toribio; lo único que importa es encontrar a esa cuarta víctima potencial —digo clavando mis ojos en *Listín,* al que parecen llegarle las ondas que salen de mi cerebro—, ya que no hemos salvado a la tercera.

—Tengo las llamadas de Pereira y de Porta, pero entre ellos no se han llamado.

—¿Y qué hay del teléfono no oficial de Roger? —pregunta Olga.

Hemos encontrado un segundo teléfono escondido en los bajos del coche de Leopoldo, un móvil de los de antes de la generación Smartphone, cuya línea es la que figura en la tarjeta que entregó al metre del Green Brasil.

—Así que un teléfono culebra… —protesta Toribio

—De momento me lo están destripando los compañeros; es un móvil antiguo y no creo que tarden en acceder. La tarjeta SIM es de una empresa extranjera. Respecto del teléfono oficial, hay que esperar un poco a que nos manden los datos las telefónicas españolas.

—Del móvil oficial de Porta y del de Pereira no hemos sacado nada en claro, ¿verdad? —pregunta Olga.

Listín niega con la cabeza.

—Puede que los otros dos también tuvieran teléfonos culebra. ¿Es posible que haya llamadas entre ellos? —pregunto.

—Es posible —concluye Luis—. ¿Has consultado a las familias si sabe de la existencia de segundas líneas?

—No de esa forma; hemos pedido todas las que tengan, pero no teléfonos culebra como parece este de Roger. Ahora mismo Toribio llama y lo pregunta —digo mirando al subinspector, que se dirige a su escritorio.

—Un «culebra» como los camellos, ¿no? —pregunta Insausti.

—¿Te acuerdas de Heisenberg? —Le devuelvo la pregunta.

—No.

—Ni yo, ¿qué es? —dice Toribio.

Deben de ser los únicos integrantes de toda la comisaría que no han visto *Breaking Bad*, y no será por las veces que se la hemos recomendado.

—Uno de una serie que fabricaba «eme» y tenía un segundo teléfono para contactar con los *dealers* y demás chusma, como ha dicho Sergio —aclara Amaya, e Insausti esboza su clásica cara de «Ah».

—Me suena, me suena —miente Toribio.

—¿El «culebra» de Roger está a su nombre? —pregunta Olga.

—No, estamos pendientes de que nos digan el titular.

No quiero mostrar mi desánimo pero, a pesar de que hemos adelantado mucho con los trámites de su señoría y con la rapidez de las operadoras, este proceso de buscar datos telefónicos va a llevar más tiempo del que me gustaría.

Miro el panel de la oficina conjunta del grupo, donde nos encontramos todos. En el centro hemos situado a las tres víctimas. Debajo de Porta están Suchowolski y los Ortiz-Melgar. A la izquierda, apartado, está Martens, el portugués de los todoterrenos, huido. A su lado, el hijo menor: Patricio Porta.

Debajo de Pereira está su hermano Atilio y, más abajo, su mujer.

Y la foto de Roger solo la acompaña una fotografía del círculo incompleto: la firma del homicida.

—Jefe, hace diez minutos han llamado de la Comandancia de la Guardia Civil de Badajoz —dice Amaya—. En Portugal han localizado a Martens.

PISADAS

—¿Y? —Que lo han pillado con casi cuarenta mil euros y se ha meado en los pantalones.

—Joder, jefe, se me ha olvidado comentarte que el teléfono de este tal Martens dibuja una ruta perfecta entre dónde tenía el negocio de los 4X4 y la frontera con Portugal en Badajoz —comenta Luis.

Olga quita la foto de Martens del panel, y yo me callo, como es debido.

—Toribio, ¿los científicos te han dicho algo del círculo de Roger? —pregunto.

—Lo mismo que en los otros: que no saben qué es. Y del resto igual que con los otros: ni ADN, ni fibras, ni la madre que lo parió. Han encontrado huellas de pisadas, pero adivina.

—No me jodas. ¿Ni una sola que nos sirva?

—Nuestro asesino se pone algo en los zapatos para jodernos vivos.

—¿El número de pie lo han sacado?

—Más o menos… entre el 40 y el 42. Dicen que tiene pinta de huella de hombre, pero no lo pueden asegurar.

—¡Joder! —protesto.

—Lo único así, que llame la atención, es que una de esas huellas está justo al lado del coche de Roger.

Olga y yo nos miramos.

—Jefe —interrumpe listín—, la jueza Torres ya ha autorizado

que las operadoras nos pasen todos los datos brutos del repetidor más próximo al restaurante donde se reunían los jueves.

—Menos mal.

—Me han llegado hace cinco minutos los de dos de esas operadoras. Por otro lado, de la lista esa de treinta y tres personas del informe de la UDEF, ninguna de ellas estuvo cerca del lugar de desaparición de Porta el día del secuestro. La verdad es que se lo están currando, la jueza y esta gente de las telefónicas.

—Normal… con la que les están dando desde las alturas… —se queja Olga.

La miro y aprieto los labios.

—Luis, procesa los que tienes y repártelos aquí entre los compañeros; que se pongan a picar cuanto antes.

Listín asiente y sigue con su trabajo dándole a la tecla.

—¿Qué buscamos concretamente, inspector? —pregunta Pleite.

—Pues la cuarta víctima y también el culpable —contesto.

—¿Pero el metre contó algo de una cuarta persona? —objeta de nuevo el subinspector

—El metre dijo que, el jueves antes de la desaparición de Porta, estaban solo ellos tres, los que habitualmente se reunían. Pero lo he llamado hace media hora, y después de preguntarle y sonsacarle, me ha contado que en alguna ocasión iba alguien más. Nadie fijo. Un día uno, otro día otro. Y que estos unos y otros no comían con ellos, sino que llegaban a la hora de las copas —informa Olga.

—Sospechamos que estas personas pueden ser enlaces, colaboradores o dueños de empresas más pequeñas con las que estos tres tuvieran algún tipo de negocio o acuerdo —añado—, así que Luis está mirando los datos de semanas anteriores.

Listín me ignora y teclea.

—Amaya, ¿algo de los pinchazos a Suchowolski, Atilio Pereira y Catalina Sostres? —pregunto.

—Nada de momento. El polaco solo llama por comida para

sus perros. Atilio muchas llamadas de negocios, pero como no hable en clave, no se puede sacar nada. ¿Verdad, Sergio?

Insausti le está echando una mano con las escuchas, y asiente con una mirada cómplice.

Se produce un pequeño silencio que aprovecho para observarlos; respiro profundo y doy gracias por el pedazo de equipo que tengo.

Me dirijo a Pleite.

—¿Huellas de vehículos, Julio? —pregunto.

—Nada reseñable; parece que el asaltante entró a pie.

—¿Y cómo se saltó la alarma y no hay nada en las cámaras de vigilancia?

—Del Olmo —interviene Olga—. ¿Por qué no te has leído el informe de criminalística?

—Porque para eso estáis vosotros, subinspectora. ¿Qué pasa?

LA TIERRA

Apuntes, teorías y suposiciones no oficiales de Del Olmo y Saavedra sobre El ~~asesinato de Armando Porta, Atilio Pereira, Leopoldo Roger~~ caso de los cuatro elementos.

Leopoldo Roger tenía un circuito de cámaras de seguridad y una alarma de última generación en su casa. Un bonito chalé en una conocida zona residencial colindante a Madrid. Lo que ocurrió fue que este circuito de cámaras no era tan seguro como le habían prometido: dejaba algunos puntos ciegos en los que era fácil esconderse. El más evidente, el que había debajo de la piscina. Un precioso lugar para refugiarse y para cavar una tumba.

El asaltante de Roger tenía una extraordinaria habilidad para abrir coches, y Leopoldo siempre dejaba la bolsa de deporte del gimnasio en el asiento de atrás. Por ello, el maletero era un lugar ideal para esconderse, y entrar en la casa con una alfombra roja puesta.

Si Leopoldo hubiera contratado un pack superior de seguridad, con algún escolta incluido, podría haberse salvado. Pero él quería vivir lo más libre posible, lo menos vigilado posible, y lo más rico posible. Aunque muchas veces estas cosas son incompatibles.

Una vez dentro, el agresor salió del coche por la parte delantera después de haber abatido uno de los asientos. Se movió sin ser detectado por las cámaras ya que conocía su ubicación y se coló en el interior. Allí se escondió detrás de una puerta y, cuando Leopoldo entró en la cocina, solo tuvo que golpearlo con fuerza en la boca del estómago. Lo golpeó dos veces más: primero en un oído, y después en la sien. Para rematar, le pegó un puntapié en el muslo derecho, que le dobló las rodillas. Así fue más fácil amordazarlo y atarle las manos a la espalda.

Antes de arrastrarlo a la parte baja del jardín, burló la cámara de seguridad de una forma tan sencilla como colocar un pequeño artilugio, que fijó a la propia carcasa de la cámara. El artilugio consistía en una lente de fotografía y una imagen impresa del jardín, modificada por ordenador para simular un aspecto nocturno. La lente provocaba el efecto de que la foto estaba más lejos de lo normal y la dotaba de perspectiva. Parecía una imagen real. Era un truco tan sencillo que se le podría ocurrir a un niño pequeño. Lo colocó en menos de un segundo mediante anclajes magnéticos; ya había practicado en su casa con un modelo idéntico, y los resultados fueron satisfactorios. Apenas se apreciaría un ligero corte en la imagen, y en la empresa de seguridad no había un vigilante pendiente las veinticuatro horas del día de esa cámara como si guardara La Mona Lisa del Louvre; tan solo se grababa lo que ocurría y, si había un aviso de alarma, un operario podía acceder a la imagen en vivo.

Una vez realizado esto, la parte más complicada de su plan, golpeó de nuevo a Leopoldo, que parecía recuperarse, y lo llevó a la zona de césped bajo la piscina, esa tan moderna y tan hortera. Allí le preparó su propia tumba. La cámara apuntaba a la foto y la alarma estaba desactivada: se tomó todo el tiempo que quiso. Al fin y al cabo, nadie esperaba en casa a Leopoldo, soltero y sin ganas de iniciar una nueva relación, porque de la última había salido escaldado.

¿Familia?

Poca y muy lejos.

El agresor le pegó otra vez: en la oreja, en la sien y en la boca del estómago. Otro golpe fuerte en la nuca lo llevó al suelo y lo dejó medio grogui. A pesar de ello, Leopoldo escuchó un ruido que le recordó a un animal escarbando en la tierra. Cuando lo arrastró y lo depositó en el lugar que habría de ser su tumba, se dio cuenta de que estaba metido en un agujero en su propio jardín. Miró hacia arriba, con la intención de ver la cara de quien lo había metido allí, pero solo encontró la cortina de agua que caía de su estupenda piscina.

Le cubrió los pies con tierra y Leopoldo notó el tacto seco en sus descubiertos tobillos. Después sobre su ropa. Quiso gritar, pero no pudo: la mordaza tenía dos buenos nudos, imposible de aflojarse por una boca muerta de miedo y llena de babas. Quería ofrecer dinero a quien le estuviera haciendo esa barbaridad, muchísimo más de lo que le hubieran pagado. Porque alguien había tenido que pagar por aquello que le estaban haciendo.

No debió haberse metido en aquellos chanchullos.

Intentó lanzar un último grito, desesperado, justo antes de que la tierra le cubriera la cara. Se removió y el instinto de supervivencia lo engañó: parecía que podría salir del agujero; sin embargo, recibió un fuerte golpe en la frente, que le provocó un dolor de cabeza tan grande que no pudo ni pensar. Le tapó la cabeza con tierra, y Leopoldo se espabiló cuando se dio cuenta de que esa tierra le estaba taponando sus fosas nasales, asfixiándolo. Hiperventiló y casi perdió la consciencia. Por un momento pensó que sería mejor desmayarse y morir tranquilo. Al menos así dejaría de sufrir.

La tierra paró de caer sobre su cabeza. Se sintió eufórico; quizá podría tratarse de una broma de muy mal gusto, o quizá solo de una advertencia. Se animó más cuando le quitó de encima la arena de la cara. Abrió bien los ojos, y se fijó en una luz morada que le apuntaba; no supo identificar qué era. La luz morada estuvo sobre su cara unos dos o tres interminables minutos en los que él no se movió porque lo había amenazado con volver a golpearlo si lo hacía. Escuchó una conocida melodía. ¿Vendría de su equipo de música? Imposible. Él no tenía ningún disco con esa canción.

Recibió una bofetada, y su captor le enseñó una imagen en un móvil. Él entendió, entonces. Afirmó con la cabeza, y el asaltante lo amenazó: si gritaba, lo golpearía con mucha fuerza. Cuando le quitó la cinta americana de la boca, inhaló fuerte, tembló y, ante la nueva amenaza, empezó a contar lo que el asaltante había ido a buscar, pero se detuvo. Si cantaba todo, lo mataría. Miró a su *agresor, que se quitó las gafas de sol y la braga de cuello que llevaba para que nadie le reconociera. Leopoldo lo reconoció, y se meó encima, y lloró, y se maldijo a sí mismo por haber sido tan estúpido. El agresor le insistió para que confesara; tenía que escupir toda la información. Le mintió con la falsa promesa de no matarlo. Lo golpeó de nuevo, varias veces, y por fin lo quebró.*

Leopoldo contó todo.

Después no tuvo tiempo de gritar o de seguir llorando porque le volvió a tapar la boca con la mordaza, le volvió a dar un palazo fuerte en la nuca y volvió a cubrirle la cara con tierra y césped.

La presión en sus fosas nasales esta vez no disminuyó, sino todo lo contrario, y él se sintió cada vez más débil, hasta que llegó un momento en el que la tierra se le coló dentro de la nariz y se le metió en la boca y la paladeó. Esa tierra mojada y ese césped húmedo y quizá con algún gusano que se adelantó a los que vendrían después, cuando ya no pudiera respirar y se convirtiera en abono para el césped de su propio jardín.

FOTO Y LENTE

—¿**P**ero cuánto estaba pagando este hombre a la empresa de seguridad? —Me llevo las manos a la cabeza.

—Pues supongo que no mucho, jefe. La empresa es de las normalitas —dice Solís.

Olga explica la artimaña de poner una foto delante de la cámara con una lente para simular profundidad y para que quien revise la grabación no se dé cuenta de lo que allí ocurre. Los de inspecciones oculares de la Policía Científica encontraron el dispositivo en una de las cámaras de videovigilancia del chalé, la que apuntaba hacia la piscina.

—O son unos genios o unos chapuzas —comenta Toribio.

—Chapuzas no creo, Toribio —dice Olga.

Él la mira, resignado y aporta su mejor valor: el trabajo.

—Jefe, si te parece, me acerco al restaurante a hablar de nuevo con el metre y me fijo en las cámaras que haya por allí.

—Perfecto, Lucas, gracias. —Le levanto el pulgar en señal de victoria—. Hablando de cámaras, la casa de Roger no está en una urbanización cerrada, con lo cual se puede acceder a la vivienda desde la calle. Insausti, ¿viste alguna cercana?

—Había una en un cajero a quinientos metros de la vivienda; ya he contactado con la empresa. No es una sucursal bancaria, tan solo un cajero empotrado en un local, en un negocio que pone que se traspasa.

—¿Nada más cerca?

—No es que la casa esté en un área muy transitada, inspector —alega Insausti.

Muevo la cabeza arriba y abajo. Callo durante unos segundos.

—Amaya, ¿no te han dado explicación de por qué no saltó la alarma?

Ella niega con la cabeza, y pide auxilio con la mirada a Olga.

—El agresor pudiera estar esperándolo dentro —interviene la subinspectora.

—¿Dentro? —pregunta Solís—, ¿y cuándo entró?

—Hay que interrogar al personal de limpieza, jardinería o mantenimiento.

Afirmo, y le encargo el trabajo a la propia Solís.

—También es posible que se hubiera escondido en el coche y entrara con él —dice de nuevo Olga.

Todos la miran sorprendidos. Yo sonrío por dentro.

—Luis, averigua dónde estuvo este hombre antes de llegar a casa y a ver si hubiera una cámara de vigilancia cerca. Insausti y Pleite, dadles caña a las empresas esas de telefonía extranjera.

—Jefe, pero entonces, ¿quién va a mirar los números? —protesta Luis.

Siento el colapso acecharme. Me doy cuenta de que estoy realizando la labor típica de una investigación de homicidio, pero tengo la sensación de que debería buscar a la cuarta víctima para protegerla. La que representará al cuarto elemento que falta: el Aire.

CENA EN CASA

Observo con detalle las fotos de los tres cadáveres.

No son cosas que se deban ver después de una copiosa cena hecha con todo cariño entre mi mujer y yo: ensalada de patatas y filetes de pescado en salsa.

Esta noche hay invitada, y no hay tiempo para series; los niños protestan, aunque, por otro lado, les agrada tener a Olga en casa. Estaban con los abuelos la primera vez que vino y flipan bastante al verla, sobre todo vestida de calle con sus pantalones infinitos y con sus tacones medios. Es una mujer que, guste o no guste, no pasa desapercibida. Mi hijo pequeño no deja de mirarla, y es divertido ver cómo inclina el cuello hacia arriba. Mi mujer ya conoce a Olga. Se muestra muy afable con la subinspectora; no ve en ella una amenaza a la que temer en el plano afectivo-sexual (o al menos no lo demuestra). Demasiado alta para mí… seguro que piensa eso.

Termina la cena, y los niños invitan a Olga a su cuarto. Casi no entra por la puerta. Mi mujer me pide que la acompañe a la cocina. Algo ocurre.

—Me ha cogido por banda hoy una madre del cole.

—¿Y eso?

—Carlos ha pegado a su hijo.

—¿A quién?

—A Rubén, el chico repetidor.

—¿Al más grande, encima? ¿Y qué le has dicho tú?

—Pues le he preguntado si sabe el motivo. Dice que no, que

su hijo ha llegado a casa con la camiseta dada de sí y con una marca en la mejilla.

—Madre mía —protesto—. ¿Y qué ha pasado al final?

—Me ha dicho que, como se vuelva a repetir, se quejará a la dirección y pedirá que expulsen al niño.

Me llevo la mano a la cara... las dos. Todos hemos tenido algún altercado en el colegio de pequeños y, por mucho que se diga que son cosas de niños, es preocupante. Sobre todo si llegan a las manos.

—¿Has hablado con él?

—Claro; le he preguntado, pero me da largas. Dice que solo se dieron unos empujones y listo. Víctor no ha visto nada, y que peleas hay de vez en cuando. Que ya vigilará él que nadie lo toque. Y yo le he dicho que ni que lo toquen a él ni que él toque a nadie.

—Me parece perfecto. ¿Quieres que se lo comente?

—Por favor —responde Sofía, seria.

Amo a mis hijos con toda mi alma y, aunque no estoy en el mejor momento para tener una distracción así, no puedo escaquearme de esto. Me acerco al cuarto donde siguen con Olga. La están cosiendo a preguntas, que ella sortea como puede: si su padre también era policía, cuántos muertos ha visto, quién es el mejor policía...

—Sí, cuatro; y vuestro padre —responde.

Sonrío, sobre todo por la última respuesta. Les interrumpo el pequeño festival preadolescente con mujer en su cuarto. Protestan, pero es innegociable.

—Olga, me esperas en mi despacho.

Ella asiente. Se despide; los niños no le quitan ojo cuando se marcha.

—A ver, figuras. Contadme con todo lujo de detalles lo que ha pasado hoy en el colegio. Y os pido, por favor, que no me mintáis ni le deis vueltas, porque tengo reunión de trabajo ahora con Olga —procuro mostrar la máxima empatía en mis palabras.

—A mí no me mires, que yo no he hecho nada. —Víctor

levanta los brazos excusándose y se deja caer de culo en su cama.

Carlos agacha la cabeza. No le quito ojo de encima. Espero a que se decida, pero le cuesta.

—Hijo, solo quiero la verdad; no voy a enfadarme. Lo prometo.

Sigue sin soltar prenda, Víctor está expectante. Como con ganas de contar algo, y eso que dice que él no sabe nada. Me acerco a Carlos; le pongo la mano en el hombro. A pesar de estar tan cerca, lo siento a kilómetros. Es una sensación que no puedo evitar porque me pasaba lo mismo con mi padre cuando yo tenía problemas en el colegio. No era yo muy pendenciero, pero alguna pelea tuve y siempre me callé. Hasta que un día la directora reunió a mis padres con los padres de otro niño: *el* Salas. Era mi compañero de pupitre y estábamos todo el día enganchados. Unas veces acabábamos abrazándonos; otras, revolcados en el suelo del patio, dándonos de hostias. Después de aquella reunión, la cosa se calmó. Yo me llevé una bronca, y un castigo que ni me acuerdo, pero que supongo que funcionó. Al siguiente año *el* Salas se fue de mi colegio y no volví a saber nada de él desde entonces. Espero no encontrármelo algún día en una ficha policial.

—Hijo —insisto.

—El tonto ese, que dice que eres un inútil. —«Así que es eso», pienso. Lo típico de meterse con el padre—. Dice que no eres ni policía ni nada, que me lo invento.

—Pero ¿y tú para qué le dices que soy policía? —digo sorprendido.

—Pues porque la seño nos preguntó el año pasado. Todos en clase saben que eres policía.

Me llevo las manos a la cara de nuevo. La verdad es que preferiría que los compañeros de mi hijo no lo supieran; prefiero llevarlo con discreción.

—Está bien. Te voy a dar un consejo que espero no volver a repetirte, ¿vale? —Él asiente.

PALABRAS CON PALABRAS

—Si te atacan con palabras, te defiendes con palabras, ¿entendido?

Carlos repite el movimiento de cabeza hacia arriba y hacia abajo. Yo miro a su hermano.

—Eso va también por ti, ¿de acuerdo?

—Que sí —responde Víctor.

—Si el chico ese vuelve a provocarte, lo primero que tienes que hacer es ignorarlo. Si insiste, le dices que no tiene ni idea de lo que es ser policía, que ha visto demasiada televisión.

—Es un gilipo…

—Carlos —lo interrumpo, sin gritar, y miro hacia la puerta para verificar que su madre no lo ha oído —. Basta de tacos, hombre.

—Perdón.

Sigue con la cabeza agachada; me acerco aún más y le doy un abrazo, fuerte, que me corresponde con dudas.

—Recuerda: palabras con palabras, ¿estamos? —Miro a su hermano—. Y tú estate al loro de lo que pasa.

Víctor resopla, y se da la vuelta en su cama. Les doy un beso a los dos, las buenas noches y salgo del cuarto. Sofía está en el pasillo; me mira, me pone la mano en el hombro y me da un beso antes de encerrarme en mi despacho con Olga. Da pared con pared con la habitación de matrimonio, donde mi santa lee en la cama.

Nos sentamos en mi escritorio.

—¿Como en los viejos tiempos? —digo.

—Bueno, seis meses no es tanto...

—Te vacilo, subinspectora.

—Lo sé, inspector —responde —. ¿Todo bien con tus hijos?

—Sí, cosas de niños.

Nos miramos a los ojos, y se produce un pequeño silencio. Olga, al escuchar esas palabras, entiende que es mejor apartar el tema.

Nos metemos en materia. Han pasado seis meses del caso VERTE. Entonces, Olga y yo nos reunimos una tarde en mi casa revisando las evidencias físicas. Pero la tarde dio paso a la noche, en la que analizamos el perfil del que podría ser el inductor de los crímenes. A pesar de que la silla fue la clave para detener al cómplice, llegamos al autor, al oftalmólogo, por el perfil psicológico que fuimos capaces de dibujar: persona acostumbrada a estar arriba en una jerarquía como la sanitaria, con algún tipo de carencia profesional porque, a pesar de la importancia de la oftalmología, no es una especialidad que salve —o quite— vidas, y una obsesión por la perfección muy común en muchos médicos.

Esas tres características nos llevaron hasta el médico, tanto como el dato de la silla hasta el cómplice pero, para el resto de compañeros, para mis superiores y para la prensa, fue mucho más jugoso el hecho de la evidencia física. En la Unidad de Análisis de la Conducta, se están haciendo grandes progresos en este campo, pero el tema de la perfilación criminal en España todavía sigue siendo cosa de la ficción televisiva, cinematográfica o del FBI. Quizá exagero, pero a la vieja escuela le cuesta. Es uno de los principales motivos que me enfrentan a mi inspector jefe (que en su baja descanse). Menos mal que al comisario sí lo hemos metido en vereda entre la UAC, Olga y yo, y por ello nos da un poco de manga ancha. Pero nos la da cuando hay tiempo. Y, en este caso, no es lo que nos sobra.

Todo lo que repasamos es lo que Olga le ha contado al grupo

en la brigada. Estamos analizando al que hemos llamado «El asesino de los cuatro elementos».

Toribio tiene razón; suena a serie de Netflix. Pero de momento se queda en el nombre de la operación policial que tenemos en marcha.

Con todas las pruebas físicas sobre el escritorio, parece bastante obvio que esa teoría de los cuatro elementos es certera. Un asesino en serie con un *modus operandi* claro y con una firma meridiana. Ese círculo incompleto que marca las dos y las ocho, que simula a nuestro planeta. Este punto del rompecabezas es el que más me perturba.

—¿Cómo coño ha hecho estas marcas?

—No lo sé; ni el forense ni los de la Científica tiene una teoría clara. El doctor cree que puede ser algún tipo de pigmento y a los de criminalística les cuadra más algún tipo de quemadura —dice Olga.

—¿Y tú qué piensas?

—Que en el término medio está la virtud.

—Explícate.

—Puede que el culpable use algún tipo de químico y algo caliente para que se fije en la piel.

—¿Te has informado de ello?

—No, solo lo he deducido.

—¡Genial, Saavedra, genial!

—¿Y qué quieres, Del Olmo? En esto estoy tan perdida como tú. Si ni el mejor laboratorio de Policía Científica del país tiene una explicación, imagínate yo.

Arqueo las cejas y con una media sonrisa arrugo el labio hacia arriba. Ella resopla, y no me aguanta la mirada.

—*Listín* debería darnos una pista de la que tirar —dice.

—Vaya, ¿ya te rindes tan pronto de tus habilidades?

—No es rendirme, pero es cierto que la presión va en aumento, y el caso va demasiado deprisa. Necesito más tiempo para pensar.

—Presiones es poco: ayer la viuda, la *herederísima,* y el hijo mediano llamarían a *Dios,* y este debió de llamar al Director

Adjunto Operativo, y ya sabes al siguiente que llamó el DAO.

—Pobre Alamillos

—De pobre nada. —Sonrío y vuelvo a lo que nos atañe—. Bueno, no te ha hecho falta mucho para elaborar la teoría esta de los cuatro elementos.

—Eso ha sido sencillo; hasta Insausti se habría dado cuenta.

Sonreímos los dos, y nos volvemos a mirar. En ese instante entra mi mujer con dos tazas de té y unos bombones.

TEORÍAS

Si había un momento para que ella se mostrara suspicaz, ha elegido el mejor.

—Teína y azúcar, estimulantes de la mente —dice Sofía—. ¿Todo bien por aquí?

—Sofi, si los niños te han mandado de avanzadilla no es el momento —protesto.

Mi mujer se tapa la boca como haciéndose la ofendida.

—Os dejo con vuestras cosas de maderos.

Se va, y yo respiro un poco más tranquilo.

—Teorías, subinspectora.

—Más de una persona; me atrevería a decir que mínimo tres.

—¿Por qué tres?

—La data de las muertes. Según Paz, Porta murió el fin de semana del veinticuatro al veintiséis de marzo. Pereira la noche del veintiocho al veintinueve, y Roger, el día treinta.

—Tiempo hay; no son simultáneos.

—No, pero tirar el cadáver de Porta al Manzanares la noche del domingo y raptar a Roger la mañana del lunes... Torturarlo durante dos días e ir a por Pereira justo después...

Me toco la cara porque, aunque viable, es difícil.

—Entonces, no nos enfrentamos a un solo asesino, sino a un grupo.

—Yo creo que hay una cabeza pensante y unos ejecutores.

—Tu cabeza sí que es pensante, subinspectora —digo, clavando mis ojos en los suyos.

Ella sonríe, y parece que, incluso, se ruboriza. Para atajar la situación prosigue.

—Megalómano, narcisista y con recursos económicos.

—Las dos primeras te las compro; se supone que los asesinos se parecen a sus víctimas.

—Siempre que parecerse signifique ser la cara opuesta de la misma moneda, sí.

—De acuerdo, y lo de que es alguien con dinero, ¿por qué?

—Planear estos crímenes no se hace en el descanso del bocadillo.

—¿Y?

—Pues que debe de ser alguien con el suficiente tiempo libre para orquestar toda esta cacería. Dime, Del Olmo, ¿en todos tus años de carrera has visto algo parecido?

Callo. Tiene razón; quizá sea lo más extraño y complejo a lo que me he enfrentado. Complejo no por la dificultad del caso, sino por todo lo que lo rodea: ese silencio mediático impuesto, esas limitaciones en cuanto a personal y, a la vez, esos grandes recursos tecnológicos que disponemos lo convierten en un caso extraordinario.

—Te concedo lo de la complejidad del caso, pero sigo sin ver lo de que sea alguien con dinero. Es más que probable que los esté matando por dinero. ¿No crees?

—En la casa de Roger no falta ni una botella de whisky de las de doce años que tenía en un aparador bien visible.

—¿Y no te has planteado que el dinero de esta gente esté en otro sitio?

Olga sonríe. Debo de haber dicho algo que estaba esperando.

—¿Qué ocurre, subinspectora? No juegues conmigo. No en este caso.

—Dijiste, no hace mucho, que esta gente no tenía por qué estar delinquiendo por el hecho de que sus familias pidieran tanta discreción.

Touché. Me la ha clavado hasta el fondo. Lo estaba buscando, y ha conseguido lo que quería: que me doblegue. Intento que no sea tan evidente y le doy un par de aplausos sin golpear con fuerza las manos, como los que se dan por cortesía después de presenciar un espectáculo que no te ha gustado mucho.

—Está bien. Entonces, una vez más, hay que tirar de Delitos Económicos. Lo malo sabes qué es, ¿no?

—Ilústrame.

—Que va a ser lento, muy lento. Tan lento que el comisario nos despide antes de que le insistamos en esa vía de investigación.

—¿Y eso por qué?

—Porque, después del primer informe de los enemigos de Porta, y después de todo lo que rodea a este caso, cualquier filtración les puede joder sus investigaciones.

—¿Y el señor comisario no aligeraría esa lentitud?

—Quizá, mañana mismo se lo pido. Pero, insisto, aparte de la influencia que tienen con el tema político, se les va a juntar con lo que les salpica de este caso. Y el jefe va con pies de plomo por ambos temas.

Olga se muerde el labio de pura rabia. Suspira y por fin habla.

—¿Qué pasaría si hubiera otra línea de investigación que aún no hemos barajado?

—Dime, Saavedra.

—Yo tengo otra teoría. Creo que es bastante evidente y que deberíamos ponernos con ella ya mismo.

—Dispara ya.

—Ecologismo. Asesinatos por un móvil ecologista.

—Explícate.

—La firma. No he conseguido saber cómo la hacen, pero sí he encontrado información sobre lo que representa.

—Parece obvio lo que representa, ¿no?

—Sí, pero no que se haya usado un símbolo parecido para reivindicar algunas acciones llevadas a cabo por grupos ecologistas.

Olga me enseña un par de imágenes en su móvil donde aparece un símbolo muy parecido a la marca de nuestras víctimas. Ambas imágenes corresponden a pintadas por parte de grupos ecologistas.

—Bueno, tiene su lógica —concedo.

—Tiene mucho más que lógica. Aparte de esto, están los cuatro elementos…

—Espera, Olga. ¿Es una teoría que rumia tu prodigiosa mente, o tienes un informe hecho con indicios?

—Del Olmo, no me fastidies. Si es un grupo ya organizado, es mucho más fácil coordinarse para cometer los asesinatos de forma casi simultánea.

—No te fastidio, subinspectora. Si quieres tirar por esa teoría tuya, que, de partida, tiene sentido, primero reúneme todos los indicios y elabórame un informe. Mientras tanto hay que seguir las líneas que tenemos ahora.

Se produce un silencio. Ambos nos echamos hacia atrás en nuestras sillas. Nos tomamos el té y ella se come un bombón mientras consulta su móvil. Yo miro las fotos. Pasan unos minutos y levanto la cabeza para fijarme en su cara. Ella está embutida consultando su teléfono y no me devuelve la mirada.

—Subinspectora, ¿a ti te gusta el cine clásico?

—No está mal. ¿Por qué?

—Es por otro asunto que me ronda la cabeza, pero que de momento no te voy a contar porque…es un poco peliculero, y no quiero que el comisario se entere

—Yo no voy a decir ni pío.

—Lo sé, pero prefiero darle otra vuelta antes de contártelo.

—Como quieras, ¿por eso lo del cine clásico, por lo de peliculero?

Afirmo.

Callamos de nuevo.

—Mientras tanto, picaremos teléfonos, cámaras y meteré presión para ver si la UDEF se estira.

—¿Y qué hay de tu amiga?

Me encojo de hombros; no sé a dónde quiere llegar. Ella arquea las cejas.

LA INVESTIGACIÓN PERIODÍSTICA

—**A** este ritmo no vas a ganar para pagarme favores, Del Olmo —dice Matilde mientras mueve un abanico con brío.

—Se los cargas aquí a la subinspectora que le queda mucha más carrera en el cuerpo que a mí.

Matilde sonríe, y Olga también. Estamos desayunando en una cafetería del Barrio de las Letras, próximo al Congreso. Los tres devoramos sendos cruasanes que hacen de forma casera y un café de Colombia que también importan ellos mismos. Invita la Maturana, por lo que lo saboreo más, ya que no corre por parte del contribuyente.

Doy un rodeo en mis explicaciones para no mostrar mis cartas a la primera. Ella ya no trabaja en sucesos, sino en política y, en los últimos años, con la corrupción que asola a muchos de nuestros partidos políticos, los medios de comunicación no reparan en gastos a la hora de investigarlos. Por ello estamos seguros de que conoce a los empresarios, y es posible que alguna de sus investigaciones los tenga en órbita. Y es posible que toque algún nombre del que podamos tirar. Le garantizo que será la primera en recibir toda la información posible en cuanto autoricen a comunicarlo a la prensa.

—Esto ya no se sostiene, Matilde; dentro de poco alguien hablará, y te prometo que, si eso pasa, te daré todo lo que pueda. Serás la primera...

—La segunda porque, si alguien habla con otro medio y lo difunde... —protesta—. Pero dime, ¿exactamente qué me ofreces?

—Matilde, no te vamos a decir nada claro, de momento —digo con los ojos de Olga clavados en mi sien—. Pero hay tres crímenes, los tres relacionados

—¿Tres? Uno es...

Asiento.

—No puedo darte mucho más. Tan solo espero que baste para contar con tu ayuda.

—¿Alguien se ha cargado a Armando Porta y hay otros dos fiambres que tienen relación? ¿Me estás hablando de un asesino en serie?

—Matilde, no podemos darte más datos —interviene Olga—, y tú eres demasiado lista para dejar escapar esto, aunque ya no estés en sucesos.

Matilde arruga el gesto, se mesa el pelo. Abre la boca un par de veces y al final se decide.

—Le sigo viendo pegas.

—¿Cuáles?

—Lo que acaba de decir aquí, doña cerebrito: que yo ya no estoy en la sección de sucesos, no sé si esa información me sirve.

Tanto la subinspectora como yo callamos. Tenemos que darle algo más a Matilde. Ella nos lo está pidiendo a gritos entre líneas, pero no quiere mostrar sus cartas. Sabe que maneja la situación.

—Armando Porta fue asesinado de forma violenta —repito, esta vez con un aire más categórico.

La cara de Matilde no muestra asombro.

—Armando Porta, Fortunato Pereira y Leopoldo Roger —añade Olga, a la que no he autorizado a dar los otros nombres.

—¿Pereira y Roger? —dice Matilde—. Al tal Pereira lo conozco de los muebles. El «Ikea español» lo llaman. ¿Y Roger?

—No importa, otro ricachón. Los tres se reunían; tienen

vínculos empresariales de algún tipo —sentencio.

Matilde se lleva las manos a la cara, entusiasmada por lo que está escuchando.

—Si nos ayudas, tendrás línea directa con el inspector Del Olmo para que te cuente todo lo que pueda. Lo que pueda —promete Olga.

—Entonces, es cierto: hay un asesino en serie que se carga a esta gente.

—Es el caso del siglo, Matilde —afirmo.

Ella suelta una carcajada. Es un tanto frívolo que se alegre de que una muerte haya sido violenta, pero, con lo poco de periodista que me queda, la entiendo. La búsqueda de la noticia es siempre lo primero.

—Esto es tan confidencial que si me fuera de la lengua ahora mismo, sería todo un problema para vosotros, ¿no?

—Nosotros no hemos dicho nada, Matilde.

—Ya, claro, Del Olmo, va.

Me encojo de hombros antes de decir:

—¿Nos puedes ayudar o no? Si es que no, debemos marcharnos. Tenemos muchísimo trabajo…

—Lo que te voy a contar yo ahora también me podría costar, no solo mi carrera, sino mi vida.

—Matilde, no te pongas dramática.

Ella para de sonreír de forma tan abrupta que tenemos que tomarla en serio.

—Hay una investigación muy grande en marcha. Pero muy grande.

Me froto las manos, nervioso. Olga saca el móvil y Matilde, con un gesto, le pide que lo guarde.

—¿Esa investigación tan grande estaría relacionada con los nombres que te he dado?

—Puede ser. La verdad es que es muy probable —responde y se acerca a mi oreja—. Del Olmo, esto que vamos a hacer tiene que quedar más oculto en tu memoria que lo que pasó en el viaje de fin de carrera en Ibiza.

Abro los ojos de tal forma que mi cara provoca una sonrisa en mi compañera.

Matilde tiene una bomba; de lo contrario no recurriría a esa situación vivida en el pasado. Así que las cosas están empatadas en lo que a información que no podemos revelar el uno al otro se refiere.

Y no sé si eso me gusta. Todo dependerá de a dónde nos lleve.

LA BOMBA

Matilde nos revela una bomba.

Se está realizando una gran investigación periodística a nivel internacional, con varios medios de al menos doce países, entre estos el de la propia Matilde. Los objetivos de esa investigación son políticos y empresarios corruptos. Nada novedoso, pero no deja de ser indignante cada vez que sale a la luz algo similar. Y lo que se pretende es que el periodista se adelante al investigador policial, y así invertir el orden de las cosas. Aunque tampoco sería una gran novedad.

—¿No me vas a contar lo de Ibiza? —pregunta Olga, ya en el coche.

—No es relevante para la investigación, subinspectora.

—¿Y cuando acabe la investigación? Además, tenemos pendiente lo que tú ya sabes. Y no me des más excusas con lo del momento adecuado.

Clavo mis ojos en el espejo retrovisor, y Olga me aguanta la mirada. Mi vida personal nunca ha estado en boca de nuestras conversaciones. Quizá sea una curiosidad morbosa (inevitable, por la forma en la que Matilde y yo hemos hecho esa especie de «pacto de sangre») lo que provoque a Olga a este extraño interés.

—Ya hablaremos entonces; ahora hay que centrarse en lo que nos ha contado, que ya es mucho.

—Bah, no es tanto. Solo nos ha dado una parte.

—Si nos diera más, ya sabes —digo mientras hago el gesto de

pasarme el dedo por la garganta como si fuera un cuchillo.

—Exagera, exagera muchísimo. No ha dado nombres, ni siquiera delitos. Solo nos ha hablado de lo que están gestando. Nada más.

—Bueno, puede ser, pero una operación de ese calibre, a nivel internacional con los medios de comunicación tan grandes que ha mencionado...

—Sí pero, de ahí a que le pueda costar la vida, va un trecho. ¿Quién la va a matar? ¿Los políticos corruptos que revelen con la investigación? Siempre suelen ser de segunda fila; los más gordos nunca salen a la luz.

—¿Y el de las siglas? ¿Todo un presidente del Gobierno no te parece lo suficientemente gordo?

—Sabes de sobra que, al final, el de las siglas quedó en agua de borrajas.

—¿Y el de los brazos largos?

—¿Quién?

—El que dicen que se suicidó con una escopeta.

—Me suena, pero no lo recuerdo bien; fíjate si no será uno de los gordos que ni me acuerdo del todo. Sea como fuere, insisto: no es para tanto.

—A lo mejor, ella, por verse envuelta por primera vez en algo así, lo siente peligroso. No podemos juzgar el peligro que una persona percibe —sentencio.

Olga y yo llegamos a la brigada. Insausti está fumando en la puerta. La subinspectora detiene el coche, y le pide el favor de aparcarlo porque tiene que arreglar no sé qué papeles antes de la reunión con el comisario. Al oficial le falta tiempo para ofrecerse, solícito, a la tarea, por lo que me bajo del coche y le doy las gracias antes de enfilar la rampa de subida a la entrada. Olga toma las escaleras, y nos encontramos ya dentro, donde ella vuelve a elegir las escaleras, mientras que yo el ascensor. Está muy en forma, y me molesta un poco que me abandone, aunque sea unos segundos.

La reunión con el comisario va a ser temible. No tenemos gran cosa que ofrecerle y de momento no podemos hablarle de la investigación confesada por Matilde. Ni tampoco de la teoría de Olga. Por el contrario, tengo mucho que pedirle, y esta situación es la que un simple inspector como yo quiere evitar a toda costa: deberle favores a un superior.

Olga está en su escritorio tecleando a velocidad de hiperespacio.

—¿Algo que debamos repasar antes de entrar a partirnos la cara con Alamillos?

—Estoy recopilando todo; dame unos minutos.

La dejo tranquila, y me dirijo a mi despacho. Queda media hora para la reunión con el comisario, y tengo la intención de emplearla cerrando los ojos los diez minutos diarios que necesita mi cerebro para proseguir las tareas en la jornada vespertina. No me quiero hartar a Red Bulls por aquello de las recomendaciones desde el punto de vista cardiológico. Y con el corazón no se juega.

Cuando voy por el segundo minuto de ojos cerrados, la puerta de mi despacho se abre sin llamar. Y esto solo lo tienen autorizado tres personas en la Brigada: el comisario, el inspector jefe y Olga. Si interrumpe mis diez minutos de siesta, es que hay algo gordo que contar.

—Tu amiga es una hija de puta de las buenas.

Abro los ojos y, por las palabras de mi compañera, me hago una idea de lo que pasa.

EL CABREO DE ALAMILLOS

La reunión con el comisario es aún más tensa de lo que me esperaba. La bomba mediática explota unos veinte minutos antes de exponerle que estamos en un punto de la investigación en la que nos parecemos a un hámster que da vueltas en la bola de su jaula, esperando la magia de Listín o alguna otra casualidad. No hay ni rastro de quién puede ser la próxima víctima, que debería morir volando, o por una dosis tóxica de oxígeno o similar, algo digno del elemento Aire.

Minutos antes de dicha reunión, el comisario me llama para hablar conmigo a solas.

—¿Alguien en tu grupo ha filtrado la noticia? Y no me mientas, Del Olmo.

—Nadie de mi grupo, señor comisario, y no le miento.

—¿Entonces?

—He sido yo.

Si existiera alguna tonalidad en la gama cromática para definir la piel del comisario Alamillos, en ese momento podría tomarse una muestra y usarse para colorear las caras del Superintendente Vicente cuando Mortadelo y Filemón le hacen alguna de las suyas. Por fortuna, no me tira por la ventana ni me aporrea con un martillo gigante (aunque, por su expresión, ganas no le faltan).

—Necesitaba la ayuda de una colaboradora porque estamos

bastante perdidos. Jamás pensé que me haría esta jugarreta. Lo lamento, señor...

—Tu amiguita Maturana. No me jodas, Del Olmo, no me jodas... ¿Qué hago? ¿Te suspendo de empleo y sueldo, como amenazamos al grupo al empezar este maldito caso?

El comisario apoya su destacable culo en su mesa, y sus genitales quedan más cerca de mi cara de lo que debería. Se pasa la mano por la cara, aunque sospecho que querría pasársela por la axila si tuviera ahí su arma reglamentaria. Creo que, de momento, le basta con obligarme a mirar hacia arriba e intimidarme antes de echarme una bronca a su manera.

—Comisario, como usted sabe, mi colaboradora maneja mucha información. Me ha prometido algo para mañana o pasado, como muy tarde. El vínculo entre los tres crímenes tiene un nexo tan claro como es el dinero, y ya sabemos que, a esta gente, el dinero no le cae del cielo.

—Lo que me faltaba, Del Olmo... que estés haciendo conjeturas sobre el patrimonio de empresarios que son el orgullo del país. —Lo dice con cierta sorna—. Haz el favor de cerrar la boquita y hacerme alguna detención.

—En ello estamos, comisario; en ello estamos.

—Haz el favor, y llama a tu equipo; dile a Saavedra que me exponga ella lo que hay.

—Está bien, señor comisario, pero debo insistirle con Delitos Económicos; tiene usted que presionar al director de alguna forma...

—¿Presionar yo al director? ¿Pero tú no me acabas de escuchar? Del Olmo, a veces no me creo que lleves aquí tanto tiempo trabajando.

—Digo al director de la UDEF, para que nos faciliten todo lo que tengan sobre las tres víctimas. Si no podemos acudir a informadores ni hablar con la prensa...

—¿Que no puedes hablar con la prensa? Del Olmo, no me toques más los cojones... el diario de tu amiga ya lo ha publicado y medio internet se ha hecho eco. Esta noche saldrá en todos los telediarios.

—No he filtrado detalles importantes; como ve, en la noticia solo son especulaciones sin confirmar.

—Especulaciones que resultan ser ciertas y que no podemos desmentir para no hacer el ridículo. Ni mentir a la opinión pública, claro.

—Comisario, le vuelvo a pedir que me solicite prioridad absoluta a Delitos Económicos para que nos facilite lo que tenga de las tres víctimas.

—Y yo te digo que, como no haya detenciones, pronto la cosa se va a poner muy fea.

—¿Detenciones? ¿Pero a quién quiere que detenga? Si ya le he dicho que...

—Que me da igual, que presiones a los investigados, que busques en la vida de la última víctima, lo que sea. Como no hagas una detención, el DAO me va a poner en una posición en la que ni tú ni yo queremos estar.

Sopeso mi contestación unos segundos. Mencionar al Director Adjunto Operativo en el tono en que lo hace el comisario no se puede obviar.

—Está bien. Deme algo de tiempo, y tendrá su detención. Pero escuche atentamente, comisario Alamillos: si detenemos a alguien en falso y me tiene usted que interrumpir en medio del interrogatorio porque se ha encontrado a la cuarta víctima, como en la típica novela policiaca, luego no me haga culpable de ello.

El comisario abre la boca... un par de veces, pero no dice nada y me ordena una vez más que llame a mi equipo.

—Una última cosa, ¿podemos hablar ya con informantes?

—Antes de hacerlo, me dices qué «confites» son; ahora, por tercera vez, llama a Saavedra y a los demás.

MISMA MEDICINA

La primera en entrar es Olga, que lleva varias carpetas en la mano, que trata con un mimo propio de una matrona a un recién nacido; la subinspectora me otorga una mirada piadosa. Llegan Insausti, Solís, Toribio, Pleite y hasta Listín, al que llamo en un acto de desesperación propio del que no tiene mucho que perder. Quiero que le restriegue al comisario el ingente trabajo que exige el filtrado de las llamadas y números que las operadoras le han pasado.

—Tres crímenes rituales conectados por un mismo *modus operandi* y una firma muy clara. —Saavedra entrega al comisario uno de los informes, en el que aparece la foto detalle del círculo en los tres cadáveres—. Es una representación de la tierra. Cada una de las tres víctimas representa uno de los elementos que componen nuestro planeta: agua para Porta, fuego para Pereira y tierra para Roger.

El comisario asiente sin sorpresa porque la explicación es más que obvia.

—Cabe pensar que habrá una cuarta víctima. Cuando supimos de la segunda, estaba claro que habría una tercera y, al descubrir la forma de morir de Roger, todo parece indicarlo.

—Entiendo que el siguiente también debería ser un empresario de éxito, ¿verdad, subinspectora? —pregunta Alamillos.

Olga se encoge de hombros, y asiente. El comisario me mira y parece que, por una vez, me entiende.

—Aparte del hijo de Porta, ¿creen que alguna de las personas con las que han hablado podría meterse en algo tan grande como esto? No sé, ¿los de las excavadoras? ¿El de los perros?

—Suchowolski pudo matar a Porta en el pasado de una forma mucho más fácil y menos enrevesada. No le veo sentido a que monte algo así. En las escuchas que le hemos puesto, no hay nada, de momento. Está claro que el hijo de Porta no. Ya sabe lo de Martens. Y tengo alguna duda sobre los Ortiz-Melgar, pero tampoco cuadra. No tiene sentido que hayan matado también a Pereira y a Roger.

—¿Han investigado si estaban relaciona...?

Alamillos cae en la cuenta de su error. Está claro que están relacionados, pero para ello necesitamos la ayuda de la UDEF que le he pedido. Le clavo mis ojos y respondo yo:

—Que sepamos, los Ortiz-Melgar no tienen nada contra Pereira o contra Roger. Que sepamos.

El comisario ignora mis quejas metidas con calzador, y mira a Olga de nuevo.

—Y del hermano de Pereira, el que se tiraba a la mujer, ¿qué me dice?

—Que su coartada es firme y que en las escuchas no hemos obtenido nada. Y que tampoco tiene móvil contra Porta o contra Roger —responde Olga—. Señor comisario, tras haberlo debatido con el inspector Del Olmo, y haber contrastado la data de la muerte, es casi seguro que hay más de un responsable.

—¿Tres asesinos, subinspectora?

—Tengo la teoría de que hay alguien que coordina y otros que ejecutan.

—Señor comisario —intervengo antes de que Olga suelte lo de su teoría ecologista—, es vital averiguar quién puede ser esa cuarta víctima y para ello necesitamos la colaboración de Delitos Económicos. Y la ayuda de mi colaboradora. Insisto. Luis, de momento, no ha encontrado nada con lo que le han facilitado las telefónicas. Y los compañeros no paran de picar números, echarles horas a las escuchas y a las pocas cámaras de seguridad que pueden darnos algo. Tendríamos que seguir investigando por si alguna de las víctimas tuviera algún otro teléfono no declarado, como hemos encontrado a Pereira.

—¿Algún otro teléfono? —Se sorprende el comisario.

—Sí, como Heisenberg —dice Toribio a medio tono.

Alamillos lo mira y sonríe. Parece que ha entendido la broma.

—Así que un número «culebra» —dice—. Del Olmo, pon a tu equipo a preguntar a todo Dios que conociera a las víctimas si saben algo de ese posible segundo teléfono —se aclara la garganta—. Voy a llamar a Abelardo.

Sonrío sin que se me note demasiado. Abelardo Comín es el director de la UDEF. Si colabora, es factible que encontremos a la cuarta persona aunque, si la teoría de la subinspectora acerca de la data de la muerte de los otros tres es cierta (parece obvio que sí), no tengo muchas esperanzas de encontrar a ese cuarto en discordia con vida.

Al menos es una buena noticia, pero se me agría el carácter cuando el comisario nos pide a Olga y a mí que nos quedemos.

—Del Olmo. Yo sé que no le habrías soltado nada a tu amiga sin algo a cambio, así que dime qué tienes para darle la misma medicina —sentencia el comisario Alamillos ante mi estupor y ante el de mi compañera.

VENGANZA MALENTENDIDA

—Eres un sinvergüenza asqueroso; no me vuelvas a dirigir la palabra en tu puta vida. —Matilde Maturana ladra al teléfono, al que le tenemos puesto el altavoz, y en el que estamos grabando la conversación.

—Matilde, lo siento. Son órdenes de arriba —me excuso—. Después del escándalo, tuve que dar explicaciones.

—¿Explicaciones? ¿Tú sabes que has puesto en peligro mi vida, gilipollas?

—A ver, Matilde, sosiega. La noticia que se ha publicado en la competencia no da nombres, ni menciona a ningún otro periodista. Solo deja caer que hay una investigación y nos cita como fuente. No te pongas en plan *conspiranoico*.

—Vete a la mierda, Del Olmo.

—Está bien, entiendo tu enfado. ¿Tú entiendes el mío?

—Que yo no he filtrado nada; te lo he jurado mil veces. Que esa información que ha publicado sucesos no es por mis informaciones; que no sé qué coño ha podido pasar.

—¿No es demasiada casualidad que la noticia saliera en tu periódico, no en el de la competencia, no, tan solo unas horas después de que te contamos de qué iba nuestra investigación? —interviene Olga.

—Disculpa, subinspectora, pero estoy hablando con el

inspector. Me vas a permitir que siga hablando con él.

Matilde está muy aguda apelando a los cargos de cada uno, y Olga no tiene más remedio que callarse.

Por orden del comisario filtramos a un diario de la competencia del de Matilde que varios medios internacionales están realizando una investigación a escala mundial a políticos y a empresarios. Sin dar demasiados detalles, porque tampoco los tenemos. Sin embargo, el hecho de que venga de una fuente como la policía, otorga mucha credibilidad, y la noticia trasciende a todos los medios. Si el día anterior los telediarios abrieron con la relación entre los crímenes de los tres famosos empresarios, en el día de hoy abren con esta noticia.

—Nadie sabe de tu reunión con nosotros, Matilde. No tienes por qué preocuparte.

—Te lo repito por última vez para que te quede claro: yo no he filtrado nada a mi periódico sobre lo vuestro con Porta y con los otros dos. Si me preocupo, es porque es posible que alguien os estuviera siguiendo y nos hayan escuchado hablando en el restaurante. Ahora vete un poquito a tomar por culo y no me vuelvas a llamar más. Como me pase algo, caerá sobre tu conciencia.

—Matilde, te puedo poner protección si quieres…

Me cuelga con la palabra en la boca, y Olga me dedica una mirada compasiva. Me pone la mano en el hombro como diciendo: «calma, estoy contigo y, en el remoto caso de que eso pudiera ocurrir, yo también asumo mi culpa». Pero las palabras de Matilde me dejan descolocado, y el compañerismo de Olga no me ayuda mucho. Si hay algún responsable de esto es el comisario y su obsesión con vengarse de la periodista y de su diario. Volcar las culpas sobre Alamillos tampoco me ayuda a sentirme mejor.

—¿Crees que alguien nos podría estar siguiendo? —pregunto.

—No lo creo, la verdad.

—Por si acaso vamos a estar más al loro; díselo al equipo.

—Lo haré. ¿Por qué no te tomas el resto del día libre? Ya

es tarde para ir donde los hermanos Ortiz-Melgar, y también para hablar de nuevo con Atilio Pereira. Mientras esperamos que el comisario obre su magia con la UDEF, lo que nos traigan Toribio y los demás, y lo que pueda encontrar Listín, no hay mucho que hacer aquí.

—Quizá podría echar una mano con las llamadas —digo sin convicción.

Su mirada me invita a acatar su consejo como si fuera una orden. Abandono la brigada como un perro apaleado. La investigación está haciendo más daño del que podría esperar. Quizá he perdido a una amiga de toda la vida, y espero que la pérdida sea metafórica.

TARDE EN CASA

Llego a casa con ganas de abrazar a mis hijos y de hundirme en un maratón de series vespertino que me haga evadirme un poco de todo. La comida de mi mujer, un suntuoso pollo asado a las hierbas con una patata también asada, ayuda. Me siento en el sofá, y mis hijos me proponen ver una de aventuras de un famoso ladrón francés. La disfruto porque consiguen adaptarla a la modernidad con mucho estilo.

Por la noche beso a mi mujer y el excesivo uso de la lengua le da a entender que tengo ganas de algo más que de descansar. El sexo no me obsesiona demasiado, pero mi etapa de vida sexual activa todavía no ha terminado. Sofía me sigue poniendo cachondo después de tantos años.

—¿Qué tal llevas el caso, amor? —pregunta con su cabeza apoyada en mi pecho.

Ella no suele hacerlo, pero mis ojos gritan que algo importante me tiene absorbido.

—Bueno, demasiada presión.

—Y ahora más…

—Eso parece.

—Matilde se ha pasado esta vez, ¿no?

La miro; ha leído las noticias, y ha atado cabos. Sus labios forman una mueca que no llega a ser una sonrisa, sino un gesto de cariño.

—No sé; quizá me he pasado yo también.

Antes de que me haga preguntas, le cuento lo sucedido con el comisario sin entrar en detalles del caso. Ella primero se asombra y después sonríe.

—Como se enteren los niños de estas peleas, van a alucinar.

—Tú no les digas nada por si acaso; sería demasiado suculento.

Reímos.

—¿Y qué tal tu compañera?

—Pues agobiada, como yo.

—Me refiero a la relación con Matilde.

—No sé a qué te refieres, Sofi.

—A ver, ¿tú no me has dicho que Saavedra no tiene novio y que piensas que puede ser de la otra acera?

—¿Yo?

—¡Ay, madre mía! Tú, claro que tú.

Busco en mi memoria el momento en el que le conté eso a Sofía, y puede que haya sido algún día que estuviera pasado de cervezas y haya surgido el tema. Y creo recordar que, si lo hice, fue para quitar cualquier suspicacia de celos.

¡Claro, por eso la trata tan bien y no se mosquea!

—Es lo que dicen algunos compañeros, pero yo no tengo ni idea; no sé, no lleva tanto tiempo en el grupo como para tener esa confianza conmigo. La vida privada es cosa de cada uno.

—Ya.

No sé interpretar ese «ya» de mi mujer. Una palabra monosílaba que puede enunciarse de demasiadas formas con significados distintos.

Para zanjar el debate, vuelvo a buscar la boca de mi mujer. Y también el cuello y todo lo que sigue. Después del segundo orgasmo, caigo exhausto. Pero, a pesar de sentirme relajado, me siento tan cansado que me cuesta conciliar el sueño. Sofía me abraza y, poco a poco, contando hasta siete e inspirando profundo, logro caer rendido. La última hora que consigo ver en el despertador son las dos de la mañana.

Al día siguiente, pago las consecuencias del placer y del cansancio y no me despierto hasta las nueve y media. Alguien aporrea la puerta de mi dormitorio y le digo alguna frase obscena pensando que es mi mujer. Me estoy destapando cuando veo entrar a la subinspectora Saavedra; me vuelvo a tapar de inmediato.

—¡Joder, Del Olmo! —grita Olga dándose la vuelta—. Haz el favor de vestirte y me acompañas corriendo a la Brigada. Hay novedades.

LOS PAPELES DEL ATLAS

Los Papeles del Atlas.

Así los ha llamado la prensa, en concreto, el diario de Matilde, que es el que se ha encargado de dar todos los pormenores de la operación en español. Tal como dijo ella, otros medios internacionales han publicado también la noticia, en papel y en digital. Después del adelanto de la competencia a instancia nuestra, no han querido que otros periódicos o televisiones especularan con la investigación y se les fuera todo al garete.

Salen a la luz dos nombres que captan poderosamente nuestro interés: Porta y Pereira. De momento, Roger no aparece. Según la información publicada, ambos empresarios tienen una sociedad opaca con sede en Gibraltar. No se han buscado ningún paraíso fiscal lejano: lo tenían bien cerca, a unos sesenta kilómetros de una segunda residencia que Pereira tiene en Marbella, residencia que se cita en dichos papeles y que, según la información, podría haberse construido de forma ilícita sobre el terreno recalificado de un bosque quemado.

Por el camino Olga pregunta:

—¿Me vas a dejar insistir al comisario con mi teoría?

—Sí, pero debemos seguir con el protocolo de los investigados que tenemos hasta ahora. Hay que buscar algún informante de fiar.

Olga tarda en responder. Busco sus ojos en el retrovisor, pero ella rehúye la mirada hasta que por fin se decide:

—De acuerdo. Por cierto, ha llamado la hija de Porta. Quiere que vayamos a verla; tiene algo importante que contarnos.

—¿Y por qué no viene ella?

—Porque ya sabes cómo es esta gente. Salió escaldada cuando encerramos a su hermano y no quiere pisar por la brigada.

—Esta tarde vamos, después de hablar con el comisario.

Llegamos a comisaría. Vamos directos a su despacho sin pasar por la oficina del grupo. Olga ya lo tiene todo preparado. Se ha levantado a las seis de la mañana cuando la edición digital acababa de publicar la información, y ha estado buscando las posibles conexiones del caso Atlas con el nuestro: los crímenes de los cuatro elementos. El diario se hace eco del nombre que le hemos puesto, y deja caer que puede estar todo relacionado.

—Tenemos una clave crucial en estos negocios opacos de las víctimas, señor comisario —avisa ella.

—Tengo el teléfono que echa humo, subinspectora Saavedra —protesta Alamillos.

El comisario apenas me dirige la palabra. Está convencido de que el salto a prensa de nuestro caso va a perjudicarlo. Y la verdad es que ya me da igual su imagen. No ha intercedido con mis súplicas de más personal y más medios hasta que no se topa con la noticia publicada de los crímenes de los cuatro elementos. Y ahora seguro que le han dado un toque de arriba, o bien Dios o Jesucristo o el Espíritu Santo.

—Señorcomisario, el culpable o culpables ya tienen lo que andaban buscando —insiste Olga.

—Sí, y ahora es más difícil que den un paso en falso, subinspectora.

—O no, o quizá, cuando aparezca el cuarto elemento, será algo tan grande que multiplique la publicidad que ya han obtenido —replica Olga—. Necesitamos el apoyo de la UDEF y sus investigaciones sobre las tres víctimas. Pero no un informe simple como el que nos dieron de Porta, sino meternos en las tripas de sus pesquisas. Los papeles del Atlas tienen mucha información, pero es incompleta.

El comisario se levanta y se pasea por su desmesurado despacho, lleno de fotos con sus condecoraciones, de alguna que otra enciclopedia más vieja que sus primeros galones como oficial de policía, y de las banderas de España y de la CEE.

—Lo intenté, ya les dije que llamé a Abelardo, pero ahora en la UDEF están sobrepasados. Me ha dicho Comín que les costó casi un año tener esos informes simples, como usted los llama. Nos informarán cuando puedan.

—¿Y no serviría de acicate decirles que esa *info* era correcta, pero insuficiente? —digo intentando apoyar a mi compañera.

El comisario me ignora, y sigue paseándose. Vuelve a sentarse.

—Me va usted a llamar a su amiga la periodista y me la cita aquí para que charlemos amigablemente los cuatro.

—A la orden, mi comisario.

El hecho de que Alamillos cambie de tema me deja bien claro que no hay nada que rascar.

—Esta misma tarde, a cualquier hora. No pienso moverme de este despacho en lo que queda del día. Tengo mil llamadas que atender y mil explicaciones que dar.

Nos hace un gesto, invitándonos a marchar. No cabe duda de que no va a mover su cuerpo serrano nada más que para ir a pilates. Antes de irme le pido un último favor, a riesgo de que me grite, que por la rojez de sus mejillas no sería muy difícil.

FAVORES

Le pido al comisario que me deje pincharle el teléfono a la hija de Porta. Se niega en rotundo. No voy a enzarzarme en una pelea dialéctica con él; voy a hacerle caso como buen subordinado y escuchar con atención a la herederísima. Luego ya veré si hablo con la jueza Torres sin pasar por su aro.

Antes de irnos, Olga expone de nuevo su teoría sin contar conmigo.

—Comisario Alamillos, vamos a seguir con los investigados que tenemos hasta ahora. Luis está con todo el tema de rastreos telefónicos, y el resto del equipo ayudándolo y mirando cámaras de seguridad. Pero la clave está en la relación de las tres víctimas, los Papeles del Atlas y sus negocios opacos. Y en algo más que trasciende a todo eso.

—¿Qué más?

—Tengo que consolidar mi teoría antes de exponérsela, mi comisario.

—Entonces, cuando la tenga consolidada, viene con ello; no me tire la piedra para esconder la mano, subinspectora.

—Perdone, mi comisario, pero aquí los únicos que esconden son ellos: es más que obvio que los tres tenían una relación comercial.

—Repito: cuando tenga algo más sólido, me lo trae. Tiene mi puerta abierta.

—Gracias, señor comisario —digo mientras invito a la subinspectora a marcharnos.

Nos despedimos de Alamillos, y nos dirigimos hasta la sala de nuestro grupo. Olga no habla; está mosqueada, pero quiero creer que no conmigo. Se sienta en su mesa, y se pone a trabajar en el ordenador.

Yo me voy a mi despacho y aviso a *Listín* para que venga.

—Luis, trae tus gafas aquí.

Mientras espero, llamo por teléfono a Matilde, pero no me lo coge.

Cuando llega Luis, le informo:

—Nos van a autorizar, supongo, a que pinchemos la línea de un par de personas. Va a suponer aún más trabajo en el tema de las escuchas, ¿necesitas alguien que te apoye?

—Pues claro, jefe; ya estoy bastante hasta arriba.

—Me llamas a alguno de los asistentes de la BIT, ¿puedes? —digo, y él se encoge de hombros—. ¿Sigues con otras tareas, aparte de lo nuestro?

—Obvio, con lo del seguimiento de posiciones de los móviles no me dejáis vivir —se queja—. ¿Tú sabes la cantidad de datos con los que tenemos que lidiar? Ya le he pasado al equipo más de trescientos números para rastrear llamadas y para cruzar posiciones. Solís e Insausti están hartos. A ti no te dicen nada, pero a mí me tienen frito a indirectas. Créeme que son muchos números, porque se hacen muchas llamadas y muchos mensajes. Y el programa nuevo es mejor, pero hay que cogerle el tranquillo. Y encima las escuchas, y las cámaras…

—Me hago cargo, Luis. Ten a mano los teléfonos de estas personas —le entrego un papel— y, en cuanto consiga la autorización de la jueza, le pides a tu asistente que te apoye. Y, cuando lo tengas todo listo, me avisas que yo mismo me puedo encargar de algunas escuchas —. Listín se encoge de hombros y se levanta—. Luis, sé que es meterte presión, pero tu trabajo es lo único sólido que tenemos ahora mismo.

Él asiente, y se marcha a trabajar.

—Por cierto, jefe. La posición del móvil de Roger el día de su asesinato revela que fue de un gimnasio a su casa. Lo he subido todo al sistema.

No me da tiempo a darle las gracias. Llamo a Toribio

—Lucas, dos cosas: mira en el sistema el gimnasio al que acudió Roger el día de su asesinato. Listín lo ha subido. Llamas y pides las grabaciones de seguridad de las cámaras. Y la segunda: me vas buscando informantes de esos guapos que tú conoces

—A la orden, jefe.

Olga entra en el despacho.

—Vamos a comer algo, y después visitaremos a los Ortiz-Melgar y a la hija de Porta —dispongo.

—Ya sabes que yo no estoy de acuerdo y que estamos perdiendo un tiempo valioso. No me has apoyado mucho con Alamillos.

—Olga, te digo exactamente igual que el comisario…

—Vale, no me lo repitas. Con lo que tenemos, se puede encargar el resto del equipo. Si después de las visitas que hagamos tú y yo esta tarde no sacamos nada en claro, me voy a poner a trabajar en lo mío. Si consigo algo, ¿me apoyas de verdad?

—Por supuesto, ya lo sabes.

—Entonces vámonos a perder el menor tiempo posible.

Hace especial énfasis en «perder el tiempo». Cuando la subinspectora quiere tocarme la moral, lo consigue a conciencia.

LAUREANO

Llamo a Matilde, otra vez, camino de la empresa de los Ortiz-Melgar. Sigue sin dar señales de vida. La he llamado más de cinco veces, y el teléfono ha pasado de dar tono a no darlo. Contacto con su diario, y me dicen que ha pedido unos días libres por el excesivo trabajo que le ha dado la publicación de la noticia de Los papeles del Atlas.

Olga conduce sin decir nada. En la radio del coche, suena Radio Clásica. Es sabido que varios psicópatas, a lo largo de la historia, fueron grandes amantes de la música clásica, y ella se empezó a aficionar de tanto escucharla. Llegamos a la empresa de los Ortiz-Melgar alrededor del mediodía. Nos encontramos a la secretaria fumando un cigarro en la puerta de la oficina. Al vernos, coge su móvil y marca.

—*Jose* —dice poniendo la acentuación en la o en lugar de la e, lo cual indica un trato familiar o amigable—, están aquí los civiles.

—Señorita, la verdad es que con quien queríamos hablar es con Laureano y con Florentino. —No le corrijo el error de cuerpo policial.

Ella se lo comunica, y escucha la réplica de José. Cuelga.

—Allí al fondo están José y Laureano; están revisando una máquina. Me ha dicho que pueden pasar ustedes solos.

—Gracias —le decimos.

—¿Los acompaño? —pregunta desconfiando de mi pericia.

Levanto la mano y la muevo, indicando que no es necesario.

Nos adentramos en ese pasillo de tierra con varias máquinas

de la construcción en cada lado. Quizá estos armatostes no deberían estar aquí, sino en alguna obra y luego me doy cuenta de que la crisis las tiene allí paradas y de que es muy posible que Porta tenga algo que ver en que lo estén... por mucho tiempo que haya pasado. El calor es de justicia: más de veinticinco grados, que para estar en marzo son muchos grados. Me sudan hasta las pestañas porque voy demasiado abrigado, pero me da pereza quitarme la americana. Cuando vamos por la mitad del camino, una de las máquinas se mueve hacia adelante, y le falta poco para arrollarnos. Olga grita que tengan cuidado, y de la cabina se asoma una cabeza con una cara que nos resulta familiar.

—Disculpen, señores guardias, no los he visto. ¿Están bien?

Es el menor de los Ortiz-Melgar; lo saludo con el pulgar en alto. Él nos señala el lugar donde se hallan sus hermanos. Continuamos nuestro camino y, unos veinte o treinta metros más adelante, vemos a dos hombres de mediana edad, de espaldas, debatiendo algo junto al capó abierto de una excavadora. Nos oyen llegar por el ruido que hacemos sobre la grava y se dan la vuelta.

Veo por primera vez el rostro de Laureano. Es un rostro duro, marcado por una cicatriz en la barbilla, que bien pudo ser de la infancia o de alguna pelea de adolescente. Tiene un ojo extraño, como blanquecino. A medida que me acerco, me doy cuenta de que por ese ojo no debe tener mucha visión porque una especie de tela blanca con algunas venas le cubre gran parte de la pupila. Más adelante, Olga me informará que es una afección ocular con el curioso nombre de pterigión.

—Buenos días —dice también José—, ¿me requieren para algo?

—¿Dónde está Florentino? Le pedí por teléfono que necesitábamos hablar con él.

—Lo siento, agente, otra vez su hijo. Ya le dije que tiene problemas.

—Dígame su dirección, y vamos cuando terminemos aquí.

—Se la apunto y se la doy al salir.

José se excusa y se marcha dando voces a Hipólito, que maneja la máquina excavadora con la que casi nos arrolla.

—Señor Laureano, debo hacerle unas preguntas de rigor —dice Olga.

Le expone las cuestiones del protocolo que tenemos establecido, y él nos cuenta lo mismo que nos contó su hermano: que estuvo en esa barbacoa y que ya nos dio su teléfono. El tono de Laureano no es amigable, pero tampoco muestra reproche. Es el de un hombre acostumbrado a que lo juzguen por su apariencia física, y cansado de ello.

—Señor Ortiz... —digo.

—Ortiz-Melgar, o Laureano, lo que prefiera —me interrumpe.

—Laureano, ¿cree que podrían haber acabado con la vida de Porta en aquella tentativa extraña hace unos años?

—Si llega a pasar por donde estaba yo, sí —contesta sin vacilación.

—Entonces, está diciendo que usted lo hubiera matado —pregunta Olga.

Laureano se gira hacia ella e insiste:

—Sí. —La subinspectora apunta en su teléfono móvil. Voy a decir algo, pero él se adelanta.

—. En aquel momento.

Se queda callado, como con ganas de seguir hablando, pero no lo hace.

—¿Y en este momento?

No responde; se da la vuelta, y observa a sus dos hermanos discutiendo.

—¿Laureano?

No contesta. Apoya el pie izquierdo un poco más adelante que el derecho, como si tomara posición para salir corriendo en una carrera. Se arrepiente, y se gira de nuevo hacia nosotros.

—Me alegro de que lo hayan matado.

FLORENTINO

Por mucho que odies a una persona, no es legítimo desearle la muerte. Sí, nuestras tripas nos lo piden en algunas ocasiones, pero eso no quiere decir que sea lo correcto.

—¿No va a responder a la pregunta? —insiste Olga.

Laureano la mira, y se acerca a ella. ¿Quiere intimidarla? Olga le saca media cabeza. No es fácil de intimidar a mi compañera.

—Sí.

—¿Sí qué?

—Su pregunta.

La subinspectora le aguanta la mirada.

—Laureano, eso lo pone en una posición comprometida.

—¿Por qué? Ya le he dicho que es imposible *de que* yo estuviera en el lugar donde lo mataron. A no ser que lo mataran aquí en el pueblo. Y por lo que pone en el periódico fue en el Manzanares. Que yo sepa el Manzanares es afluente del Jarama y no al revés. Yo no es que tenga muchos estudios, pero un cuerpo que se tire al río aquí no creo que suba hasta Madrid.

Con esa lógica pretende molestarnos. Y lo consigue. *Listín* había confirmado que ninguno de los teléfonos registrados a nombre de los Ortiz-Melgar estaban en el lugar de aparición del cuerpo de Porta, ni en el del rapto. Nuestras pesquisas allí han concluido. Ese hombre odia con todo su ser a Armando Porta, pero eso no lo convierte en culpable. Al menos no tenemos nada contra él.

—Muchas gracias por su amabilidad, Laureano —digo antes

de enfilar de nuevo el camino de grava hasta la salida.

—Tengan respeto con Florentino; no lo está pasando bien.

Dicho esto, vuelve a hundir su cara en el motor de la máquina que inspeccionaba.

Volvemos por el mismo camino, y los otros dos hermanos siguen enfrascados en una pequeña discusión. Por lo poco que podemos escuchar, José lo está convenciendo de vender la máquina que maneja, pero Hipólito se resiste. Debe de ser esa de la que nos habló el día que lo visitamos, a la que le puso un nombre.

—Inspector, ¿a qué es guapa mi ReVo?

—Impresionar, impresiona —le concedo.

—Y este animal la quiere vender. —Señala a su hermano.

José resopla, y le pide que no nos moleste con sus tonterías. Nos acompaña a la oficina y nos facilita la dirección de Florentino, y nos vuelve a pedir el mismo respeto que Laureano. Nos despedimos, y José nos dice que no hace falta que llamemos antes; que, si necesitamos cualquier cosa, podemos ir cuando queramos.

—Aquí no tenemos nada que ocultar, inspector —sentencia.

Olga y yo le damos la razón. No ocultan ni los deseos de asesinar a quien les mandó a la ruina.

Cogemos el coche, y vamos a la dirección que nos indica José. Es un pequeño chalet adosado en el acceso al pueblo. Olga sale del coche y llama. Tardan en contestar pero, ante la insistencia de la subinspectora, alguien abre la puerta. Florentino Ortiz-Melgar es un hombre enjuto; no medirá más de un metro sesenta, pero parece que tiene la mala hostia concentrada por el gran tamaño de su cuello.

—¿Florentino?

Él emite un gruñido parecido a un sí. Olga se identifica y lo invita a acompañarla al coche donde yo espero.

—MariCarmen, echa un vistazo al niño, que tengo que salir un momento.

Florentino acompaña a Olga. Bajo la ventanilla, y lo saludo.

—Buenas tardes, Florentino. Soy el inspector Del Olmo.

—Ya lo sé, ¿qué quiere?

Me sorprende que sepa quién soy si nunca me ha visto, pero entiendo que sus hermanos lo han prevenido sobre mí.

—Aquí la subinspectora le va a hacer una serie de preguntas.

Su declaración coincide punto por punto con lo que sus hermanos han dicho ya por triplicado.

—¿Puedo saber qué le ocurre a su hijo, Florentino?

—Nada —responde seco.

Sopeso bien mis palabras.

—Florentino, como padre de dos hijos preadolescentes, le digo que no es ninguna vergüenza pedir ayuda cuando se necesita.

Cruzamos las miradas; me dan ganas de explicarle que mis hijos también tienen problemas. Me ayudaría a empatizar con él. Quizá no tenga nada que contarnos; su coartada y su teléfono móvil parecen descartarlo. Pero no sería bueno olvidarlo del todo.

—Usted no tiene ni idea.

No pierdo la compostura. Me ahorro las palabras sobre mis hijos.

—Florentino, ¿usted se alegra de que haya muerto Armando Porta?

Volvemos a cruzar miradas. Abre la boca con la intención de decir algo. Pero calla.

—¿Florentino? —pregunta Olga.

—¿Puedo irme ya?

Asiento.

Se marcha y, cuando cierra la puerta de su casa, nos dedica una última mirada.

GEORGINA

Después de comernos un olvidable cocido en un olvidable mesón de carretera, llegamos a la mansión de los Porta. Por el camino, comento lo ocurrido con la subinspectora.

—¿Los descartamos ya, Del Olmo?

—A todos, menos a Florentino.

—¿Por qué?

—Si tiene un hijo con problemas, su ira se multiplica por cien.

Olga, soltera, sin descendencia, decide callar.

Llegamos a la mansión de los Porta, donde nos recibe Georgina. Nos conduce a un despacho que hay en la parte trasera de la villa. Al entrar, descubrimos que la luminosidad contrasta con el resto de la casa: es como si fueran sus ojos. Unas vistas impresionantes a la sierra madrileña y un ambiente blanco minimalista invitan a pensar que allí están, no solo los ojos, sino el cerebro de la ingeniería fiscal del conglomerado Porta.

—Mi hermano ingresa mañana en un centro terapéutico. —Olga y yo nos miramos perplejos. Lo desconocíamos y no sabemos qué decir—. ¿Y bien? Después de la que ha montado la prensa, ¿la cosa está peor o mejor? —pregunta Georgina.

—Ni mejor, ni peor —digo.

—Eso no parece ser bueno.

—Tampoco es malo.

—¿Investigaron los nombres que les di?

—Venimos de hablar con el que nos faltaba de los Ortiz-Melgar. No tenemos nada contra ellos.

—¿Y Suchowolski?

—Tampoco hay ninguna prueba que nos haga sospechar de él. Quizá lo llamemos para que nos asesore en un asunto.

—¿Puedo saber en cuál?

—Se ofreció a ayudarnos en temas de mordeduras de perros.

—Ah, entiendo —dice ella y baja la mirada—: Sebastián es todo un experto, sí.

El hecho de que lo tutee me pone en alerta, al igual que a Olga.

—¿Lo conocía?

Georgina Porta suspira. Abre su cajón, y coge un paquete de tabaco. Saca un cigarrillo y antes de encenderlo nos hace un gesto como pidiendo permiso, aunque no espera que se lo concedamos. Se levanta, abre una ventana y se enciende el pitillo. Entra una corriente de viento que la desmelena lo justo para convertirla en una escena de película.

—Señor Del Olmo, debí haberles contado esto antes —admite, y da una calada del cigarro—, Sebastián Suchowolski y yo tuvimos una relación en el pasado.

Olga lo apunta en el móvil antes de preguntar:

—¿Qué es pasado para usted?

—En la época en la que intentó matar a mi padre. Estuvimos más o menos un año saliendo.

—¿Su padre lo sabía? —pregunto.

—Se lo imaginaba.

—¿Y nos señaló su nombre por algún tipo de venganza? —Olga no mide sus palabras.

Georgina se vuelve, y la mira con severidad.

—No, inspectora; se lo dije porque intentó matar a mi padre.

—Eso no es lo que él afirma.

—Claro, no lo va a admitir así por las buenas —replica Georgina—, pero un juez ya lo condenó por ello, así que son hechos, no su opinión.

Parece que hoy es el día en el que nuestros investigados nos van a revolcar por todas partes.

—¿Y por qué nos lo dice ahora? —pregunto.

Da otro par de caladas, profundas, echa el humo hacia la ventana, el viento se lo devuelve y tiene que mover la mano para apartarlo de su cara en un gesto torpe.

—Porque estoy convencida de que él está implicado —dice—. No es normal lo del ataque de los perros, lo de la muerte violenta, lo de los otros hombres relacionados con mi padre muertos de una forma parecida.

Olga me mira; no sabe qué decir, ni yo tampoco.

—¿Tiene algo más contundente que nos pueda reforzar esa teoría?

Georgina se queda callada. Vuelve a fumar.

—Me llamó poco después de que ustedes lo visitaran.

—¿Y qué le dijo?

—Que si yo los había mandado allí. Le dije que no, que había sido él mismo cuando había intentado matar a mi padre hace diez años.

—¿Hablaron algo más?

—Se puso violento.

—Defina «violento» —dice Olga.

Georgina cierra la ventana; vuelve a su escritorio y apaga el cigarro.

—Me dijo que era una rencorosa de mierda y que no volvería a la cárcel, al talego como él lo llama, y que, antes que volver, se llevaría por delante todo lo que hiciera falta.

Olga apunta en el móvil al mismo tiempo que pregunta.

—¿Podría indicarnos el número de teléfono desde el que la llamó?

—No sé, sí, supongo.

—¿Podría hacerlo ahora?

Georgina mira en el móvil; busca en su lista de llamadas y tras un minuto me enseña el número.

—Creo que es este —dice.

—¿Cree o está segura?

Vuelve a revisar su teléfono; se fija en un calendario que

tiene en el escritorio y me mira.

ALGO EN EL CORAZÓN

—Estoy segura.

Le pido a Olga que apunte el número y escriba a *Listín*.

—Una cosa más, Georgina —digo—. ¿Usted sabe si su padre tenía algún otro teléfono móvil aparte del, digamos, oficial?

—Tiene uno en la oficina. Supongo que seguirá allí.

La subinspectora se adelanta:

—Necesitaríamos que nos lo facilitara.

—Se pueden pasar por la oficina a recogerlo.

—Ah, ¿se refiere al propio terminal? —dice Olga, sorprendida. Georgina asiente.

—Lo tiene en un cajón con llave, creo. Luego mando un mensaje a Olvido, su secretaria, para que lo tenga disponible para cuando se pasen.

—Gracias, Georgina, ¿tiene el número de ese teléfono?

Vuelve a su móvil, lo busca y nos lo enseña. La subinspectora toma nota.

—¿Hay algo más que nos quiera comentar? ¿Alguien más de quien sospeche? —pregunto para finalizar.

—No.

—Bien; le desea a su madre lo mejor de nuestra parte. Si alguno de ustedes quiere hablar de nuevo, no dude en llamarnos.

Georgina nos hace un ademán como de agradecimiento, y nos acompaña hasta la puerta.

—Inspectores —dice—, sigan investigando a Sebastián. Algo aquí me dice que él... —Se señala el corazón y para de hablar.

Está convencida de que el corazón roto de Sebastián fue el autor de la muerte de su padre. Cree a ciegas que le guarda un rencor cerval, y diez años en la cárcel lo ha multiplicado por mil. Como si el odio que Suchowolski sentía por Armando Porta estuviera también contaminado por el desamor de su hija.

Abandonamos la casa, y tenemos que conducir a veinte por hora para que los amortiguadores del coche no sufran más de la cuenta por los resaltos de la lujosa urbanización en la que viven los Porta-Acevedo. Cuando dejamos atrás aquella tortura, Olga mira el móvil por un aviso que le ha llegado.

—*Listín* corrobora la llamada; yo ya tenía el número de Suchowolski, y coincide.

—¿Te hubiera gustado que fuera otro número, eh?

—Y a ti también —dice Olga, burlona—. De las escuchas a este tipo sigue sin haber nada, ¿verdad?

—No. Mira que no me resultaba sospechoso, pero ahora tengo una ligera duda. Cuando se meten las pasiones por medio, ya es otra cosa.

—¿Y por eso se va a cargar a los otros dos? —apunta ella.

—El corazón, Saavedra, el corazón —digo mientras me señalo el pecho. Consigo arrancar una sonrisa a mi compañera.

—Mañana voy yo a por ese teléfono de su oficina. Por cierto, ¿no te parece curioso que la hija tenga un teléfono que la propia mujer de Porta no tenga? En el listado que nos dio ella, este número no aparece.

—Curioso es... —sopeso mis palabras—. Pero recuerda que Georgina es el cerebro de la empresa.

—¿Y no habría que poner en aviso a la UDEF cuando termine todo esto?

—Lo pensaré, subinspectora. Lo pensaré.

Cuando estamos por enfilar la carretera de A Coruña, recibo

una llamada en el móvil.

—Del Olmo, ¿dónde estáis? —pregunta Toribio.

—Saliendo de la casa de los Porta.

—Venid corriendo a la brigada; tenemos una movida buena.

—¿Qué pasa, Toribio? Déjate de «movidas», y dime.

Olga mira por el retrovisor, nerviosa, expectante.

—Interpol nos ha mandado un comunicado. Se ha liado una muy gorda en Gibraltar.

—¿En Gibraltar?

—Creo que ha aparecido el Cuarto Elemento.

EL CUARTO ELEMENTO

Una pelota vacía. O llena de aire, según se mire.

Eso es lo único que aparece en una caja de seguridad de un banco gibraltareño. Al lado derecho y al lado izquierdo de esa caja, otras dos, vacías, sin pelota.

—Por lo visto, el día después de que encontramos el cadáver de Roger alguien envió un email al banco advirtiéndoles del robo —me cuenta Toribio.

—No me jodas.

—Sin joder. El director no le dio bola pero, después de que saltara la noticia aquí en España de nuestro caso, ya sí que se mosqueó y habló con la policía del peñón, que a su vez habló con un juez de allí, y ejecutó la orden para poder abrir la caja.

—Anonadado me hallo.

—Y yo, y yo —replica Olga.

—Eso fue ayer; el Comisario General de allí habló con Interpol y, después de sopesarlo bien, nos lo han comunicado hace dos horas. El director de la sucursal está en la comisaría de allí, del peñón.

—¿Huellas, grabaciones de seguridad?

—Sí, pero de momento no nos lo envían.

—¿Y por qué?

—Lo tenemos que tramitar todo con Interpol.

—¿Lo sabe ya el comisario?

—Sí, le avisé después que a ti.

Me sorprende que no me haya llamado a su despacho y me alegra al mismo tiempo porque me da un margen de maniobra para decidir qué hacer. Suspiro.

—Bien, en veinte minutos nos reunimos nosotros y después vamos con la cantinela al comisario.

Toribio se levanta de su mesa para buscar a los demás. Le digo a Olga que me acompañe, pero gesticula con la mano pidiendo tiempo. O calma. Se lo concedo; yo no he podido echarme mi minisiesta en el coche y, aunque ya sea tarde, necesito cerrar los ojos. Demasiadas emociones y demasiado cansancio.

Cuando no han pasado ni cinco minutos, Olga entra y me saca de mi breve ensoñación. Casi le pego un grito.

—Quiero exponer mi teoría.

—Sí, pero ahora tenemos que centrarnos en esto del peñón, Olga.

—He subido un informe al sistema. Estoy segura de que lo del peñón es obra de la cabeza pensante.

—¿Me has oído, subinspectora?

Ella se resigna, o quizá su gesto es de enfado. Como no estoy del todo lúcido, no lo tengo claro. Me dispongo a salir de mi despacho, pero ella continúa hablando:

—Mi idea es investigar, infiltrarse en organizaciones ecologistas pequeñas. Grupos de redes sociales, de Telegram, si es posible de Whatsapp.

—¿Pequeñas? —Me detengo antes de salir—. Si lo de Gibraltar está relacionado con esto, no sé cómo se las apañaría una organización pequeña para robar tres cajas de seguridad en un banco —rebato.

—Habrá que revisar bien todo el material que nos dé la policía de Gibraltar. Y sabes tan bien como yo que está relacionado

—Antes de afirmarlo a ciegas habrá que confirmarlo *in situ*.

—Entonces, hay que ir hasta allí.

—Tengo que hablarlo con el comisario para que mueva sus

hilos.

—Cuando confirmemos la relación, hay que buscar en entornos ecologistas.

Siento sus ojos clavados en mi cogote. Me giro, y me encuentro con su mirada. Suspiro, resignado.

—Vamos a ver al comisario; haz el favor.

Abro la puerta, y el resto del grupo nos espera en la sala común. Hago un gesto a Toribio y él les cuenta todo lo que me ha contado a mí y a Olga. Las expresiones de sus rostros, sus muecas, sus ojos abiertos denotan sorpresa. Me miran pidiendo explicaciones. Resoplo.

Del resto de la reunión sacamos en claro que hay que ir a hablar con la empresa de seguridad de Roger, que hay que encontrar un confidente fiable que sepa algo acerca de los Papeles del Atlas, y que tenemos que viajar a Gibraltar sí o sí. Les dejo encargado el trabajo a los compañeros, y me marcho con Olga a reunirme con el comisario.

Si Alamillos lo autoriza, al día siguiente toca viaje hacia el sur.

VIAJE A GIBRALTAR

No me gustan los viajes largos en coche.

Por suerte, el caso es tan importante que nos pagan los billetes de AVE hasta Sevilla. Nos cuesta convencer al comisario, pero conseguimos que nos autorice el viaje. Nos cuesta porque tiene que ser él quien se comunique con Interpol y que la propia Interpol hable con la policía del peñón para que podamos indagar. En Gibraltar, no están muy de acuerdo con que metamos las narices en sus asuntos. Y menos en tema de bancos. Alamillos convence a nuestro DAO para presionar a Interpol y a la policía de Gibraltar. Consiguen que nos dejen investigar.

En Sevilla nos recibe un bofetón de calor nada más abandonar el refugio del aire acondicionado del tren. Una furgoneta del cuerpo nos recoge para llevarnos hasta Gibraltar. Al volante, una oficial de policía llamada «Sonia», un poco seria, nos conduce al peñón sin cruzar más de dos palabras sobre el motivo de nuestra visita. La parte de atrás de la furgoneta es abierta, y los tres compañeros estamos sentados unos frente a otros, lo que da para debatir sobre el caso más de lo que la falta de privacidad del tren nos ha permitido.

—¿Qué te gustaría encontrar, subinspectora? —pregunto.

—Me gustaría ver con mis propios ojos cómo es esa pelota vacía.

—¿Por? —pregunta Insausti, más por compromiso que por verdadera curiosidad.

—Porque, en la foto que nos ha mandado la policía gibraltareña, no se aprecian bien los detalles. Hay que ver si tiene alguna inscripción, o algún otro dato del que podamos sacar partido.

Lo único que conseguimos vía telemática es una foto de dudosa calidad de la pelota en cuestión.

—Las firmas de los asesinos dicen mucho de ellos, ¿verdad subinspectora? —digo sonriendo, para afirmar su teoría.

Ella me devuelve la sonrisa, e Insausti no vuelve a hablar hasta que llegamos a la verja.

—Estos *inglesuchos* siempre dando por saco.

—Relaja, Sergio, que vamos a salir de España y mi madre decía que tuviera cuidado cuando viajara al extranjero —replico.

Nos traemos a Insausti para lucir músculo, porque no sabemos qué nos vamos a encontrar en el peñón. En efecto, lo primero que vemos es a un *bobby* de metro ochenta con cara de bulldog. Nos pide identificarnos, como si nuestra furgoneta policial pudiera estar falsificada.

—¿Qué los trae a Gibraltar? —pregunta en un buen español con algo de acento británico.

Como encargado del caso, bajo la ventanilla, me identifico, y le pido ver al comisario McGuiness, máxima autoridad de la Royal Gibraltar Police. El día anterior crucé algunas palabras con él por teléfono y se ofreció (cómo no hacerlo después de las presiones de Interpol) a ayudarnos. La cara del *bobby* cambia, y nos abre paso.

Llegamos a un curioso edificio con fachada de piedra, pequeño, de una sola planta; me choca que allí se lidie con todo lo que se cuece en un lugar como Gibraltar. La oficial Sonia nos deja en la puerta trasera y accedemos a la comisaría por una rampa que agradezco. Volvemos a identificarnos, y el comisario no nos hace esperar ni un minuto. Sale a recibirnos, y nos estrecha las manos de un modo cordial. Es un tipo casi tan alto como el *bobby*, con el pelo teñido de negro y con una perilla pasada de moda que me recuerda a la de Alamillos. Lo escolta una mujer que bien podría ser su hija por la diferencia de edad. Se identifica como la traductora.

—Mi compañera ayuda en caso de que me falle alguna palabra —se excusa McGuiness.

—Gracias a los dos por recibirnos —digo.

Accedemos a su despacho, donde Olga le explica detalles del caso para que vea la relación con lo encontrado en el banco: la teoría de los crímenes de los cuatro elementos. También le comenta lo del email del supuesto ladrón.

—Me gustaría ver la bola que dejó en la caja de seguridad.

McGuiness se levanta, y abre un armario que hay detrás de él. Espero que esa custodia de las pruebas tan de andar por casa no sea la tónica en el peñón.

—Sabía que quieren bola; tenga.

McGuinnes entrega el objeto, dentro de una bolsa de plástico transparente, a Olga, que lo examina con precisión.

—Supongo que no se ha encontrado ninguna huella.

—Sí, nada, *zero* —dice el comisario haciendo un círculo con su dedo pulgar e índice—. Tampoco hay nada en cajas de seguridad del banco.

El comisario se vuelve a levantar; del mismo armario saca tres bolsas pequeñas de plástico, dentro de las que hay tres papeles de colores: uno azul, otro naranja y otro marrón. No hace falta examinarlos en profundidad. Es obvio qué representa cada uno.

—También dentro de las cajas, papel azul en misma que bola…

—¿Las imágenes de las cámaras de seguridad? —interrumpo.

El comisario hace un gesto que no sé cómo interpretar. No sé si sonríe o si pone cara de pena.

—Se lo puedo enseñar, pero no se lo puedo dar —advierte McGuinness.

Me quedo mirándolo. Esta vez sí sonríe; teclea en su ordenador y habla con la traductora. Creo escuchar un «*Close the door*», aunque mi inglés, algo por debajo del B1, lo tengo muy oxidado. Cuando la puerta se cierra, McGuinness gira la pantalla de su ordenador, y lo que veo es lo más surrealista que me ha pasado en mis más de veinte años de carrera.

LAS CAJAS

Apuntes, teorías y suposiciones no oficiales de Del Olmo y Saavedra sobre El caso de los cuatro elementos.

Con las llaves de las cajas de seguridad, todo fue más fácil.

Las encontró donde confesó Porta: en una caja fuerte escondida en un lugar secreto en Gibraltar. Pudo abrirla gracias a la combinación que facilitó Pereira antes de morir abrasado. Y la llave de ese lugar secreto se la llevó del chalé de Roger, escondida en otra caja fuerte.

En ese lugar secreto, además de las llaves, encontró todo lo necesario para acceder al UK National Gibraltar Bank: la documentación del contrato de alquiler de las cajas de seguridad, por si se la pedían; la identidad falsa de la persona que había alquilado esa caja; y un kit con varios elementos propios de un disfraz de carnaval. Entendió la función de ese kit cuando vio la foto que figuraba en el falso documento de identidad del titular de las cajas. Sonrió. Sonrió porque la foto era casi una caricatura, diseñada para que cualquier hombre se pareciera a esa persona. Incluso una mujer podría caracterizarse y dar el pego.

El día que accedió al banco, casi se permitió saludar a las cámaras de vigilancia, pero descartó la opción. Por si acaso. Sí saludó (la caballerosidad británica así lo requería) al vigilante de seguridad del banco, al que tuvo que entregarle la documentación para acceder a la sala donde se ubicaban las cajas. John Rodríguez, como ponía en su placa identificativa, solo le correspondió en el saludo; no pronunció ni una palabra más en el breve trayecto desde la entrada hasta la sala. Allí, John, el vigilante, metió su llave, el usurpador metió la suya, y abrieron la primera de las tres cajas. La operación se repitió con las otras dos. Rodríguez lo ayudó a cargar con una de estas, porque pesaban lo suyo, mientras que el usurpador cargó con las otras dos hasta la habitación privada, ya sin cámaras de videovigilancia, donde se procedería al clímax del plan.

Una vez allí, se sentó y disfrutó de unos segundos de silencio. Tenía tiempo... pensaba. Aunque no lo prolongó en exceso; no quiso regodearse. Abrió las tres cajas. Empezó por la de Porta que, según sospechaba, debía de ser la que mayor tesoro albergara. En efecto, estaba repleta de tacos del billete de la corrupción, ese billete que en su día llamaron «Bin Laden». Claro que quien había inventado ese apelativo sería alguien del pueblo. Eso no valía con tipos como Porta, acostumbrados a contar sus ganancias de seis cifras para arriba.

Es ridículo el volumen que ocupa un millón de euros en BinLadens: poco menos que tres cartones de leche, y pesa poco más de dos kilos. Es decir, caben de sobra en una bolsa de Calvin Klein de tamaño mediano.

Aparte de esos dos kilos y tres cartones de leche, había algo con mucho más valor: un par de hardware wallets, es decir, dos pendrives llenitos hasta los chips de criptomonedas. Bitcoins, Ethereum, y alguna más.

En las cajas de Pereira y de Roger también había un suculento botín: más billetes de quinientos y dos paper wallets, una especie de tarjetita con las claves pública y privada de los monederos de criptomonedas.

Así, a ojo, calculó que el botín rozaría los dos millones de euros en billetes, más todas las criptomonedas que, por lo que había podido averiguar, serían al menos dos millones más. Estas monedas virtuales también pueden ser billetes de la corrupción, y los profesionales del sector lo saben.

Cuando llenó la bolsa de Calvin Klein, el trabajo podía darse por finalizado. El círculo, nunca mejor dicho, se había completado.

Solo faltaba, en efecto, eso: el círculo, esta vez convertido en esfera. Vacía o llena, según se mirara. La pelota de plástico transparente comprada en un chino cualquiera de un barrio de La Línea de la Concepción con el que remataba la obra y el juego con la policía. Aunque todo aquello no era solo un juego, sino algo mucho más importante: un aviso para los que tratan al planeta como su propio Monopoly.

Dejó la pelota en la caja central, la de Porta, al que responsabilizaba por encima de los otros dos de las fechorías del terceto. Unas fechorías que habían pagado con la vida y con esos millones que tenían escondidos en un paraíso fiscal dentro de la península ibérica. Era su parte; se la había ganado, aunque había que compartirla. No se quedaría más que con lo necesario para vivir de una forma digna.

Con la bolsa llena de dinero corrupto, se marchó del UK Gibraltar Bank, no sin antes haber saludado al vigilante.

Estaba exultante cuando terminó su tarea. Se había cubierto muy bien las espaldas, en sentido metafórico y real. Nada podía estropearlo.

¿Nada?

EL SOLITARIO

La traductora nos acompaña hasta el banco y se despide de nosotros.

—¿No entra? —pregunta Insausti, interesado.

—No, ahí todos hablan un perfecto español. —Sonríe y se marcha; el oficial se fija en su trasero.

—Insausti, que no estamos en el instituto.

Él calla, y se limita a abrirme la puerta para que entre.

Antes de hacerlo, miro a Olga, que está detrás de mí. Lo que hemos visto en las grabaciones de las cámaras del banco podrían formar parte de una película de la saga de *Ocean´s Eleven* de Steven Soderbergh: una persona caracterizada con gorro, gafas de vista tintadas y bigote (no sabemos si real o postizo). No es que fuera disfrazado, pero es cierto que el aspecto es más que llamativo. Me ha recordado a las imágenes de El Solitario, un atracador de bancos que tuvo en jaque a la Guardia Civil y a algunos de mis compañeros en la UDEV durante más de una década. El tipo se disfrazaba con una peluca, unas gafas y una barba postiza.

La persona que entró en el banco y se llevó lo que hubiera en las cajas de, en teoría, Porta, Pereira y Roger, tenía un atuendo similar.

Nuestra intención es hablar primero con el director y, segundo y más importante, con John Rodríguez, que no es el nombre de un cantante de moda de Miami, sino el vigilante de seguridad que asistió a esa nueva versión de El Solitario.

Nos identificamos ante el primer empleado que nos aborda. Pone gesto serio y nos pide un minuto. Al instante aparece un hombre de unos cuarenta años, poco más de metro setenta, corte de pelo impecable, al igual que su barba. Lo que los británicos podrían considerar un *gentleman*.

—Soy Emiliano García-Smith, el director de la sucursal —se presenta—; el comisario McGuinness me ha avisado de su visita.

Con un gesto de la mano, nos invita a seguirlo a su despacho. Miro a Insausti, y entiende que debe quedarse fuera.

—Echa un vistazo por los alrededores.

—¿Para qué?

—Usa un poco tu instinto, hombre.

Sergio se marcha murmurando algo que prefiero no saber.

En el anodino despacho con mesas marrones y sillas marrones y con estanterías marrones —igual que cualquier anodino despacho de oficina de banco en España—, el director se explica.

—Como le conté al comisario McGuinnes, no podía darle credibilidad a un email que podía ser cualquiera de los cientos que acaban en mi bandeja de spam...

—¿Es usted español o de Gibraltar, Emiliano? —pregunto.

—Tengo la doble nacionalidad. Nací en España, en Algeciras, pero llevo viviendo aquí más de treinta años. ¿Eso es relevante para el caso?

—Cualquier pregunta que le hagamos es relevante —ataja Olga antes de que yo pueda excusarme por mi curiosidad.

El tal Emiliano acepta la contestación con una mueca de incredulidad y de resignación.

—¿Está aquí John Rodríguez en estos momentos?

—Sí, supongo que lo quieren interrogar.

—Supone bien, señor García —dice Olga—. Dígame, ¿cuánto tiempo lleva de director de este banco?

—Casi tres años.

—No es mucho para los treinta que ha vivido aquí.

—Es que antes estaba ahí enfrente —Señala con el dedo hacia

una ventana desde la que se divisa otro banco—. Entiendo que ustedes harían lo mismo si los llama la Interpol o la Europol, ¿no?

—No se crea; yo ya no estoy para esos trotes.

Me mira de arriba abajo y hace un amago de disculpa que se ve interrumpida por una nueva pregunta de Olga.

—Necesito que nos cuente todo acerca de John Rodríguez.

—Pues no tengo mucho que contar, básicamente porque no lo conozco en profundidad.

—¿Cree en su versión de los hechos? —apunto.

—¿Por qué no habría de creerla?

—Porque si se confirma la relación de esas tres cajas con los casos que estamos investigando, es muy posible que John pudiera haber facilitado el acceso a la persona que sale en las imágenes de las cámaras de seguridad.

Emiliano tuerce el gesto.

—No he visto nada anormal en esas imágenes.

—Emiliano —me inclino un poco hacia adelante—, en el hipotético caso de que su vigilante de seguridad estuviera implicado, no creo que fuera tan tonto de fumarse un cigarro con la persona en cuestión.

—Pero…

—¿Teme usted algo, Emiliano?

—¿Yo?

—Sí, que la reputación de esta oficina se vea manchada por lo ocurrido. Y que menos peces gordos dejen aquí sus dineros opacos cuando salte a prensa lo de este robo y la relación con los asesinatos de tres famosos empresarios.

—¿Esos asesinatos han sido aquí en Gibraltar? —pregunta el director que ha visto un resquicio para salir airoso.

Olga y yo nos miramos.

—Señor García, ¿vamos a poder contar con su colaboración? Dejando a un lado el tema económico, el hombre que accedió a esas cajas fuertes está relacionado con la muerte de tres personas —me atrevo a aventurar—. Y la vida de tres personas vale lo mismo en Gibraltar que en España, ¿no cree?

—Si supiera algo…«oscuro» de la vida de John Rodríguez, créame que yo sería el primero en ponerles su cabeza en una bandeja. Pero, por lo poco que conozco de él, tiene dos hijos pequeños y tiene un buen sueldo como para andar complicándose la vida.

Pienso que muchos padres de hijos pequeños se han complicado mucho peor la vida, pero me ahorro el comentario.

—Está bien —doy por zanjado el asunto—, ¿me puede decir algo de Lukas Pulido?

—Pues, como ustedes comprenderán, no tengo el placer de conocerlo.

—¿Y por qué lo comprenderemos? —incide Olga.

—A ver… ese tal Lukas Pulido es cliente de este banco desde hace cinco años, y yo solo llevo aquí tres. El volumen de sus activos no es tan grande como para que lo haya tenido en cuenta. Y que tenga contratadas tres cajas de seguridad no le otorga un carácter especial como cliente.

Resoplo.

Lukas Pulido es el titular las cajas. En el informe que nos ha pasado McGuinness está todo reflejado. También es titular de una empresa llamada «Lupul», con sede en el peñón. Según Los papeles del Atlas, nuestro trío de víctimas tenía relación con dicha empresa. Blanco y en botella. Lupul parece una de las muchas sociedades offshore; «en cristiano»: empresas fantasmas para evadir impuestos mediante ingeniería fiscal, que hay en Gibraltar. La imagen de la persona que, con una alta probabilidad, dejó la pelota y los tres papeles en las cajas de seguridad es idéntica a la foto del documento de identidad que consta en el expediente bancario de Lukas Pulido.

Olga me da un leve codazo.

Hablar con Emiliano García no nos va a servir de mucho; es hora de pasar al plato fuerte.

—¿Puede usted llamar a John, por favor?

EL VIGILANTE DE SEGURIDAD

Es curioso ver llorar a un tipo que mide casi un metro noventa y que tiene las espaldas tan anchas como una puerta de hospital de las que se abren por sensor. En las entrevistas o en los interrogatorios, muchas veces, es necesario hacer llorar a las personas. Aunque sean inocentes. Que se lo digan a Patricio Porta.

—Tranquilo, John. —Olga intenta calmarlo. Le ha tocado ser la poli buena—. Te voy a repetir lo que declaraste y acabas de ratificar aquí, y terminamos, ¿vale?

Rodríguez afirma con las manos hundidas en las cuencas de sus ojos.

—El pasado lunes, a las doce horas y tres minutos, Lukas Pulido accedió a la sala de las cajas de seguridad del UK National Bank de Gibraltar. Se identificó en la puerta, comprobaste la veracidad de su identificación, y lo acompañaste a la sala. Allí lo ayudaste a abrir las cajas, como manda el protocolo: accionaste primero tu llave, y después él usó las suyas para abrir las tres cajas. Lo ayudaste a cargarlas hasta la sala privada, porque pesaban lo suyo y, una vez dentro, le diste la privacidad necesaria, tal como manda el protocolo. Tardó en salir unos diez minutos. Cerrasteis de nuevo las cajas, y se marchó. Llevaba un bolso tipo deportivo, pero no recuerdas exactamente cómo era. Tampoco recuerdas algo peculiar de ese hombre porque por aquí pasan decenas de personas todos los días y repites la misma operación varias veces. Has visto las imágenes de las cámaras de seguridad, pero no estás seguro de poder identificarlo si lo ves en otro sitio.

John dice un pequeño «sí» apenas audible.

—Ratificas todo esto.

El vigilante vuelve a afirmar.

—Está bien, disculpa las molestias. Nos marchamos.

Nos despedimos tanto de Emiliano como de John. Ambos nos estrechan las manos y no dicen nada.

En la puerta nos reunimos con Insausti.

—¿Has visto algo importante?

—No soy tan tonto como te crees y, como ya me mandaste a inspeccionar cámaras, he apuntado todas las que hay en la zona.

Sergio me enseña una libreta donde ha dibujado una especie de plano; tiene marcadas las cámaras de seguridad que ha ido encontrando y el nombre de los lugares donde están instaladas.

—Buen trabajo, hombre. Ahora vamos a llorar un poco a McGuinness.

Hace un bonito día soleado en el sur de España y disfrutamos de la ligera brisa del camino, camino que aprovechamos para comentar la jugada del banco.

—¿Qué piensas, subinspectora?

—No sé qué pensar, Del Olmo. No tengo claro nada.

—¿Y no será que te abstienes de pronunciarte porque lo quieres apostar todo a tu teoría ecologista?

Olga se detiene, me clava los ojos, y parece que el día soleado ha tornado a día tormentoso.

—No me fastidies, Del Olmo. ¿De verdad te crees…?

Levanto las manos pidiendo disculpas. Aunque se me haya pasado ese pensamiento por la cabeza, no debo formularlo así.

—Olga, te necesito centrada, aquí, ahora. Cuando volvamos a Madrid, tendrás tiempo para tu teoría. ¿Qué piensas de esos dos?

Ella coge el móvil, lo mira; está analizando lo que ha

apuntado.

—Sinceramente, creo que no están implicados.

—No crees que podríamos pedirle a McGuinnes que los investigue.

—Hazlo si eso te tranquiliza. Pero mi opinión es esa: no los veo sospechosos.

Muevo la cabeza hacia abajo, y esbozo una sonrisa. En efecto, tenemos que llorar un poco a McGuinness.

EL HUMOR DE MCGUINNESS

Le entrego al comisario McGuinness una versión mejorada del mapa que ha hecho a mano Insausti. ¿Quién lo pasa a limpio? Por supuesto que la subinspectora con una app de su móvil.

—¿Cuándo cree que podría darnos las imágenes de todas esas cámaras de los días previos al robo y del mismo día?

McGuinness observa en su ordenador la imagen que le hemos mandado por email y se mesa la perilla.

—No lo sé, inspector. Son muchas cámaras.

—Lo entiendo, pero es más que probable que en esas imágenes esté el culpable de nuestro caso.

—Tendrá mismo disfraz que en vídeos del banco. ¿Por qué tan importante?

—Por eso le pedimos la de los días previos —ataja Olga—, y no solo las del día del robo.

McGuinness sigue sin estar convencido.

—Lo voy a pedir, pero llevará tiempo.

—¿Cuánto? —pregunta Olga, nerviosa.

—No sé, inspectora, no sé.

Se produce un breve silencio, que rompo.

—También necesitaría las grabaciones de la frontera.

—¿Cómo?

—Sí, de la entrada a Gibraltar. ¿Cuántos días guardan esas

imágenes?

—Muchos, inspector, muchos —responde el comisario sonriendo.

—¿He dicho algo gracioso?

—Sí, inspector.

El comisario McGuinness se levanta, y me dan ganas de agarrarlo de la perilla y sentarlo de nuevo en su cochambrosa silla. He dicho algo que le provoca esa sonrisa sarcástica. Y, debido a las circunstancias del caso, exploto.

—McGuinness, es la primera vez que vengo a Gibraltar. Debe usted saber que no estoy al tanto de todos los detalles de la zona. Por eso hemos venido aquí en lugar de solicitar a Interpol que nos deje campar a nuestras anchas por su roca, así que haga el favor de decirme qué le provoca tanta risa o facilítenos las grabaciones que le pedimos antes de provocar un conflicto entre su cuerpo y el mío.

McGuinness se para en seco, mira a la traductora que le aclara algo que otra vez mi nivel medio no me deja comprender.

—No se enfade, inspector. No creo que ningún delincuente entre por la verja, como ustedes llaman.

—¿Entonces por dónde coño entran?

McGuinness vuelve a mirar a la traductora, que agacha la cabeza para evitar traducir la palabra.

—Por el mar.

EL PUERTO

Insausti me entrega un nuevo dibujo con las cámaras del puerto de Gibraltar; tiene varios muelles. El trabajo ha sido arduo. No se merece una nueva felicitación porque esta vez el mérito es de McGuinness, que nos ha informado que es habitual que muchos narcos y otro tipo de chusma del contrabando accedan al peñón por el agua. No se hacen registros exhaustivos de las embarcaciones que atracan, y es muy posible esperar en uno de los camarotes hasta que la noche llegue y salir sin ser detectado. Solo hay que pagar un dinero al dueño del barco que ni sabe ni quiere saber qué negocios o asuntos traen a sus «polizontes». McGuinness no se ha dignado a acompañarnos. Ni nosotros nos dignaremos a pasarnos de nuevo por su comisaría; le enviaremos por email el nuevo dibujito, porque yo estoy deseando salir del peñón. Necesito subirme al AVE cuanto antes para ordenar mi cabeza.

Si se confirman las sospechas, en alguna de las cámaras que hemos marcado, tiene que haber una imagen del autor del robo y un más que probable asesino o asesinos.

Como McGuinness nos ha dicho que recopilar todas esas grabaciones tardará, no podemos hacer mucho más allí. No nos es posible interrogar a gente del puerto, ni mirar los listados de los desembarcos. Todo ello se lo hemos dejado al comisario británico. Y sospechamos que no hará mucho por ayudarnos. Por eso estoy deseando montarme en el tren y llegar a Madrid. Necesito hablar con Alamillos para que remueva *Londres con Santiago,* y nos agilicen la tarea en el peñón.

—Mirar al mar me solía traer calma —comento a Olga, que

me acompaña mientras Insausti hace una nueva batida por si se le ha pasado alguna cámara.

—A mí nunca me ha gustado mucho —admite ella.

—¿Sigues enfadada?

—No estoy enfadada, Del Olmo. Solo quiero volver a la brigada.

—Fíjate; otra vez coincidimos en algo.

Sonríe sin corresponderme la mirada.

Insausti vuelve de su tarea, y asegura que no se ha dejado nada sin peinar. Avisamos a la policía Sonia para que nos recoja y nos marchamos de allí.

Cuando me instalo en mi lugar en el AVE, no lo puedo aguantar más y llamo por teléfono al comisario.

DINERO

Llego tardísimo a casa, pero la noche en mi cama es reparadora.

Mis hijos duermen, pero mi señora esposa me espera y nos regalamos un buen orgasmo mutuo. Gracias a ello duermo como un bendito. Estamos en una gran racha amorosa, y me pregunto si tiene que ver con el estrés que me provoca el caso. Sería paradójico que el estrés laboral fuera proporcional a mi libido y a la de mi mujer.

La mañana siguiente en la brigada es bien distinta. El comisario Alamillos nos vuelve a reunir exigiendo resultados. El día anterior me dio largas cuando lo llamé para solicitarle la ayuda con el tema de las imágenes de Gibraltar.

—No os podéis imaginar lo que estoy teniendo que lidiar con los directores y con prensa.

—Me hago cargo, comisario. Estamos dando todo lo que tenemos —respondo—. ¿Ha podido hablar con Interpol?

—¿Y qué es lo que tienen, inspector? ¿Han practicado ya alguna detención?

Suspiro, y Olga procede a explicar la situación.

—Señor comisario, del viaje a Gibraltar sacamos lo que Del Olmo le ha contado.

—Lo sé, subinspectora; estoy en ello.

A mí no me responde, pero al menos a ella le asegura estar «en ello».

—Los informantes del subinspector Toribio no han

aportado demasiada luz, señor comisario —digo—. *Listín* sigue trabajando, gracias por el apoyo.

Las gracias no son sinceras, y eso se nota. De los refuerzos que le pedimos, solo hemos conseguido que dos nuevas incorporaciones al departamento de Delitos Informáticos apoyen a *Listín* con el cribado de datos de los más de quinientos números de teléfono que investigamos. También tenemos más de doscientas horas de metraje de las cámaras de seguridad cercanas al restaurante Green Brasil (y cuando los astros se alineen y nos lleguen las de Gibraltar, esto se multiplicará exponencialmente). De momento solo hemos podido localizar en estas a los tres fallecidos.

—Quiero pedirle más agentes para nuestro equipo. Me gustaría interrogar a más personas del entorno de los tres empresarios. Y cuando lleguen las imágenes de Gibraltar…

—¿Algo más, subinspectora? —Alamillos me interrumpe y me ignora al mismo tiempo.

—La teoría de los cuatro elementos, señor. Desde el primer momento pensamos que el autor o autores de estas ejecuciones podrían tener un motivo personal, bien sea el robo, bien sea una venganza…

—Queda claro que el robo ha sido un gran motivo, subinspectora —Alamillos la interrumpe.

—Sí, señor Comisario, pero eso puede ser una maniobra de despiste o quizá una forma de cobrarse algo.

—Saavedra, ¿qué me quiere decir?

—Que el móvil de los asesinatos puede estar relacionado con causas ecologistas.

—¡¿Cómo?!

Olga entrega un informe más al comisario. En dicho informe, expone la teoría que acaba de comentarle. Además de la firma del asesino, ha incluido su lectura de los Papeles del Atlas. Dos de los tres empresarios asesinados tenían varios proyectos en común: una empresa mastodóntica de gestión de residuos, una urbanización gigantesca, una carretera de peaje y un hotel en primera línea de playa. Todos estos proyectos se asentaban sobre tres desastres ecológicos recientes: un incendio en la sierra malagueña, el deterioro de La Manga del Mar Menor, la creación de una playa artificial mediante explosiones controladas.

—¿Me está diciendo, subinspectora, que los mataron porque los hacen responsables de estas barbaridades?

—Quizá incluso de algo más.

—¿De qué?, ¿del cambio climático?

—No exactamente, Comisario. Pero sí veo que haya un tipo de móvil ecologista detrás.

—¿Y el dinero robado en Gibraltar?

—Aún no sabemos lo que han robado. Lo mismo, solo había datos.

—Subinspectora, no me tome por tonto. A lo largo de mi carrera he visto cosas raras, pero tres cajas de seguridad sin dinero…Tres, subinspectora.

—Está bien, señor comisario, le compro el argumento. Han robado dinero de las tres víctimas. Vale, los han matado para robarlos. Pero… —Olga hace una pausa, y busca algo en el informe que lleva en la mano—, no solo para robarlos.

Le entrega una foto.

EL CABREO

El comisario me enseña la imagen después de echarle un vistazo; es una fotocomposición de los tres cadáveres y sus respectivos círculos, a su vez marcados en rojo por Olga.

—Usted sabe de sobra que esta puesta en escena no se hace solo por un robo.

—O tal vez sí, Saavedra. —El comisario me mira pidiendo ayuda; más que ayuda me está pidiendo que sea yo el que ejerza mi rango con la subinspectora.

—Olga, el comisario puede llevar razón —digo. Y mis palabras parecen balas que atraviesan el pecho de mi compañera. Sus ojos, mezcla de ira y de decepción, así lo delatan. Como si la hubiera traicionado.

—Hace unos años, no sé cuántos, comisario Alamillos…

—Creo que diecisiete.

—Bien, tuvimos un caso de un tipo que cortaba las cabelleras de sus víctimas, como si fuera un sioux. Mató a dos hombres, y dejó a otro medio muerto. Eran corredores de apuestas clandestinas. Los tipos tenían en sus casas un buen dinero negro. Lo que pasa es que el desgraciado que los mataba quería que buscáramos alguna clase de maniaco con un *modus operandi*.

—¿Y cómo sabes que los mató solo por dinero? —incide Olga.

—Porque era más que obvio. Las víctimas eran dos capos del negocio. Todo cuadraba y, al final, el investigado acabó derrumbándose y confesó que no podía solo robarles, que lo hubieran buscado, encontrado y matado. Los psiquiatras coincidieron en que su salud mental era la correcta.

La subinspectora calla. El comisario se vuelve hacia su asiento pero, antes de sentarse, Olga vuelve a la carga:

—Entonces, si estamos buscando a un ladrón, ¿por qué no encarga el trabajo a otro equipo, señor comisario?

Alamillos se da la vuelta, y procura no agriar su gesto.

—Subinspectora, ¿no se está usted excediendo?

—No, señor comisario. Tenemos la investigación en un punto muerto. No hay más recursos para investigar de forma rápida a todos los que se relacionaban con las tres víctimas. Los recursos ilimitados en la investigación telefónica no son ilimitados si solo los pueden llevar dos o tres compañeros. La firma que hemos encontrado en las tres víctimas es una imagen que representa el planeta y que se ha usado en algunas acciones de grupos ecologistas. La pelota de aire de Gibraltar, los tres elementos que representan las víctimas. —Olga hace una brevísima pausa para tomar aliento—. Le estoy exponiendo una teoría que es más que válida, y usted no me hace ni caso. Tampoco entiendo cómo no se nos asignan más hombres ahora que todo ya ha saltado a la prensa.

—Olga —digo, tratando de detener un enfado *in crescendo*.

—¿Qué ocurre, Del Olmo? —replica ella.

—Retírate; yo sigo con el comisario.

Olga me vuelve a crucificar con su mirada. Pero se da cuenta de que todos en la sala la observan y saben lo que puede ocurrir si el comisario se siente agraviado. Alamillos es un tipo colaborador pero, cuando los galones pesan, pesan mucho.

—Subinspectora, haga usted caso a su jefe, y déjenos a solas. Y los demás también.

Ella se marcha la primera, y no da un portazo porque Amaya sujeta la puerta. Toribio me mira como ofreciendo su ayuda, pero le sonrío rehusando. Es el último en marcharse y cierra la puerta tras de sí.

El comisario se sienta, resopla, y dejo que pase un minuto para que el ambiente se calme. Me acerco hasta su mesa, dejo la foto encima, y digo:

—Comisario Alamillos. En el poco tiempo que Olga Saavedra lleva en la unidad, rara vez suele equivocarse. Y, por lo que usted me contó cuando se incorporó y me la presentó, en otras unidades tampoco —me pauso unos segundos—, así que, si tiene las manos atadas con lo de Gibraltar, al menos haga caso a la subinspectora con esto.

SOCIALIZAR

Invito a todo el equipo a comer en un restaurante próximo a la brigada, en el que ya hemos comido más veces. De esos de menú del día y de muchas raciones en la carta.

—Prohibido hablar del caso —ordeno.

—Del Olmo, ¿qué tal tus niños? —pregunta Toribio.

—Joder, hablar de mis hijos es casi hablar del caso —protesto; el subinspector sonríe—. Ya sabes, siempre me andan preguntando por «cosas de maderos», como ellos las llaman. Están bien, cada día más grandes. ¿Y los tuyos?

—Pues con sus madres —replica, resignado—. No los veo mucho.

Me fijo en Olga que no está mirando el móvil, sino que tiene clavado los ojos en Insausti.

—Lucas, macho, la verdad es que hay que tener valor para tener dos hijos con dos mujeres diferentes —apunta precisamente Sergio—. No te me enfades, ¡eh!

—¿Yo, enfadarme por decir algo en lo que tienes más razón que un santo? Qué va, Insausti, qué va. La vida…

Olga se fija en Amaya, que es quien habla:

—Antes de que empecéis a preguntar a todos por los hijos y esos rollos, ya os adelanto yo que ni se os ocurra hacer el típico comentario de que cuándo voy a ser madre. Y lo mismo aquí con la subinspectora.

Olga amaga una sonrisa.

—Joder, Solís, relaja un poco, que hace tiempo que no

comemos todos juntos —incide Toribio—. Y aprovecha que aquí el jefe ha pedido no hablar de curro.

Amaya suspira y apoya los codos sobre la mesa dirigiendo su cabeza hacia Sergio. Olga ahora mira a Pleite.

—¿Y de qué hablamos?, ¿de política? —dice Julio.

—No, por Dios —replica Toribio—; eso es casi peor que hablar de fútbol.

Todos reímos, y yo, con disimulo, vuelvo a fijarme en la subinspectora que, ahora, observa a Luis. Pero Listín no dice nada, y yo suspiro aliviado, porque parecía que ella manejara el ritmo de la conversación, como si con su mirada ordenara quién habla y quién no. Supongo que ha sido mera casualidad, o a lo mejor imaginaciones mías, y ella ha dirigido su mirada a la persona que comenzaba a hablar.

Como Luis es aún más tímido que Pleite; soy yo el que le pregunta.

—Luis, ¿tú tienes novia?

Él niega con la cabeza y, a falta de un ordenador, hunde sus ojos en el móvil.

—¿Novio? —dice Toribio.

Listín levanta los ojos del móvil, y se decide a hablar:

—No, pero y si lo tuviera, ¿qué?

—Joder, pues que me alegraría por ti, hombre, tranquilo —argumenta Lucas—. A ver si te piensas que aquí somos como en otras secciones del cuerpo. El inspector da fe de ello, ¿verdad, Del?

—Pues claro. Luis, no te sientas obligado a contestar; solo estamos charlando de la vida.

—No tengo ni novia, ni novio, y soy heterosexual. ¿Contentos?

Insausti, que está a su lado, lo agarra por el hombro y le mesa el pelo. Luis, junto a Olga, es el más hermético del grupo. Seguido de cerca por Pleite.

—Aquí *el Listín* seguro que liga un montón por internet.

—No me toques los huevos, Insausti —dice apartando la mano del oficial.

—Tranquilo, hombre, ya te han dicho que estamos de relax.

Luis suspira y vuelve a su móvil.

—Luis, no hace falta que cuentes nada, pero haz el favor de dejar el telefonito un rato. Si hasta la subinspectora lo ha dejado.

Luis se fija en Olga que, justo en ese momento, me mira. Pagaría por descifrar lo que corre por su cabecita. Estoy convencido de que ella sabe lo que hay en la mía; seguro que piensa que intento relajar la tensión que hay en la brigada, y la que hay entre ella y yo. Cuando le cuente que he intercedido con Alamillos, todo llegará.

—Pues a ver, subinspectora —dice *Listín*—. ¿Tú tienes pareja?

Todos flipamos ante el hecho de que Luis se atreva a realizar esa pregunta. Hasta la propia Olga traga saliva por lo inesperado.

—Luis, de todos los hombres de la unidad, de ti es del que menos me esperaba que me preguntaras eso.

—Y la respuesta es… —insiste Amaya intrigada.

—Que sois una panda de cotillas —contesta Olga, divertida.

Sonrío; parece que he conseguido mi objetivo, y el ambiente se relaja.

Pedimos un poco de todo para compartir: raciones variadas de oreja, solomillo cortado, croquetas, y también ensaladas para los menos carnívoros. Y pido jarras de cerveza y sangría.

—Esta tarde nos la vamos a tomar libre; mejor dicho, la pasaremos aquí, charlando de la vida, como decís.

—¿Y si el comisario te llama? —pregunta Toribio.

—Reunión de trabajo —contesto.

Insausti se levanta con una copa de cerveza en la mano:

—Por las reuniones de trabajo en *La pringue*.

—Que esto no es la pringue, pesado… —dice Amaya, antigua trabajadora de la brigada de Policía Judicial de Madrid. La auténtica *pringue*.

—Será que aquí no pringamos… —replica Sergio.

Me alargo todo lo que puedo y choco las copas con Toribio, Insausti, Listín y con Olga, que se acerca también para brindar conmigo. Cruzamos una mirada. Espero que sea de reconciliación.

Olga se lanza y cuenta que tuvo pareja hasta un año atrás, y que ahora no tiene ganas de nada. Pero no indica el género de esa pareja, con lo que la incertidumbre sigue en el aire.

Comemos y bebemos en abundancia, y rezo para que ningún compañero se pase por el restaurante y le vaya con el cuento al comisario. Es divertido ver cómo los policías de homicidios cambian unas horas el trabajo de investigar lo peor del ser humano por una charla animada de amigos. Como consecuencia normal, se achispan (yo me controlo tomando solo un vaso de sangría) y se ríen sin pudor contando viejas batallitas. *Listín* cuenta algunas anécdotas de lo que se ha llegado a encontrar investigando por internet; Toribio recuerda una detención equivocada... hasta Pleite cuenta un chiste de la cigüeña y de los niños que vienen de París, más soez de lo que se espera de él.

Olga sonríe; me encanta verla así.

Sobre las siete de la tarde, Amaya se marcha, porque tiene que sacar a la perra, e Insausti se ofrece, solícito, a acompañarla. A los pocos minutos, Toribio también se marcha, junto con Pleite y con *Listín*.

Me quedo a solas con Olga. Sospecho que ella lo estaba deseando, y hasta quizá se lo haya pedido por mensaje a los miembros del grupo.

Se acerca a mi lado, muy cerca.

—¿Qué voy a hacer contigo, inspector Del Olmo?

—¿Perdona? Esa frase es muy de padre viejo.

Sonríe.

—Estaba muy mosqueada cuando hemos salido de la reunión con el comisario.

—¿Y por qué te crees que he organizado este tinglado?

—Pues mira que he venido porque ha sido una orden, que si no...

—Olga, confío en ti, lo sabes. —Apoyo mi mano sobre la suya y me doy cuenta de que la situación se vuelve tensa; es algo que no quiero, así que se la suelto como si quemara.

—Lo sé, Del Olmo, lo sé.

—No se puede ganar siempre, ¿lo entiendes, verdad?

Ella asiente, y se levanta.

—Venga, te llevo a casa.

—Te cuento una cosita en el coche.

Por el camino le cuento que el comisario ha transigido y le va a permitir investigar su teoría. Ella me lo agradece de forma más fría de lo que yo espero. Me fijo en el retrovisor, y no me devuelve la mirada.

Me deja en la puerta de mi bloque, y antes de despedirme, le hago una petición.

—Mientras nos llega o no lo de Gibraltar, consígueme evidencias claras de tu teoría para restregárselas a Alamillos por la cara. Aunque haya entrado por el aro, necesitamos refutarlo todo.

—Por la perilla —dice ella desde el coche sonriendo.

Le devuelvo la sonrisa, y me quedo mirando cómo el camuflado se marcha en la noche. Espero que mi mujer no esté cotilleando desde la ventana.

Vivimos en un primero.

LO PROMETIDO ES DEUDA

Para Olga Saavedra, aquello de «Lo prometido es deuda» es como un mantra.

¿Que su inspector al cargo le pide que consiga evidencias?

Pues la señorita se infiltra una semana en todas las organizaciones ecologistas posibles y reúne datos, testimonios y nombres.

Lo malo es que, en un principio, de esos nombres no sacamos nada en claro.

—Llevamos dos semanas picando números y cero —protesta Solís haciendo el círculo con los dedos—. No hay ni uno que haya estado en los lugares de los crímenes. Y ahora otra semana con estos otros números que tú nos traes. Olga: yo y el resto de los compis te compramos tu teoría, pero es que estamos buscando el Santo Grial.

—Las cruzadas duraron siglos, Amaya —replica la subinspectora.

Yo acabo de hablar con ella en mi despacho minutos antes.

—Vamos a hacer la enésima recopilación antes de que Olga os cuente un asunto —expongo.

Me dirijo al panel con un puntero láser rojo. Señalo primero a Armando Porta.

—Armando Porta. Elemento agua. Muerte por

hiperhidratación. El informe forense, además de esto, solo indica lo del jabón. Ni inspecciones oculares ni el resto de los «científicos» aportan indicios relevantes. No hay más información sobre el perro que mató a uno de sus escoltas, aunque todavía tengo una reunión pendiente con la unidad canina. ¿Sospechosos? —digo mirando a Toribio.

—Los Ortiz-Melgar y Suchowolski. Líneas pinchadas a todos. Coartadas firmes. Imposible rascar algo en lo del jabón. Tampoco hay nada relevante de las entrevistas, excepto la situación personal de Florentino. Ni en cámaras, ni en su puta madre...

—Fortunato Pereira. —Marco su foto con el puntero sin mirar a nadie—. Elemento fuego. Muerte por quemaduras. Poco más del forense. No hemos podido averiguar dónde se compraron los pellets que ardieron ni el líquido que le protegió la cara. Media huella de bota que creen está entre el 41 y el 43. ¿Investigados a tener en cuenta?

—El hermano, Atilio Pereira —dice Pleite—. Línea pinchada sin incidencias. Coartada firme. La mujer del finado también está investigada por ser amante de Atilio. Coartada, y tampoco hemos escuchado nada a reseñar en la línea pinchada. La UFAM nos ha pasado el informe del interrogatorio a las hijas: solo han conseguido llantos.

—Leopoldo Roger. Elemento tierra. Muerte por asfixia por ingesta, valga la redundancia, de tierra. Del forense, aparte de esto, que le dieron una buena paliza para meterle en el agujero. De Científica: que la pala usada para la paliza era propia de Roger pero no hay huellas ni ADN ni nada. Varias pisadas de hombre de un tamaño entre el cuarenta o cuarenta y dos, sin poder averiguar nada más del tipo de calzado. No hay sospechosos. Aunque estamos investigando en la empresa de seguridad y en la de mantenimiento. ¿Toribio?

—Las imágenes del gimnasio al que acudió antes de llegar a su casa no revelan nada. Solo se ve su coche en la cámara de la salida del parking. Si alguien iba dentro, es imposible saberlo. He preguntado en el *gym, y* nadie vio nada extraño.

Olga se sitúa en el centro del panel y señala la pelota vacía, o llena de...

—Aire. Así vamos a llamar al responsable de todo esto. Pelota de plástico azulado semitransparente que simboliza la tierra o el cuarto elemento que falta. Es la firma del asesino y todavía no sabemos cómo lo puede haber grabado en el cuerpo de las víctimas.

—¿Aire? ¿Como la canción de Mecano? —pregunta Toribio.

Olga me interroga con sus ojos y tengo que sonreír. Si es que Lucas y yo somos muy viejos, como diría Amaya.

—Sí, es una canción antigua que pocos de aquí conoceréis. Luego os la paso. Por si a alguien le da por investigar esa línea...

—Como bien decís —prosigue Olga, que pasa de la canción —, hemos confirmado las coartadas de los investigados para cada uno de los tres homicidios. Parecen firmes; al menos los teléfonos oficiales de cada uno de ellos así lo dicen. También hay personas, familiares y demás que corroboran las coartadas.

—Estamos pendientes de que la policía gibraltareña nos facilite las imágenes que solicitamos. Y del informe de su aduana y del puerto —digo con poco ánimo.

—Luis, te toca —dice Olga.

—Hemos rastreado un montón de números, pero sin obtener resultados hasta ahora. Bien lo sabéis vosotros que habéis estado picando conmigo. —Se dirige a Insausti y Amaya —. Nos faltan los datos de la operadora del culebra de Roger. Porta también tenía uno, ¿no?

—Con todo el jaleo de Gibraltar se nos ha olvidado pasarnos a por él a su oficina —digo—, pero la subinspectora te pasó el número, ¿no?

—No —dice *Listín*.

Olga no levanta la cabeza del móvil y sigue apuntando cosas.

—¿Subinspectora?

Sospecho que a Olga se le ha olvidado pasarle el teléfono a Listín. Lo confirma un «Se lo acabo de mandar».

Percibo el desánimo en los integrantes del equipo. Algunos

suspiran. Si la propia Saavedra ha cometido un fallo, un olvido, es que la cosa pinta mal. Ellos se han hartado de comprobar teléfonos y las correspondientes personas que hay detrás para ver quiénes son, y ahora resulta que hay un número importante que no se ha tenido en cuenta.

—Luis, investigas ese teléfono de Porta —le pido.

Olga sigue enfrascada en su móvil, y yo prosigo.

—Volviendo al tema de grabaciones de cámaras de seguridad, en las que hemos podido visionar tampoco hay indicios. —Los compañeros que han estado mirando las horas y horas de grabación de imágenes afirman cansados—. En la UDEF están verificando toda la información de los famosos Papeles del Atlas.

—También les hemos pedido a ver si pueden encontrar algo de Lukas Pulido y su sociedad Lupul, para relacionar sin ninguna duda el robo en Gibraltar con nuestro caso —dice Olga.

—Nos toca mirar nosotros a fondo esos negocios turbios de esta gente por si hubiera algún damnificado, como en su día fueron los Ortiz-Melgar —explico—. Y ahora escuchamos atentamente a la subinspectora Saavedra, que tiene algo importante que contarnos.

ECOLOGISTAS

Profundizamos en Los papeles del Atlas. Aunque Matilde me sigue sin coger el teléfono, contactamos con uno de sus compañeros en el diario: Jorge Martín. Gracias a él, corroboramos las teorías que le expusimos al comisario sobre la relación de nuestras víctimas con los delitos ecológicos: una de las sociedades de Porta ostenta en exclusiva la construcción de acuíferos en la zona del mar menor y están siendo uno de los responsables, directos o indirectos, del desastre ecológico: toneladas de peces muertos por anoxia. Al parecer, y siempre según fuentes no oficiales, la suma de la explotación agrícola y ganadera junto con la superpoblación de urbanizaciones en la zona son los responsables de esta tragedia. En las pesquisas de Olga, descubrimos que algunos miembros de las organizaciones ecologistas apuntan a Porta como culpable. Ese no es nuestro trabajo, sino saber si hay un móvil para matarlo desde alguno de los movimientos ecologistas.

También nos enteramos de que, en el famoso incendio de Sierra Bermeja, en la Costa del Sol, ocurre algo similar. El terreno quemado hace unos años se consigue recalificar en parte. Esa parte está destinada a la construcción de una gigantesca urbanización con vistas al mar y a África. Eso, al menos, reza la publicidad de la inmobiliaria. Aunque yo dudo de que los que allí se fueran a instalar tuvieran algún tipo de consideración con el continente africano. Varias organizaciones ecologistas de la zona culpan a una constructora de Pereira, que es la que va a acometer las obras de la urbanización.

La tercera pata del banco, Roger, también aparece en escena en algo mucho más conocido: un hotel ilegal en primera línea de playa.

No seríamos justos si estableciéramos una relación causa-efecto en la que los tres empresarios deberían morir por, supuestamente, siempre supuestamente, tener algo de responsabilidad en los desastres ecológicos mencionados. Pero que tres empresarios que se reúnen, digamos que en secreto, con cierta frecuencia, y que tienen estos negocios, quizá dudosos, apunta a que, en efecto, alguien piensa que merecían esas terribles muertes. Y, como las otras líneas de investigación están en una calle sin salida, tenemos que tirarnos a la piscina en esta.

—He hecho algo parecido a amistad con varias personas. Entre ellas, una pareja de un grupo llamado «Ecologistas por el Mundo». Alberto Demetrio y Silvia Collado, una pareja que se dedica a viajar en bicicleta —dice Olga—. Esta noche tengo una reunión con un tipo que me ha presentado este matrimonio, un tal Berto Cáceres. Por lo visto, es el responsable de una asociación ecologista de las llamadas «radicales».

—¿Tan radical como para cargarse a nuestro trío? —apunta Amaya.

—No lo sé; por eso me voy a reunir con él, para tantearlo.

—Le estoy diciendo a la subinspectora que no vaya sola, que vaya con alguien de apoyo, pero está empeñada en que no —aclaro.

—Olga, hazle caso al inspector que de otra cosa no, pero de situaciones peligrosas sabe un rato —dice Insausti, no sé si en tono de humor o en tono serio.

Olga suspira.

—Vamos a un bar de tapas. No creo que se lleve una mascarilla de ozono para envenenarme...

—Si Del Olmo cree que es mejor que no vayas sola, yo lo apoyo —insiste Sergio, mirándome.

—Gracias, oficial —respondo—. Olga, si lo dice Insausti, hay que hacerlo. Ya sabes que él es el guardaespaldas del grupo.

—Vaya tela —se queja la subinspectora—; está bien. Supongo que le puedo hacer pasar como un camarada más que se quiere unir a la lucha.

—Pero una cosa —digo mirando a Sergio—: te vas a hacer pasar por gay.

—¿Y eso por qué? —pregunta el oficial.

—Porque sospecho que la subinspectora quiere usar sus armas de mujer con el tal Berto. ¿No es así, Saavedra?

Olga baja los hombros y murmura algo muy parecido a «Jodido machista».

Sí, por desgracia hay que seguir usando técnicas machistas como la de mujer policía buenorra que intenta seducir al sospechoso.

—Si el tipo te percibe como una amenaza, se va a cerrar más en banda, ¿verdad, subinspectora?

—Lo que tú digas, Del Olmo, lo que tú digas.

—¿Pero y qué tengo que hacer? ¿Me tengo que vestir de alguna forma?

Algunos del grupo sonríen. Yo entre ellos.

—No, hombre, joder, ¿en qué siglo vives? No tienes que pintarte los labios ni llevar el brazo levantado como el del chiste. Los gays son como tú y como yo...

—Sobre todo como tú —replica el oficial, y esta vez la carcajada es mayor.

—Touché, Sergio querido, touché.

UNA NUEVA PISTA

Pleite, Listín y yo nos quedamos en la Brigada mientras Insausti y Olga se marchan a la cita con el ecologista, supuesto radical. Después de que ellos abandonen la Brigada, mando a Amaya y a Toribio para que se acerquen a los alrededores del bar donde se reunirán. Los quiero cerca por seguridad. No se lo hago saber a la subinspectora y al oficial para que no sientan presión.

Es una tontería, pero no me hace gracia que Olga se vaya con Insausti a solas. ¿Celos? No lo sé; lo que sé es que me ha provocado un ligero desasosiego. Por fortuna, *Listín* ha investigado en tiempo récord y tiene noticias jugosas.

—Jefe, dos cosas: el teléfono de Porta pertenece a la misma compañía rumana que el de Roger.

—¡Hostia! ¿Hay que esperar mucho a que nos faciliten datos?

—Un poco, jefe. Pero escucha: tengo dos teléfonos que han estado en la órbita de Roger.

—Cuando dices «órbita», quieres decir que han estado en lugares comunes antes de sus muertes.

—En algunos lugares comunes, sí, pero no el mismo día de las muertes.

—Explícate, y dime quiénes son.

—Uno de los números está a nombre de una empresa maderera: Maderas del Sol. Malagueños. Roger murió el día 24 de marzo, ¿verdad?

—Lo raptaron el 24, pero el forense opina que lo mataron el 25.

Listín me enseña el número en la pantalla y consigue captar mi interés. Ese teléfono tiene tantas coincidencias de repetidores con el móvil de Roger que queda claro que estuvieron juntos los días 15, 16 y 17 de marzo. Una semana antes de su asesinato.

—En teoría, Roger volvió a Madrid el mismo día 17, y lo mataron una semana después —digo apesadumbrado.

—Podríamos hacerle unas preguntas al titular de esa empresa, ¿no, jefe? —propone Pleite.

—Pues, ya que lo dices, llamando que es gerundio, subinspector. A ver qué te cuenta.

Pleite apunta el número, y se marcha a su puesto de trabajo.

—Este otro teléfono es de un particular. Su nombre es Gervasio Lacroix. He estado investigando y es doctorado en Ciencias del Mar y también estuvo con Roger en fechas parecidas al anterior, varios días antes de encontrarlo asesinado.

Me quedo callado. Hay que seguir estas pistas.

—Gracias, Luis, la verdad es que es un gran trabajo. Sube el informe al sistema y me pongo a repasarlo.

Listín vuelve a aporrear las teclas de su ordenador.

Yo me marcho a mi despacho a mirar el móvil por si Saavedra e Insausti tienen algo que contarnos.

NUEVOS SOSPECHOSOS

Gervasio Lacroix es un activista ecológico. O un ecologista activo.

Vamos, que la va liando con una lancha, o con una *manifa* por los derechos del planeta. El hecho de que se reuniera con Pereira poco antes de su muerte y el cariz que toman las pesquisas tras la teoría de Olga lo convierten en investigado.

Como la subinspectora y el oficial no dan señales de vida, y no quiero incordiarlos a mensajes, uso mi tiempo llamando al tal Lacroix.

—Buenas tardes, ¿Gervasio?

—Sí, soy yo, ¿quién es?

—Soy el inspector Del Olmo, de la Policía Judicial. Gervasio Lacroix, ¿verdad?

Al otro lado del aparato no se escucha nada.

—¿Señor Lacroix?

—Sí, ¿por qué me llama?

—Estamos haciendo unas comprobaciones y me gustaría hacerle unas preguntas. Si no le importa.

Otro silencio.

—Pero ¿puede decirme por qué me llama?, por favor.

Su tono denota nerviosismo.

—Antes de empezar, quería advertirle que esta conversación

la estoy grabando, pero necesito que usted me autorice a hacerlo.

—Si no me dice por qué me llama, no lo autorizo y le cuelgo ahora mismo.

—Tranquilícese, Gervasio…

—¿Pero cómo me voy a tranquilizar? ¿Le ha pasado algo a mi mujer, a mis hijos? ¡Dígame algo, por favor!

Su reacción nerviosa me tranquiliza a mí. Parece ser que el motivo por el que se ha alterado es distinto al que podría esperarse de un sospechoso.

—Nadie de su familia está en peligro, al menos que yo sepa —Escucho un resoplido al otro lado de la línea—. Lo llamo para preguntarle qué relación tiene usted con Leopoldo Roger.

—Entiendo, así que es eso…

—¿Qué es lo que entiende?

—Que, como me reuní con él antes de que lo mataran, me quieren colgar a mí el muerto.

—Nadie ha dicho eso, señor Lacroix. Antes de seguir, ¿me autoriza usted a grabar esta conversación?

—Claro que lo autorizo y, si fuera creyente, le pondría la mano sobre la Biblia.

—Gracias, seré breve. ¿Qué relación tenía usted con Leopoldo Roger?

Se produce otro silencio.

—Era una relación de amor-odio —admite.

—¿Eso quiere decir que se querían y se odiaban?

—Más o menos.

—¿Podría ser más específico?

—Lo quería como persona; lo odiaba por su vida profesional.

—Es decir, ¿tenían una relación amorosa?

Más silencio.

—Si se puede llamar «relación» a eso…

—Gervasio, voy a serle sincero. Aprecio mucho el hecho de que usted me haya contado esto. Pero debe acudir a comisaría a declarar.

—¿Por qué?

—Porque cualquier persona que tenga una relación sentimental con una víctima de asesinato tiene que hacerlo, si así lo requiere la policía.

Gervasio protesta, e incluso gimotea. Me pide, me suplica que no puede salir nada en los medios de comunicación, que su vida se arruinaría. Me imagino cómo trataría la calaña mediática a un ecologista casado y con una doble vida sexual que se acuesta con lo que ellos llaman «terroristas ecológicos».

—Por nuestra parte, no filtramos este tipo de cosas a la prensa; puede estar tranquilo. Pero, dada la relevancia del caso, tampoco le puedo garantizar al cien por cien que no llegue a malos oídos.

—Entonces, no pienso declarar nada.

—Entonces, dos agentes se presentarán en su casa para invitarlo cordialmente a que los acompañe.

—No, por favor, eso no.

Esta pequeña entrevista con Gervasio Lacroix me otorga pocas esperanzas de su implicación en el caso. Pero tampoco puedo fiarme a ciegas de mi instinto. Y menos sin haberlo entrevistado en persona. Además, tengo que seguir el protocolo. Le hago ver que solo tiene la opción de declarar por voluntad propia. Finalmente acepta.

—Está bien, iré.

—Gracias, voy a hablar con la comisaría de su zona, y ellos lo llamarán para darle cita. No se preocupe, Gervasio: es mero trámite.

Me lo agradece sin convicción y cuelga.

Durante la charla telefónica que mantengo con Lacroix, me llega un mensaje de Olga:

«Para qué coño me mandas a Amaya y a Toribio?».

Pienso en qué contestarle; no lo hago. En su lugar escribo a Lucas y le pido explicaciones. A los pocos segundos me llama.

—Jefe, lo siento. No esperaba que estuvieran en la terraza del bar; hemos pasado para echar un vistazo.

—¿Y ahora qué hacéis?

—Pues, ya que nos ha visto, nos hemos sentado a tomar algo.

El tal Berto ha ido con un acompañante.

—¿Ah, sí?

—Sí, un tipo un tanto extraño, muy desaliñado.

—Ya que estáis, a ver si podéis pegar la oreja, y me vas contando.

—Están lejos, y esto está lleno de gente.

Maldigo la mala suerte; me despido pidiéndole que me mantenga informado.

Pleite entra en mi despacho, desanimado, y me recompongo como puedo.

—He hablado con la secretaria del director de Maderas del Sol, un tal Enrique Gallardo. Confirma que se reunió con Roger por negocios. Parece que estuvo en Ceuta la semana de los raptos y de los asesinatos. Me ha dado el nombre del hotel donde se alojó; he llamado y lo confirman. No parece ser un hilo del que tirar.

—Está bien; dale el teléfono y pídele a Luis que te confirme lo del viaje a Ceuta mediante el seguimiento de sus posiciones. ¿No has podido hablar con él?

—Me ha dicho que está de viaje y que le pasará nota de que hemos llamado.

—De acuerdo. Apunta los nombres en la pizarra; voy a hablar con Málaga. El otro teléfono era de un amante de Roger, sin una línea clara de investigación. Pero tiene que declarar allí y, con lo que nos manden, comprobaremos coartada.

Pleite apunta los nombres en la pizarra y les coloca la X roja de carretera sin salida.

Espero que los ecologistas nos abran una autopista.

RUNRÚN

Tengo un runrún en la cabeza que no me deja pensar con claridad.

¿Dónde está Matilde?

Me cuesta creer que, después de haberse publicado el notición de su vida, haya desaparecido sin más. Pero me resulta más difícil pensar que su desaparición sea forzosa. Se publican muchas noticias de corrupción en los medios, y no raptan o ejecutan a los periodistas. Hubo algún caso extraño en el pasado, pero muy aislado y con otras connotaciones muy diferentes.

En este asunto, los principales inculpados están muertos, por lo que se hace difícil suponer que alguno de ellos haya tomado represalias. Pero ¿y si las han tomado por dejar escapar la gran exclusiva? Este camino también es enrevesado.

Vuelvo a llamarla, y su buzón de voz salta de nuevo. En la redacción insisten en que se pidió dos semanas de vacaciones. Jorge Martín dice lo mismo. Pero, para quedarme tranquilo, llamo a Pleite y le pido que me acompañe a su casa.

Cruzamos Madrid. Ella vive en el sur, en un barrio humilde, como es la Puerta del Ángel. Siempre ha vivido allí, y siempre ha estado orgullosa de ello. Por suerte, es uno de los pocos bloques de su calle en los que la acera daba juego para poner un ascensor. Eso y que la puerta del portal está abierta nos permite la subida al sexto piso, donde ella reside para llamar al timbre en lugar de al telefonillo.

El ascensor hace más ruido que el deseado, y llego con nervios al rellano, un típico rellano con poca luz, suelo de terrazo y paredes blancas. Pleite es el que pulsa el botón. Sin embargo, no hay respuesta. Lo vuelve a intentar con idéntico resultado.

—Jefe, aquí no hay nadie.

—Espera un momento, hombre.

Me acerco, y pego la oreja a la puerta. No estoy seguro de si los ruidos que oigo provienen de su casa o de la de algún vecino, y decido jugármela.

—Matilde, mujer, abre, que me tienes preocupado. —Vuelvo a pegar la oreja, y los ruidos se detienen. Aporreo la puerta obviando el timbre—. ¡Matilde! —Ahora sí se escuchan los pasos con claridad. Pleite me toca el hombro, y me señala la mirilla, que se oscurece por un momento—. Matilde, soy Del Olmo.

Se escucha descorrer una cadena, y la puerta se abre. La cara de Matilde asoma por la pequeña abertura.

—¿¡Qué quieres!? —dice con un tono cortante. Tiene el pelo alborotado y los ojos hinchados. Su cara es una extraña mezcla entre no haber descansado mucho, pero al mismo tiempo estar feliz.

—Llevo tres días llamándote, y no das señales de vida.

—¿Debería?

—Matilde, no seas así, mujer.

—Del Olmo, déjame en paz, ¿vale?

—¿Puedo pasar?

—Pues claro que no.

—¿Por qué?

Matilde resopla y, cuando creo que va a abrir la puerta, hace todo lo contrario: cerrarla.

Al otro lado, se escuchan las voces de ella y de otra persona. Intento aporrear la puerta, pero Pleite me detiene.

—Jefe, ¿no se da cuenta de que está con alguien?

Lo miro y, aunque mi idea inicial es hacer valer mi autoridad, cedo porque escucho las risas de Matilde y de su acompañante.

Eso, en parte, me tranquiliza, ya que mi amiga se está dando un homenaje por el trabajo bien hecho.

—Vámonos, Julio.

PELEA

Me encuentro mi casa en silencio total, algo extraño porque suele estar encendida la televisión, o el reproductor de música, dependiendo de la hora y del estado de ánimo de mi familia. Atravieso el pasillo; la puerta del cuarto de los niños está cerrada.

—¿Hola? —digo antes de abrir.

Cuando abro, el panorama está servido: Víctor hace los deberes en su mesa. Carlos yace en la cama boca abajo. Su madre, junto a él, consulta el móvil; gira la cabeza, y sus ojos tristes dejan claro que ha vuelto a pasar algo en el colegio.

—¿Qué ocurre?

—Imagina.

—Otra pelea.

Ella afirma, y hace un gesto con su cabeza señalando al niño. Le pongo una mano en la pierna. Ni se inmuta; imagino que se ha hartado de llorar. Sofía levanta la mano, la pone en horizontal y la mueve arriba y abajo en el gesto inconfundible de que ha pasado algo grave.

—Carlos, hijo, date la vuelta.

El niño permanece quieto. Se me revuelve un poco el estómago imaginando que tendrá un ojo morado, o la nariz partida, o lo que es peor: un diente fuera.

—Carlos —insiste Sofía.

Poco a poco, el niño se gira. En su ojo derecho no tiene nada. Asoma su nariz, y tampoco. El izquierdo tampoco lo tiene morado. Se incorpora y observo una herida en el labio inferior con sangre reseca; también un moratón en la frente y un arañazo justo al lado. Suspiro. Siento rabia. Y alivio al mismo tiempo. Tiene «heridas de guerra»; sin embargo, no parecen demasiado importantes. Me acerco para darle un abrazo. Esta vez sí me corresponde, me abraza fuerte mientras solloza y dice que son unos gilipollas, unos gilipollas y unos cobardes. Miro a la madre por si siente el deseo de vetar sus palabrotas, pero ella tiene los ojos clavados en el suelo y le tiemblan los labios.

Me lo cuentan todo: por lo visto, lo han cogido entre dos (Rubén, el chico repetidor y un compañero suyo de sexto). El compañero no le ha hecho nada, si es que no hacer nada es evitar que se escapara y vigilar por si alguien venía. El tal Rubén lo ha cogido desprevenido y lo ha tirado al suelo por la espalda. Ha empezado a patearlo. Carlos se levanta la camiseta y me enseña un par de moratones en el costado. Sofía dice que han estado en el médico y que no tiene nada roto ni fisurado; solo los golpes. Yo, mientras escucho el relato de los hechos, aprieto con fuerza los puños y estiro el cuello, como intentando crecer o salirme de mi propia piel. Carlos se ha conseguido levantar, y le ha pegado un bofetón al chaval, y el chaval le ha devuelto un puñetazo, que ha sido el que le ha roto el labio. Después han vuelto a forcejear y Carlos, más pequeño, ha acabado otra vez en el suelo. El desgraciado de Rubén le ha dado una patada en la tripa para finalizar, y han huido él y su amigo como ratas.

—Son unos cobardes, papá —solloza Carlos.

—Porque yo no me he enterado; que, si no…—dice Víctor desde su asiento—. Cuando los coja mañana, van a flipar.

—Relaja, Harry el Sucio. —Bajo los ánimos de mi otro hijo; solo me faltaba que se liaran los dos a palos como si fueran unos pandilleros. En una pelea nunca sabes qué puede suceder. Lo mismo el pequeño le da una patada en los huevos al grande, y se acaba el asunto, o el grande ejerce su superioridad física, se abalanza de rodillas sobre el pecho del débil, y lo mata. Como ocurrió hace años con un portero de discoteca y con un pobre muchacho.

—¿Ahora también me tengo que defender con la palabra? —protesta Carlos.

Suspiro; no sé qué contestarle. Sofía resopla y mira hacia el techo con los ojos brillantes.

—No, hijo, ahora es cuando denunciamos a esos dos ante la dirección del colegio.

—¿Y por qué no los denunciamos a la policía? Así se dará cuenta de que no eres un inútil.

Me pone en un aprieto.

—Mañana pregunto a los compañeros de la Unidad de Familia y veo qué se puede hacer, ¿vale? De momento iremos a hablar con la directora y le contaremos todo. ¿Os ha visto alguien?

—No, me he quedado solo porque me han mandado recoger el material de gimnasia.

Estoy a punto de preguntarle por qué se ha tenido que quedar solo sabiendo cómo están las cosas. Pero eso sería cargarle con parte de culpa. Y por supuesto que no tiene ninguna. Solo ha tenido mala suerte.

—Qué coincidencia, ¡joder!

Él se limpia las lágrimas y los mocos que suelen acompañar a estos berrinches. Le doy un beso en la frente, y le meso el pelo.

—Anda, vamos a cenar y vemos una serie o una peli si queréis. —Miro a Víctor.

—Víctor se ha comido un bocadillo ahora mismo. Hemos llegado hace una hora o así del médico.

—A mí no me apetece —rechaza Carlos, y se vuelve a tumbar.

—¿Quieres que me quede aquí un rato?

—No hace falta.

Le doy otro beso, y después a su hermano. Antes de salir del cuarto, les digo que me llamen si me necesitan. Salgo y me abrazo a mi mujer. Vamos a la cocina.

—¿Qué coño hacemos? —pregunto.

—Pues lo que has dicho: mañana llamo al centro a ver cuándo nos atiende la directora. ¿Lo de la UFAM va en serio?

—Lo consulto para quedarnos tranquilos.

Sofía me dice que pique algo de jamón que acaba de cortar, que necesita una ducha. Se marcha, y me quedo solo en la cocina. Siento que me asfixio. Me aprieta el cuello de la cazadora que llevo. No quiero estar allí. Me gustaría irme al cuarto de mis hijos y acostarme con ellos como cuando eran más pequeños. Y hartarme de hacerles cosquillas, que era la forma de calmarles y de que sonrieran cuando se ponían tristes. Ya se sabe: niños pequeños, problemas pequeños; niños grandes...

Tomo una decisión que me puede costar una buena bronca con Sofía, pero es lo que me pide el cuerpo: me voy al bar.

Al de al lado de mi casa.

RESACA

e levanto con resaca.

La noche anterior tengo que llamar a Sofía para que venga a recogerme al bar. Me echa una bronca de la que ni me entero a causa de mi elevado grado de alcohol en sangre. Solo me había tomado tres tercios, pero es que no estoy acostumbrado. Después del primero, el segundo entró solito y la sensación de bienestar me hizo animarme con el tercero. La gente disfrutaba con los goles de su equipo, y me contagiaron la alegría. La tercera cerveza entró peor, pero me la acabé por mero orgullo. En casa intenté besar a mi mujer, que me hizo la cobra decenas de veces. Me desvistió, me metió en la cama y agradecí que los niños no se enteraran.

Cuando me levanto, me doy cuenta de que me he meado encima.

—¡Sofía!

Por fortuna, mi mujer trabaja en casa. Es traductora profesional, lo que le permite hacerlo donde quiera. Muchas veces hemos fantaseado con largarnos a la Polinesia Francesa. El clima de allí es inmejorable para la vida, para los pulmones, y hay islas donde la vivienda es asequible. Lo malo es que, allí, de policía de Homicidios no creo que me cogieran. Tendría yo que asesinar y resolver al mismo tiempo, porque la criminalidad es muy baja.

Mi querida Sofía me echa la bronca mientras me ayuda a cambiarme con la delicadeza con que lo hacía con nuestros hijos cuando eran bebés. Me ayuda también a levantarme y a llegar hasta la cocina.

—Tómate un café —me ordena de mal humor.

—No, ponme lo que ya sabes, por favor.

No es que yo me coja muchas borracheras, pero de veinteañero pasaba las resacas con bebidas energéticas de primera generación y dulces. Y ahora mi querida esposa recuerda esos tiempos lejanos, y me planta un Red-Bull y un dónut, un poco duro, pero dónut al fin y al cabo.

A la media hora me encuentro mejor.

—¿Qué tal los niños?

—Bueno… no deberían haber ido hoy al colegio.

—Eso sería una batalla ganada para el otro.

—Le he dicho al hermano que no se separe de él en ningún momento del recreo.

Asiento, y procuro centrarme en mi trabajo. Repaso la prensa en mi móvil, y me encuentro con una noticia relativa a Los Papeles del Atlas, donde las dos viudas niegan conocer la participación de sus maridos en los hechos. Hay que hacerles una nueva visita.

Miro un mensaje de Olga en el móvil:

«Acabamos muy tarde, tengo información jugosa».

CATALINA SOSTRES

«Nos vemos después de comer en la brigada, tengo que ponerlo todo en orden»

Reza el final de su mensaje.

No puedo esperar hasta la tarde; siento la tentación de llamarla. Sin embargo, me aguanto porque la conozco, y no le va a gustar. Tampoco me apetece llamar a Insausti. Toribio me escribió la noche anterior diciendo que la subinspectora les había pedido por mensaje que se fueran a casa. Insausti también confirmó que no existía peligro.

Escribo a Pleite, y le pido que me recoja. Llamo a Georgina, que no contesta y lo intento con Catalina Sostres. Al segundo tono, descuelga. La encuentro serena, tranquila, tanto que me emplaza a visitarla en media hora. Me cito con ella en su propia casa.

Pleite me recoge, y vamos juntos donde la Sostres. Vive en la zona de Conde Orgaz. Un lugar atípico en el que se intercalan lujosas casas y edificios de bloques, digamos de clases más humildes (aunque el precio por metro cuadrado supere con amplitud el precio medio nacional). Quizá por eso se encontrara a gusto Pereira, porque, según su perfil, venía de familia trabajadora, y él se seguía sintiendo un trabajador. Yo sospecho que quien lo haya matado no piensa igual.

En la entrada de la casa, hay una cámara de seguridad, que me dan ganas de revisar. Se lo hago saber a Pleite para que lo solicite a la empresa correspondiente por si hubiera captado alguna imagen sospechosa de alguien que estuviera analizando sus movimientos. Se abre la puerta, y nos recibe una persona del servicio. Nos invita a pasar. Se trata de un chalé de dos plantas. Grande, pero de ladrillo visto, básico, sin excesivos lujos. Al menos en apariencia. Una piscina cubierta donde chapotean los que deben ser los hijos de Pereira. Otra persona está con ellos. Catalina Sostres nos espera en el porche de la casa y, con un gesto de la cabeza, indica que entremos. Por fortuna, hay una rampa de acceso, lo cual facilita mucho las cosas.

Una vez dentro, nos sentamos en un salón, en el que se nota que la aparente humildad del chalé no es como parecía. Dos sillones tapizados en cuero, mesa de diseño blanca, minibar con barra y una pantalla gigante de tela sobre la que un proyector hace las veces de televisión.

—¿Cómo se encuentra, Catalina? —pregunto.

—Todo lo bien que los antidepresivos me permiten —responde.

—Entiendo. No quiero molestarla demasiado.

—El hecho de que no hayan encontrado aún al culpable, ya me molesta.

Encajo el golpe. Debo centrarme en lo que he venido a hacer.

—Quería preguntarle por las declaraciones que salen en las noticias acerca de los negocios de su marido.

—Si lo ha visto ya, ¿para qué quiere preguntar más?

—Porque no es lo mismo declarar ante la prensa que ante la policía, señora Sostres —digo obviando su tono de reproche.

—Pues en respuesta a las preguntas que me ha hecho la prensa, a usted le contaría exactamente lo mismo, señor Del Olmo.

—De acuerdo. Aparte de esto... ¿tendría algo más que declarar? ¿Algo que haya recordado en estos días?

Catalina hace una pausa y dirige sus ojos hacia la parte derecha y superior de sus párpados.

—¿Han investigado a mi cuñado?

Sopeso mi respuesta.

—Sí.

—¿Y?

—No puedo darle muchos detalles más. ¿Y usted a mí?

—Lo llamé porque me sentí mal después del numerito del entierro. —La dejo hablar; tiene ganas de ello —. No me coge el teléfono.

—¿Eso es algo extraño?

—Como usted bien sabe, mantenía una relación con mi cuñado —dice con pesadumbre—. Él estaba enamorado de mí. Si alguna vez no me cogía el teléfono cuando yo lo llamaba, él me devolvía la llamada a los pocos minutos.

—Entiendo.

—Creo que no lo entiende. O le ha pasado algo, o se ha escapado por algún motivo.

Ella no sabe que le tenemos las líneas intervenidas. Quizá no se lo haya cogido por este motivo, porque Atilio Pereira es listo de sobra para darse cuenta. Hay que comprobarlo, pero no me quiero despedir sin hacerle una última pregunta.

—¿Usted sabe si Atilio tenía otro teléfono móvil aparte del, llamémoslo, oficial?

—Claro, y yo también. A ese es al que estoy llamando.

VISTAS DE PÁJARO

Nos subimos al coche y le digo a Pleite que enfile hacia la Castellana. No pregunta, ya que sabe adónde nos dirigimos. Aunque por el camino vuelvo a llamar, Georgina Porta no me responde.

La Sostres nos ha contado que usaban dos teléfonos distintos a sus habituales para comunicarse. Lógico y eficaz: números culebra para infieles. La mujer también nos indica que no cree a Atilio capaz de acabar así con la vida de su propio hermano, que no es un hombre violento, pero que hay algo que la tiene mosqueada. Nos facilita los números de teléfono y se los pasamos a *Listín* de inmediato.

Llegamos a la torre Spazio. Pleite se identifica, y el vigilante nos permite la entrada al parking. Una vez en el ascensor, subimos a la planta cero. Allí, Pleite se dirige a una recepcionista, a la que pregunta dónde podemos encontrar a Georgina. Ella nos indica que no lo sabe, pero que las oficinas de Sacesa están en la última planta.

—Para subir necesitan una autorización. —Pleite se identifica—. Siguen necesitando la autorización.

Me acerco a mediar.

—¿Cómo la conseguimos?

—Tienen que solicitarla por correo electrónico…

—Señorita, no tenemos tiempo.

—Lo entiendo, agente, pero no puedo hacer nada. El guardia de seguridad no les dejará subir sin la autorización.

Sonrío. Cojo el móvil y marco de nuevo el número de la jueza

Torres; antes del segundo tono escucho que alguien pronuncia mi apellido a mi espalda.

—Del Olmo, Del Olmo.

Me giro, y Martín Porta camina junto a dos mujeres bastante más jóvenes que él, una a cada lado. Los tres hacen un conjunto heterogéneo: ropa de Armani, o de Versace, o vete tú a saber, pero de firma. Me pregunto qué papel tendrán tanto Martín como sus dos acompañantes en la empresa del padre.

—Buenos días, Martín.

—¿Qué hace usted aquí?

—He venido a hablar con su hermana.

—No está; está de viaje.

No sé si creérmelo.

—Y... ¿podríamos conversar con usted? —dice Pleite y sorprende tanto a Martín Porta como a mí. Julio Pleite, el hombre casi sin sangre, rumia cosas en su cabecita.

—No sé, ¿tienen una orden o algo así?

Resoplo.

—No, Martín, esto sería una conversación, no una toma de declaración o un interrogatorio —aclaro—. Aquí el compañero tiene algo que preguntarle. Usted decide si quiere ayudarnos con la investigación de la muerte de su padre o no.

Martín se lo piensa. No lo tiene claro.

—Yo dije todo lo que tenía que decir en comisaría. Además, después de lo que le hicieron a mi hermano, no me apetece tratar con ustedes.

—Con el debido respeto, a su hermano no le hicimos nada. Se lo hizo él solo.

Martín tensa el gesto. Su lenguaje corporal habla por él; no le importaría darme un puñetazo. Aunque no entendería el motivo. Es como si nos culpara de sus problemas.

—Señor Porta —interviene de nuevo Pleite—. Si no quiere hablar con nosotros, ¿podría dejarnos ver el despacho de su padre?

Me doy cuenta del gran policía que hay bajo el aspecto tímido y huraño del subinspector. Un equipo de inspecciones oculares de la Científica ya investigó el despacho del señor Porta sin nada relevante que aportar. Pero Julio tiene algo que le gustaría comprobar, y creo que sé lo que es. Martín acepta no sin antes protestar. Enseña su autorización a los vigilantes de seguridad, y nosotros mostramos las placas. Subimos en un ascensor transparente en el que, a medida que ascendemos, vamos descubriendo los tejados de los edificios cercanos, primero, y los de los más lejanos después. Madrid es una ciudad grande, quizá no tanto como otras capitales europeas pero, vista desde allí, se me antoja más imponente que desde el suelo, lo cual resulta una obviedad, aunque ¡qué carajo!, aunque yo no haya nacido aquí, es mi ciudad, y la de muchos que nos vinimos a estudiar o a ganarnos el pan.

Durante todo el trayecto de subida, Martín no dice ni una palabra. Llegamos arriba; el despacho de Armando Porta es una llamada al mal gusto. Se lo podía haber decorado algún especialista pero, por los muebles pasados de moda en un marrón oscuro, también pasado de moda, es obvio que él mismo lo encargó todo. Eso sí, es inmenso y con las mejores vistas de toda la torre: hacia el sur, te topas con el otro rascacielos donde está un hotel de ocho o nueve estrellas por lo menos. Hacia la izquierda la Castellana y la zona este de Madrid, desde donde se divisa hasta Guadalajara.

—Disculpe, Martín, ¿eso de ahí es la entrada al aparcamiento?

Ahora entiendo lo que Pleite quería comprobar. Está buscando el lugar desde el que Porta pudo presenciar la paliza a los Ortiz-Melgar.

Martín se acerca y se encoge de hombros.

—No lo tengo claro, pero puede ser que sí.

—Apenas se ven puntos.

—Por eso le digo que no lo tengo claro.

—Dígame, ¿su padre tiene aquí alguna clase de prismáticos?

—¿Cómo lo sabe?

PRISMÁTICOS

Martín se dirige al escritorio gigante que preside la estancia; abre uno de los cajones y saca una funda negra que protege unos prismáticos de tamaño considerable.

—Tenga; son unos Celestron Skymaster. Los usaba para ver la ciudad y las estrellas de noche cuando se quedaba hasta tarde. Yo tengo un pequeño telescopio terrestre en mi despacho y a veces echábamos el rato juntos.

Pleite toma los prismáticos, y me los ofrece; niego, y lo invito a que mire él primero. Martín, a su lado, inspira, como si echara de menos esos momentos con su padre. El subinspector termina de ojear; me entrega los prismáticos y me indica que mire en la dirección que apunta con el dedo. Lo hago, y me sorprendo. Apenas se ve nada, pero lo poco que se distingue no corresponde a la entrada del parking. Bajo los prismáticos y miro a Martín.

—¿Puede contarme exactamente qué pasó el día que intentaron atentar contra su padre ahí abajo mismo?

—¿A qué se refiere?

—A la excavadora que se abalanzó sobre el blindado en el que viajaban su padre y sus dos escoltas.

—Ah, eso —dice Martín, que se lo piensa unos segundos antes de proseguir—. Yo estaba en mi despacho aquel día, y mi padre me lo contó.

—Él dijo que lo había presenciado todo desde su despacho. Por eso mi compañero le ha preguntado lo de los prismáticos, porque desde aquí es imposible presenciarlo. No se divisa el parking.

Martín duda. No sabe qué decir. Tras unos segundos, me pide los prismáticos. Se los entrego, y él los utiliza para realizar la misma operación que acabamos de hacer mi compañero y yo. Cuando termina, baja los brazos, vuelve al escritorio de su malogrado padre, los guarda y se sienta abatido en la gran silla giratoria. Me acerco hasta él, y pregunto:

—Martín, ¿hay algo que deberíamos saber sobre su padre que no sepamos y que pueda ayudarnos a esclarecer las circunstancias de su asesinato?

Martín vuelve a dudar, como si quisiera decir algo. Pero no lo hace.

—Martín —digo—, ¿qué opina de las declaraciones de su hermana acerca de los Papeles del Atlas?

El mediano de los Porta levanta la mirada que tenía perdida en el escritorio.

—Mi hermana es la que se encarga de todo eso; deberían hablar con ella.

—Lo hemos intentado, y usted ya nos ha dicho que está fuera. Tiempo no es lo que nos sobra, precisamente, Martín.

—No quiero matarlo dos veces.

—¿Cómo?

Suspira, se levanta; se nota que tiembla. Sospecho que el yugo de su hermana mayor lo aplasta.

—No puedo hablar más, inspector; solo puedo decirle que esa investigación periodística no va mal encaminada. Busque ahí. Y busque también en lo que acabamos de descubrir aquí hoy mismo. Y busque en el amigo de mi hermana, el de los perros. Estoy seguro de que el culpable de la muerte de mi padre no puede andar muy lejos.

Su tono y sus palabras indican que sabe algo más de los negocios turbios de su progenitor y que prefiere guardarse esos secretos por si arruinan la reputación de la familia. Por eso dice lo de matarlo dos veces.

Cruzamos la mirada y es incapaz de aguantármela.

—Si me disculpan, tengo mucho trabajo.

—Una última cosa —le pido—. Su hermana nos dijo que su padre guardaba aquí un teléfono móvil distinto al que usaba habitualmente.

Martín se dirige hasta el escritorio, y busca en los cajones. Abre algunos con llaves y me mira negando con la cabeza.

Me desespera este hombre.

Nos acompaña hasta la puerta con una sensación agridulce. No sé si lo que acabamos de descubrir complica o avanza nuestra investigación.

Cuando bajamos al aparcamiento, mi mujer me escribe preguntando si he hablado con la UFAM. Le miento y le digo que están en un operativo complicado. Que les he mandado un mensaje, que me responderán en cuanto puedan. La conmino a que me informe sobre los niños cuando lleguen del colegio.

¿SOSPECHOSO?

Ya en la brigada hablo con Listín.

—Hemos cribado muchísimos números y seguimientos de las posiciones de las víctimas, pero no encuentro ningún otro patrón aparte de los dos que te comenté. Si no sale nada de aquí a cuarenta y ocho horas, tendremos que poner en cuarentena esta línea de investigación —dice apesadumbrado —. Priorizo lo del nuevo número de Porta, ¿verdad?

—Exacto, subinspector. Y los de la Sostres y su amante.

A pesar de no haber encontrado el terminal del teléfono —supuestamente culebra— de Armando Porta, tenemos el número que Georgina nos facilitó y que a Olga se le olvidó de trasladar a Luis. También los que nos ha facilitado Catalina. *Listín* me hace un saludo escueto, se va a su mesa, abre su portátil y clava sus ojos en la pantalla.

Yo me voy a mi despacho y, antes de entrar, me fijo, una vez más, en el panel guía de la investigación. En esto, también las películas y series de ficción imitan muy bien a la realidad. ¿Quién sería el que permitió entrar a un periodista en una sala de investigación policial por primera vez?

Al hilo de esto, mi mente se distrae y vuelvo a pensar en Matilde. Esta mañana me asaltó la intención de llamarla de nuevo, pero se me quitaron las ganas porque no quiero que vuelva a pasar de mí. Ya habrá tiempo de hacer las paces.

Entran Toribio, Solís e Insausti, que dicen venir de comer en la cantina. Los saludo con parquedad. Necesito unos minutos para mí. En mi móvil busco la música *dream* que tanto me relaja y ayuda a concentrarme. Observo con atención la pizarra.

Porta está en el centro porque fue la primera víctima y porque estamos convencidos de que él arrastró a las otras dos. Es el empresario más grande de los tres y el que, con alta probabilidad, llevara la voz cantante en esos negocios dudosos.

Por debajo y hacia la izquierda de Porta y unido por una línea roja, está la foto de Sebastián Suchowolski, el adiestrador canino. No lo hemos descartado del todo aunque, después de pincharle la línea y de estudiar sus movimientos no hay nada sospechoso, a pesar de que los hermanos Porta lo acusen.

Debajo de Porta y en el centro, hay otra serie de fotos: los Ortiz-Melgar, también en seguimiento y hasta hoy descartados por la fuerte coartada, porque sus móviles no aparecen cerca de la víctima y porque el testimonio de los tres no tiene fisuras ni contradicciones. Lo que pasa es que acabamos de descubrir que lo sucedido en ese supuesto atentado contra Porta no está tan claro como nos contaron. Hay que investigar esta nueva vía.

Me fijo en la foto de Pereira. Debajo y a la izquierda, tiene a su hermano. Tampoco tendría mucho sentido que matara a los otros dos empresarios; pero lo que nos ha contado la viuda acerca de su relación y de ese segundo teléfono culebra, lo ponen en el radar.

Por último, está la foto de Roger, en la que ya hemos colgado debajo los nombres de Lacroix y de la maderera de la Costa del Sol, con Enrique Gallardo a la cabeza. También está la empresa de mantenimiento, en la que hemos interrogado a los trabajadores que pasaron por su casa: todos tienen coartada. Tampoco tenemos más líneas de investigación aquí porque *Listín* confirma posiciones de móviles lejanas a la casa de Roger de los posibles investigados.

A un lado, en otra pizarra adjunta, está la foto del robo de las cajas de seguridad en Gibraltar. ¿Estamos seguros de que este robo tiene relación con nuestro caso? Solo tenemos un email como indicio claro, aunque la firma y la pelota suponen otro punto a tener en cuenta. Como sospechoso colocamos la foto del testaferro, el tal Lukas Pulido, el del disfraz de El Solitario. Por ahora es el principal sospechoso. Necesitamos el email para investigarlo a fondo y, sobre todo, necesitamos las imágenes de las cámaras de vigilancia del peñón.

Me alejo en busca de una perspectiva más amplia del caso. Quiero verlo todo sin tener que girar la cabeza de lado a lado. Me pongo detrás de las mesas de los agentes en la sala de investigación, y miro las pizarras. Intento hacer un poco de Sherlock Holmes. Aunque todos sabemos que eso es ficción, el juego deductivo es una parte muy importante de la investigación policial. Estas panorámicas globales de los casos a veces son inspiradoras. Justo cuando consigo concentrarme, la subinspectora irrumpe en la estancia.

—Buenas tardes, inspector Del Olmo —saluda Olga. Apago la música del móvil y la interrogo con la mirada. No consigo que me corresponda—. Voy a ponerme un café largo, ¿alguien quiere?

Todos levantan la mano.

—Vamos a mi despacho, subinspectora.

Ella se toma su tiempo para servirse el café y pide disculpas al resto del equipo. Me señala con la cabeza echándome toda la culpa. Abre la puerta de mi despacho, y entramos. A pesar de dárselas de dura, noto su agotamiento porque se sienta enseguida y lo hace de una forma que solo puede indicar cansancio: apoyada en el respaldo y con los hombros bajos.

—Bueno, ¿qué tal anoche? ¿Lo pasaste bien?

—Jefe, no me vaciles.

—Cuéntame, subinspectora.

Me enseña una fotografía en su móvil.

Es una imagen de ella sonriente junto a un tipo con barba, que también sonríe a la cámara. Están tan cerca que parece que sus orejas escucharan lo que sale de la otra.

—¿Es el tal Cáceres?

Ella afirma con la cabeza.

—Y sobre todo es un sospechoso.

EL ACTIVISTA

«**B**erto Cáceres» se hace llamar.

No es su nombre real, sino un apodo: un homenaje a la fallecida activista medioambiental Berta Cáceres. Su nombre real es Roberto Cano y es natural de un pueblo cacereño: Logrosán.

El tipo tiene carisma. Siempre con una sonrisa, un gesto amable y un aspecto físico que podría calificarse como resultón: barba y pelo canosos, y unos ojos marrones claros de esos que te pueden hacer temblar si se prolonga el cruce de miradas más de cinco segundos.

—Reconoció haber seguido a Porta.

—¿Fechas?

—Dos meses previos a su muerte. Le bailé un poco el agua para no dar mucho el cante; le dije que era un tío atrevido y otros cumplidos —responde Olga.

—¿Y qué lo convierte en sospechoso, entonces?

—Que al final, después de la tercera o la cuarta cerveza, le pregunté si no le daba miedo que le pudiera llamar «la madera» por ese seguimiento. Se rio y me dijo que cómo iba a saber la policía que lo estaba siguiendo.

—Y le hablaste de los seguimientos de las posiciones del móvil.

—Se lo dijo Insausti. Le cambió la cara; creo que se le pasó el contentillo que llevaba, y hasta se le quitaron las ganas de ligar conmigo.

Así que había intentado ligar con ella… Bueno, supongo que es lo habitual con una «camarada» atractiva en un ambiente distendido.

—¿Que no quisiera ligar contigo le convierte en sospechoso?

—No digas tonterías, Del Olmo.

Casi le llamo la atención por dirigirse así a un superior, pero la verdad es que me lo he ganado. ¿A qué coño vienen estos celos estúpidos? Yo tengo claro que mi relación con Olga es profesional, y nada más.

Lo tengo claro.

De momento.

—El tipo se preocupó demasiado. Me hizo preguntas sobre si yo sabía si era posible que hubieran geolocalizado su móvil. Sergio dijo que lo había visto en documentales, que no era cosa de películas.

—¿Y qué más? Me tienes en vilo.

—Acabó confesándome que había seguido a Porta a la Casa de Campo, que fingía hacer deporte. Que lo siguió varios días y que a punto estuvo de sacarle una pancarta e increparlo, pero que por los escoltas no se atrevió.

—¿Y el tipo que iba con él?

—Uno de la asociación que se le había unido. Se fue al cabo de dos horas.

—¿Lo tienes controlado?

—Le puedo pedir el número a Berto, pero no se me ocurre con qué excusa.

—Lo podían haber seguido Toribio y Amaya; joder…

—No me pareció un tipo sospechoso; tan solo estaba con él en la asociación y le dijo de unirse a la quedada. Apenas habló.

—¿Le preguntaste a Cáceres qué hizo el día que raptaron a Porta?

—Sí, dijo que menos mal que no estuvo allí esa semana.

—Supongo que ya has pasado el teléfono a *Listín*, ¿no?

—El permiso ya está tramitado a la jueza.

—¿Te ha dado plazo?

—En cuanto tenga la autorización… es cuestión de horas.

Las telefónicas ya ni se molestan en protestar; la verdad es que la jueza se los ha camelado bien.

—¿Has vuelto a quedar con él?

—Sí; cuando se calmó, me preguntó que si nos apetecía pasar por la sede de su asociación, y le dijimos que sí, obvio.

—¿Le ponemos «rabo»?

—Vamos a esperar a ver qué dice *Listín* antes de ponerle seguimiento. De momento he pasado sus datos a aduanas por si intenta salir del país.

—De acuerdo, subinspectora. Buen trabajo.

—¿Y tú? ¿Qué hiciste ayer, inspector?

Echarla de menos, pero no se lo digo.

—Tenemos algo; lo más novedoso es una línea de investigación abierta con un tío llamado Gervasio Lacroix.

—Vaya nombre, ¿quién es?

—Un amante de Pereira.

—¿Era homosexual?

—Yo creo que le gustaban las dos aceras.

—Eso me suena —dice Olga sonriendo.

—El caso es que es una línea poco convincente, aunque no la descarto.

También le cuento lo de Maderas del Sol, lo de Atilio Pereira y lo de la oficina de Porta.

—Te ha cundido a ti más que a nosotros.

Sonrío, y Olga me corresponde; sin embargo, en esta ocasión me suena a falsa cordialidad, como si le molestara que yo hubiera hecho esas averiguaciones solo. Se levanta y con sus gestos me está pidiendo permiso para irse, sin llegar a decirlo.

—Por hoy nos vamos todos a casa.

—Pero tenemos trabajo…

—Anoche os fuisteis tarde, y has madrugado, ¿no? —pregunto. Ella asiente—. Mejor todos frescos mañana, ¿ok?

Lo acepta, y se retira. Lo que no le cuento es que yo sigo con una especie de «post-resaca». Miro sus piernas, y ella se gira antes de salir. Me pilla de lleno. Cierra la puerta justo después de decir un correcto «Hasta luego, jefe».

LAS POSICIONES

Al día siguiente, Listín todavía no tiene nada de sus pesquisas; le tenemos a tantas cosas que no da abasto. Está en la brigada IT porque dice que allí se concentra mejor. Olga se presenta cinco minutos antes, y el resto del equipo va llegando poco a poco.

Avanza la mañana, y seguimos sin noticias; le pido a Insausti y a Solís que vayan a hacerle una visita y se lo traigan para nuestra sala.

—Si este tipo, *el* Berto, no está involucrado, estamos en aprietos —digo.

Se produce un silencio.

—¿Y el tal Gervasio? —replica Olga a los pocos segundos.

—Ha testificado en una comisaría de Málaga; me han pasado el informe. He mirado las posiciones que me pasó *Listín* y concuerda punto por punto. Declara no conocer a nadie del entorno de Roger. Para mí es una vía muerta.

—¿Y los teléfonos culebra de Atilio y Catalina? —insiste.

—Es lo que estamos esperando de *Listín* pero, aunque sea sospechoso, no me cuadra.

—¿Por qué?

—Porque es habitual que los infieles tengan segundos teléfonos para comunicarse.

—¿Cómo lo sabes, Del Olmito? —acusa Toribio con retintín.

—Porque yo no tengo dos teléfonos, hombre. Pide a la jueza si quieres un análisis de mis posiciones.

Me concede el *touché* con un amago de reverencia.

—*Listín* también está con otro culebra de Porta —explica Pleite —. Ya sabes, subinspectora.

—Es de la misma compañía que la de Roger, y es casi seguro que lo usaban ellos para comunicarse. Aparte de eso, no creo que encontremos nada.

—Pero puede que haya alguna llamada a su asesino, ¿no? —incide Olga.

—Puede…

—¿Y Gibraltar? —insiste Olga.

—Va para largo el tema de las cámaras. He insistido al comisario —resoplo—; nos va a costar más de lo que esperábamos.

—¿Por qué?

—Porque no hay nada que relacione el robo con nuestros crímenes, Olga. Tenemos que encontrar una conexión de Lukas Pulido con Porta, Pereira y Roger, y eso es algo en lo que no hemos trabajado. Y ya sabes que en la UDEF nos han parado un poco los pies.

—Pero ¿y la pelota de aire? ¿Y el email?

—No les sirven esos indicios, de momento.

Ella tuerce el gesto, y abre la boca. Parece que va a gritar. Justo en ese momento *Listín* entra en la sala; Insausti viene sonriente. Luis conecta el portátil al proyector que tenemos instalado. En la pantalla se ven una serie de números; a continuación, una lista de coordenadas GPS junto a esos números.

—Este es el repetidor del lago de la Casa de Campo. Esta es la posición donde desapareció Porta el día que lo raptaron —. Un punto rojo en el mapa representa el teléfono de Porta. El repetidor está marcado con un punto gris. Y hay un punto verde—. Esta es la posición de Berto Cáceres ese mismo día.

Todos nos miramos con la boca abierta. Olga tarda un segundo en apuntar en su móvil. Lo mismo que tardo yo en pedir a todos que se preparen y en llamar al comisario jefe de la UDEV.

NOVECIENTOS METROS

Novecientos metros.

Esta es la distancia que separaba la última posición registrada del teléfono móvil de Porta respecto del de Berto Cáceres. Esos novecientos metros fueron los que impidieron su detención inmediata. Esos novecientos metros y la insistencia de la subinspectora Saavedra.

—No es una prueba concluyente, Del Olmo, y lo sabes.

—No, pero como el tipo se escape, a tomar por culo.

—No se va a escapar; me va a devolver la llamada en menos de una hora.

—Si en una hora no te ha llamado…

—Una hora, subinspectora; si no hay contacto, procederemos a su detención —sentencia el comisario Alamillos—. Ya le hemos mandado dos zetas a su casa.

El comisario ha insistido en ponerle seguimiento; lo tenemos localizado por las posiciones de su teléfono.

Olga lo acepta sin rechistar. El resto del equipo calla. No es que la tensión se pueda cortar con un cuchillo, cosa que me parece una expresión estúpida y un cliché; la tensión que hay en esta sala de policía de Homicidios es de tal calibre que podría electrocutarnos a todos.

Se produce un silencio de los llamados incómodos. Solo el sonido de las teclas de *Listín* lo rompe. Él sigue indagando en el resto de los teléfonos. Tiene mucho trabajo acumulado.

—Comisario, ¿me encargo de llamar al GOES? —pregunta Insausti.

Lo miro con ganas de hacerle pasar a él mismo las pruebas físicas a las que se someten esas fuerzas especiales para ver si entiende algo acerca de la cadena de mando, y menos con un asunto tan delicado.

Olga también suspira. Él se encoge de hombros. Parece que han cogido confianza estos dos y la verdad es que sigue sin hacerme gracia la idea de que pueda pasar algo entre ellos.

—Equipo, una hora es mucho tiempo parados —digo para acabar con ese nuevo silencio —. Insausti, te veo con ganas de currar. Llámame a McGuinness y a ver si adelantas algo.

—¿Dónde quiere usted llamar, inspector? —intercede Alamillos.

—A McGuiness. Me dijo que podríamos estar en contacto, señor comisario. Es solo una llamada para pedir información.

No protesta, así que insto a Sergio a que cumpla la tarea. Insausti se retira a su mesa. Él sabe que es una especie de castigo pero, con el comisario delante, no va a protestar.

—El resto, vamos a repasar en voz alta lo que tenemos.

Volvemos a repasar cada una de las líneas de investigación para cada uno de los tres casos. Olga teclea en su móvil y, aunque yo sé que está pendiente de lo que hablamos, me molesta que no esté con los cinco sentidos.

El comisario se va a mi despacho; se sienta en mi mesa y realiza una llamada de teléfono. Me levanta la mano a modo de permiso o de perdón o de «Quieto ahí, que aquí mando yo, y me da igual que sea tu mesa».

—Subinspectora, ¿alguna idea? —No responde, sigue tecleando a ritmo de pianista loco en su maldito teléfono móvil —. ¿Olga? —insisto.

Ella también me levanta la mano pidiendo tiempo. Su cara está iluminada por la pantalla del móvil y, por primera vez desde que la conozco siento una punzada de deseo.

—Sí, tengo una idea.

En ese momento suena su teléfono móvil.

BERTO LLAMA

En el teléfono de Olga se pueden poner dos tarjetas SIM, y tener así dos líneas de teléfono distintas. De esta forma, la subinspectora —y el grupo de homicidios— tiene también un número culebra, número que facilitó a los contactos de ecologistas que hace en su investigación. Se pone nerviosa, y el móvil se le cae al suelo y se descuelga. Se lleva el dedo a la boca pidiendo silencio y mirándonos con los ojos más abiertos que si mirara una escena de una película de miedo.

—¡Olga, Olga! ¿Me oyes? —Se escucha en el teléfono móvil.

Recoge el aparato del suelo, pone el altavoz y contesta.

—Sí, disculpa, Berto, que se me ha caído el teléfono.

—Espero que no se haya roto.

—No te preocupes, está bien. ¿Has visto mi mensaje?

—Sí, y tu llamada. Claro, nos vemos cuando quieras.

—Mira, mi amigo no puede, pero yo tengo ganas de visitar vuestra asociación. ¿Esta misma tarde puedes?

—Esta tarde Mariela no llega hasta las nueve de la noche; ella es la que abre y cierra. Si te viene bien…

Olga me mira; está pensando, y yo sincronizo mis pensamientos con los suyos.

—Salgo de trabajar a las siete. ¿Nos tomamos algo antes por allí cerca?

—Claro, faltaría más.

—Genial, tengo la dirección, ¿alguna cafetería?

—Hay una terraza donde ponen unos aperitivos del copón. Se llama El Aura. Está a cincuenta metros. Si quieres, te paso ubicación cuando llegue.

—No te preocupes; me busco la vida. ¿A las siete y media?

—A las ocho. Tengo cosas que hacer.

—Muy bien, allí nos vemos. Gracias, Berto, hasta luego.

—Olga…

La subinspectora iba a colgar, pero en el último segundo no le da a la tecla roja.

—Dime.

—Si te apetece, después podemos ir a cenar.

Olga duda, aunque yo muevo mi cabeza arriba y abajo, y cierro los ojos muy despacio.

—No sé, Berto, mañana madrugo. A ver a qué hora terminamos.

—Pronto; la asociación no es más que un local pequeño. Lo importante está en las personas que la formamos. ¿No viene entonces tu amigo?, ¿cómo se llamaba?, ¿Sergio?

Insausti, que estaba expectante, parece encogerse en su silla.

—No, ya te digo que está liado. Venga, vale, cenamos un tapeo rápido.

—Vale, vale, cenicienta —intenta hacerse el gracioso soltando una broma típica, y ríe.

—*Ciao*, Berto.

El tal Berto cuelga. Interrogo a Olga con la mirada, y ella no me la aguanta.

El comisario sale de mi despacho sonriente.

—Del Olmo, ve preparando el operativo de escucha. Subinspectora, ¿está segura de esto?

—He estado pocas veces más segura de algo en mi carrera, señor comisario.

—Bien, lo quiero todo listo en dos horas. Inspector, mándame gente de tu equipo para el bar ese, ya mismo.

—A la orden.

Dejo atrás mis celos estúpidos. El caso está en manos de la subinspectora Saavedra, y mi confianza en ella es absoluta.

EL OPERATIVO

Insausti y yo esperamos en una furgoneta a diez metros del bar El Aura. Olga ya está sentada y enfrascada en su teléfono móvil. A pesar de que podemos oír cualquier cosa que hable en el micro que lleva, escribe al chat del grupo de Homicidios.

«Sergio, no se te ocurra salir del coche».

«Tranquila, subinspectora, el jefe me tiene aquí atado con cuerda corta».

Sonrío y me dan ganas de ponerle la mano en el hombro.

Insausti no puede aparecer por el bar porque el sospechoso lo reconocería. Pleite y Amaya comparten mesa a escasos metros de la subinspectora. En otra mesa está *Listín* con su portátil y con el oficial de policía Larraondo del grupo de Secuestros, que hemos tenido que reclutar en caso de que tengamos que actuar. No es necesario montar un operativo con los GOES, como decía Insausti. Toribio espera en otro coche junto al comisario.

—¿Qué tal, Olga? —Berto Cáceres llega, y saluda.

La subinspectora le ofrece la mano, aunque él le da dos besos. Yo, desde el coche, tengo visual de los dos. El tipo se sienta inclinado hacia ella. Se puede decir que su lenguaje corporal muestra interés.

—¿Qué tomas? —pregunta Olga.

—Una sin alcohol.

Olga llama a una camarera, y le pide una cerveza sin alcohol y otra con.

—El vino para las comidas —dice él—. Bueno, y en las cenas.

Deja claras sus segundas intenciones de la noche. Se produce un silencio, que Olga rompe con un mensaje directo al grano.

—Bueno, cuéntame. ¿Tenéis alguna agenda de actuación mensual, anual o algo así?

—Más o menos; ten en cuenta que ahora estamos en proceso de reestructuración. Como te conté el otro día, las cosas han sido un poco difíciles los últimos meses

—Sí, que mucha gente se ha ido…

Olga calla con la esperanza de que él continúe. Un camarero los interrumpe, y les sirve las cervezas. Ella le da un sorbo a la suya, y le mira a los ojos. Él cambia de postura en la silla, descruzando las piernas y echándose un poco más hacia delante.

—Ahora, si tú y tus amigos os unís, podemos empezar nuevos proyectos.

—¿Cuál ha sido el último que habéis llevado a cabo?

Berto es ahora el que toma un largo trago de su cerveza. Inspira fuerte; mira a Olga antes de hablar.

—Los viajes a Glasgow y a Egipto a las cumbres del clima.

—Pero eso no es ningún proyecto. Eso es apuntarse a una *manifa*.

—Bueno, fuimos bastante activos. Había que organizar el viaje, las pancartas…

—A ver, Berto, no te ofendas, pero llevo tiempo planteándome asociarme a algún grupo ecologista. Estuve hace años en Greenpeace. Pero te confieso que me gusta la marcha. Para hacer acciones en una organización así, hay que tener galones.

—¿Y te piensas que, en una asociación pequeña como la nuestra, ya vas a salir en lancha a hostigar petroleros?

—No es eso, Berto —responde Olga después de sopesar sus palabras—. Considero que, en tu organización, precisamente por ser más pequeña, podría estar en primera línea antes que en una grande. No tengo aspiraciones de salir en lancha, o descolgarme por un décimo piso de un hotel ilegal. Tan solo me gustaría hacer algo de lo que sentirme orgullosa.

—Entiendo. ¿Y qué crees que te haría sentirte orgullosa?

La conversación se está enredando demasiado, así que Olga toma un atajo.

—Los escraches a personas relevantes funcionan. Son fáciles de organizar; no tienes por qué meterte en ningún lío grave con los polis… No sé; lo he visto siempre como una forma fácil y rápida de coger visibilidad.

Berto apura lo que le queda de cerveza y pregunta a Olga si quiere otra. Ella rehúsa.

—Hacer un escrache, hostigar a un personaje público es relativamente fácil, como bien dices. Pero al final no sirve para nada. Si se queda el mero escrache, claro.

—¿A qué te refieres?

Berto toma aire.

—Que quizá hay que ir más allá del escrache.

—Disculpa, pero no te entiendo bien.

Berto se acerca a su oído, y al estar tan cerca del micro, parece que está dentro del coche de vigilancia.

—Que quizá hay que coger a uno de esos hijos de puta que ensucian nuestros ríos, nuestros mares y queman nuestros bosques, y darle una buena lección.

Olga le mira a los ojos.

—¿Estás diciendo lo que creo que estás diciendo?

—No sé qué crees que estoy diciendo.

—Berto, joder. Vamos a ser claros. Bueno, voy a serlo yo. Lo que me contaste de tus seguimientos a Porta.

—Joder, ya lo hablamos la otra noche y todavía me tiemblan las carnes con lo que me dijiste de los pinchazos en los teléfonos.

—Tu lección se refiere a hacer daño personal.

Berto se remueve incómodo. Mira para los lados y, cuando gira su cabeza hacia el coche, da la impresión de que nos hubiera descubierto. Vuelve a mirar a Olga; suspira de nuevo.

—Sí, claro, que sí.

Olga sonríe.

—Parece que nos vamos entendiendo, querido Berto. —Él

abre los ojos. Le devuelve la sonrisa y se remueve inquieto—. ¿Tú serías capaz...?

—¿Capaz de...?

—Ya sabes —Olga hace el gesto de cortarse el cuello con el dedo pulgar.

—Mucha tela, ¿no?

—¿Por qué?

—Pues por la manera de asesinarlos, no sé —responde Berto—. Yo haría algo que pareciera un accidente. La forma en la que los han matado es más propia de un psicópata.

—Ah, ¿qué estás hablando de los tres peces gordos estos?

—Claro, ¿de quién si no?

—A ver, que los psicópatas son ellos.

—Sí, eso sí, es verdad. No sé. —Berto mira a los ojos a la subinspectora—. Te voy a confesar una cosa que no puede salir de aquí.

—Ahora me vas a decir que los mataste tú, ¿no? —Olga sonríe.

Berto suelta una leve carcajada, toma un trago de cerveza sin quitar los ojos de la subinspectora.

PRINCIPAL INVESTIGADO

Roberto Cano.

Natural de Logrosán, Cáceres. Licenciado en Periodismo… puta casualidad. Activista ecológico.

¿Triple asesino?

De momento, está esposado y aguarda en la sala de interrogatorios de nuestra Brigada.

Hay serios motivos para haberlo detenido. Olga y yo coincidimos en algunos de estos. En otros no.

Vamos a interrogarlo y a sacar la verdad. O a intentarlo al menos.

Toribio nos abre la puerta; entramos y cierra. Detrás del espejo están el comisario Alamillos, la jueza Luz Torres y el resto del equipo. También está César Morcillo, inspector jefe de mi unidad, mi inmediato superior, que ha vuelto de su baja laboral justo en el instante en el que hemos detenido al mayor sospechoso hasta el momento.

La primera confesión de Berto a Olga es lo del alcalde de su pueblo. El edil había concedido a dedo la gestión de la depuradora municipal. Nada nuevo bajo el sol. El problema era que la empresa concesionaria era un desastre. Durante el primer año de gestión, se produjeron varios vertidos fecales, que arruinaron huertos cercanos. Uno de estos era de Berto. Sí, le movieron motivos ecológicos, nadie lo duda. Y también personales.

—¿Por qué le prendiste fuego al coche del alcalde, Berto? —pregunto.

Poco antes le había explicado todo el procedimiento legal. Rehusó esperar a un abogado. El tipo quería hablar, y eso no era un buen síntoma. Aunque me he encontrado de todo en mi carrera laboral. «De todo» quiere decir: inocentes que no dicen nada sin la presencia de un abogado; culpables que se ponen a rajar en solitario. Esto sucede porque se creen más listos que la policía. Y, como reza el dicho: la policía no es tonta. Puede ser que ciertos inspectores o comisarios sí lo seamos. El conjunto, los grupos de Homicidios con experiencia, no.

—Ya lo sabes, inspector. Se lo conté aquí a su compañera. Y se lo he contado hace tres horas al otro agente que me tomó la primera declaración. He leído mucho sobre investigación policial. Sé lo que están haciendo en este momento.

—¿Y qué estamos haciendo?

—Pretenden que me derrumbe.

Olga toma la iniciativa.

—Roberto, una cosa son las películas o novelas que hayas podido leer, y otra muy distinta es estar aquí metido con nosotros. ¿No te das cuenta de que creerse más listo que la policía puede ser perjudicial para ti?

Qué maravilla de profesional es esta Olga Saavedra. En un párrafo lo conduce donde el investigado no quiere.

Berto no puede aguantar la mirada a la subinspectora.

Baja los ojos primero, y la cabeza después.

—Roberto, ¿por qué prendiste fuego al coche del alcalde de tu pueblo?

—Porque es un hijo de puta que se piensa que puede hacer lo que le dé la gana.

—¿Y tú tienes derecho a hacer lo que quieres también, no? Porque ya me dirás qué es prenderle fuego a un coche a veinte metros de dos adolescentes.

—No sabía que los hijos estaban en su finca. Eso ya lo declaré en su momento.

—¿Te gustó darle su merecido, Berto? —pregunta Olga.

—Ya sabes que sí.

—¿Qué hiciste el viernes veinticuatro de marzo por la mañana? —pregunto.

—Pasear por el lago de la Casa de Campo y alrededores. Inspector, no me haga preguntas que ya sabe.

—Mira, Berto. Yo estoy siendo cortés contigo. La próxima vez que me vuelvas a decir lo que puedo preguntarte y lo que no, voy a llamar al oficial Insausti y te va a hacer él el interrogatorio. Ya sabes: el tipo grandote que conociste la primera vez que se hizo pasar por gay. Es vasco; interrogó a unos cuantos etarras en su época de prácticas. Por culpa de eso, se quedó en oficial.

Berto vuelve a agachar la cabeza. Es una mentira que he usado con Sergio en más de una ocasión. Suele funcionar. Le tiendo el informe de sus posiciones del móvil durante las dos semanas previas a la desaparición de Porta.

—Si quieres, puedes leerlo, pero te lo resumo —interviene Olga—. Coincidiste con Porta durante cuatro días en esas dos últimas semanas en la Casa de Campo.

—Repito lo mismo que he dicho antes: Sí, había rumores de que paseaba por allí. Mi intención era hostigarlo como también te he contado varias veces. Lo busqué dos días por el Cerro Garabitas. No lo encontré. El último día, vi a sus dos guardaespaldas en el suelo y me fui con el rabo entre las piernas. Ese día supongo que fue el que lo mataron, ¿verdad? —Olga no dice nada, pero nuestro lenguaje contesta a su pregunta—. Ese día se me cayó el móvil al lago. Fui allí a intentar relajarme. Estaba muy nervioso y, escribiendo a un amigo de la asociación, se me fue al charco.

—En tus mensajes de ese día no hay nada para ningún amigo —miento (ya que no dispongo de esa información) con la esperanza de que él caiga en contradicciones.

—Se me cayó justo cuando le estaba escribiendo. Por eso me acojoné cuando dijisteis lo del seguimiento que hacéis en la policía a los móviles. Es sospechoso que mi móvil estuviera cerca de Porta el día que lo mataron y justo ese mismo día desapareciera. Os puedo mostrar las facturas del teléfono nuevo que me compré al día siguiente y, si también podéis seguir mis posiciones, veréis que estuve en casita con más miedo que vergüenza.

A Olga le cambia el gesto al escuchar el testimonio de Cáceres. Es una historia demasiado rocambolesca; sin embargo, es sólida, sin contradicciones y fácil de comprobar.

Le mando un mensaje a *Listín* para que haga las comprobaciones pertinentes.

—¿Le contaste a tu amigo tu «hazaña» después?

—No, en caliente me sentía animado. Como creyéndome que había hecho algo importante. En frío me di cuenta de que había sido una gilipollez. Y de que encima no había tenido huevos ni de llamarlo hijo de puta a gritos. Y me acojoné por lo de sus guardaespaldas.

Berto hunde su cabeza entre sus manos y murmura:

—Puto cobarde, puto cobarde.

—La vida no va de testosterona, Berto.

Él hace el amago de levantar su cabeza, aunque recula.

—Cuéntame más sobre los guardaespaldas.

POLIS MALOS

Berto nos cuenta, de nuevo, que vio a los guardaespaldas de Porta tirados en el suelo.

—¿Por qué no llamaste a la policía?

—Porque estaba cagado de miedo.

Paro un poco; le doy una pausa. Miro a Olga. Afirmo, y lo animo a seguir.

—¿Lo del móvil es verdad, Berto? Piensa bien la respuesta.

Berto calla unos segundos.

—Puedo mostraros las facturas —insiste—. Y creo que debería llamar a un abogado.

—En seguida lo llamamos; ahora mira esto —le digo extendiendo la fotografía del círculo en el pecho de Porta.

Solo se ve el círculo, pero se aprecia parte del torso de Porta y es tan desagradable que aparta la mirada.

—Por favor…

—Avisamos a tu abogado en cuanto nos digas lo que sabes de esto.

Berto lo sopesa.

—Es uno de los símbolos de nuestra lucha.

—¿Y sabes cómo podría acabar en los cuerpos de Roger, Porta y Pereira?

—Pues no, pero me gustaría saberlo, la verdad. Repito: yo no los maté, aunque me alegre de que estén muertos. Y, si con esta foto quieren decir que el símbolo del planeta acabó tatuado en sus cuerpos, pues mejor.

Siento los ojos de Olga en mi cara; dudo sobre cómo seguir.

—¿Quieres impresionar a alguien, Berto? —pregunto, al fin.

—Quería. Quería impresionar a una supuesta activista ecológica con ganas de hacer daño a los poderosos que destruyen nuestro planeta. —Mira a Olga por un instante.

Touché. Algo así piensa Olga ante la respuesta del investigado, porque no dice nada y baja la cabeza a tomar notas en su móvil.

Le enseño las fotos de los tres cadáveres y le señalo otra vez los círculos que simbolizan nuestro planeta. A Berto le cambia aún más el semblante. Se tapa la cara y se lleva la mano al estómago.

—Esto es muy fuerte —protesta—. Quiero que llamen ya a un abogado. Me estoy mareando.

—Sí, enseguida —promete Olga—. Un par de cositas más, y terminamos. ¿Dónde estabas entre el día veinticuatro y veintiséis de marzo?

—Ya os lo he dicho: en casa y en la oficina de la asociación. Me enteré de lo de Porta, até cabos y me di cuenta de que los guardaespaldas estaban realmente muertos. No paré de consumir información por internet. La verdad es que me entró mucho miedo porque estaba convencido de que ese día que lo vi fue el que lo mataron. Les pido, por favor, que investiguen mi móvil y mi ordenador.

La conversación se mantiene durante casi una hora más. Berto sigue explicándose y maldiciendo su cobardía.

—Vamos a parar unos minutos, Berto —dice ella— ¿Tienes abogado o te llamamos uno de oficio?

Él gesticula con la mano con un gesto que indica que le da igual. La miro y, antes de que vuelva a hablar, pregunto.

—¿Tienes alguien que confirme tu estancia en casa y en la asociación estos últimos días que te he mencionado?

—Sí, cualquiera de los compañeros. Os repito, por enésima vez, que podéis rastrear mi nuevo móvil, mi portátil y mi casa sin problemas.

—Danos los datos de las personas de la asociación cuando

volvamos —ordena Olga.

Salimos de la sala y dejamos allí a nuestro investigado con la cara de perdedor que se le puso cuando le arrestamos. La de Olga no es mucho mejor; algo la perturba, y no le aparto la mirada hasta que habla.

—Si te digo que este señor debería ser interrogado como testigo en lugar de como culpable, ¿me llamarías loca? —dice la subinspectora—. Ni en la declaración, ni en la actitud, ni en los gestos de Berto Cáceres, veo a un asesino. Tenemos que entrevistar a sus conocidos e investigar sus dispositivos.

—Yo no te llamaría nunca loca. Sin embargo, el comisario te va a pegar algo más que un tirón de orejas. Le dijiste que pocas veces has estado tan segura de algo en tu carrera como policía.

Ella baja la cabeza, y nos dirigimos a la sala de escuchas; allí, César Morcillo suelta su primera lindeza.

—Se muestra tan colaborador y con esa apariencia de tan poco culpable porque apenas lo estáis apretando.

—Inspector Morcillo, ¿ha escuchado lo que ha dicho sobre su móvil?

—El tipo te está camelando, subinspectora.

—Hay que interrogarlo como testigo —pide Olga ignorando al inspector jefe—, no como acusado.

Alamillos se levanta de golpe de su silla. Se planta delante de Olga, resopla. Luz Torres mantiene su gesto seco y permanece expectante.

—Subinspectora, ¿después del operativo que hemos montado, y de poner a este hombre al borde del vómito, dice que es un testigo y no un culpable? —protesta.

—Señor comisario, ya ha visto el interrogatorio. Sí, puede que parecer tan colaborador sea sospechoso, pero ya le digo yo que es el mejor testigo que tenemos. He cometido un error, sí, pero un error que nos ha dado a la última persona que vio con vida a Porta y a sus dos guardaespaldas.

Se produce un silencio en la sala de escuchas que otorga la razón total a la subinspectora.

—¿Y cómo piensas enfocarlo ahora, Olga? —pregunto antes

de que se abalancen sobre ella.

—Ahora —duda—... van a entrar Pleite y el inspector jefe Morcillo, y van a hacer de polis buenos.

Los dos nombrados abren bien los ojos, sobre todo el inspector jefe.

—Vais a decirle que le creéis, que nos hemos reunido y nos habéis montado un buen pollo, que ya estamos investigando su teléfono móvil y que puede estar tranquilo. Y poco a poco le vais a sacar información de ese día. Sobre todo, por lo que más queráis, le tenéis que sacar si vio a alguien que le llamara la atención. Si contesta algo sobre un perro, lo dejáis libre y mañana lo citamos con los de la unidad canina. Pero tiene que salir de él. Ni se os ocurra mencionar lo del perro.

Es una delicia ver a la subinspectora Saavedra dando órdenes a todo un inspector jefe, incluso más después de haber metido la pata.

Pero lo es más que César Morcillo las acate sin rechistar, con la media sonrisa del comisario y de la jueza sobre sus espaldas.

Solo falta saber si esta noche Berto Cáceres dormirá en casa o no.

POLIS BUENOS

El interrogatorio que le hacen Morcillo y Pleite tiene su miga. El tipo confiesa que no fueron solo dos semanas las que llevaba siguiendo a Porta, sino que fue casi un mes. Y en ese mes había visto todo tipo de personas subiendo por el mismo camino que llevaba al cerro donde Porta había desaparecido: ciclistas, corredores, abuelos en buen estado de forma y gente con sus mascotas.

—Pero hubo un tío al que vi al menos tres veces corriendo con su perro. Es decir, los había paseando perros o corredores sin perro. Pero a ese lo recuerdo porque corría con el perro e incluso lo animaba a correr más rápido con él. Era un animal enorme.

Olga y yo descubrimos, el uno en el otro, el brillar de nuestros ojos. Pleite y Morcillo también miran en dirección al espejo.

—¿Recuerdas si llamaba al animal por su nombre? —Pleite retoma el interrogatorio.

—Pues puede ser, pero no me acuerdo ahora.

—¿Y algún dato más sobre el perro o sobre el dueño?

Berto se queda callado unos segundos. Se inclina hacia adelante y sonríe.

—Así que ese tío es el asesino.

—Es solo una pista —contesta Morcillo, porque Pleite no sabe qué decir.

—¿Me estáis diciendo que vi al asesino? —A Berto se le llena la boca con la palabra «asesino». Y su sonrisa lo hace aún más inquietante.

—Berto. —Pleite lo llama por el nombre desde el primer momento, por aquello del poli bueno—. Como te decía el inspector, es solo una pista. ¿Nos puedes contar algo más?

—Pues no lo sé, la verdad.

Berto Cáceres se echa hacia atrás en su silla y se pone las manos sobre sus piernas. Sigue sonriendo.

Morcillo, todo un inspector jefe, no sabe cómo seguir el interrogatorio. Olga, sin pedir permiso a nadie, abre el micrófono y les pide que salgan. Pleite se levanta sin rechistar, y a Morcillo le cuesta un poco más.

Cuando se reúnen con nosotros, Morcillo intenta decir algo, pero lo atajo.

—Inspector Jefe Morcillo, a partir de ahora, nosotros retomamos el interrogatorio.

El comisario asiente con sus ojos, y Morcillo calla, así que Olga y yo entramos de nuevo a la sala de interrogatorios. Pero no lo hacemos solos: nos acompañan Toribio, Solís e Insausti. A Berto Cáceres le cambia la cara al ver al oficial.

—Muy bien, señor Roberto Cáceres. Lo vamos a poner en libertad. —Él no me mira, se centra en Olga y en Sergio—. Mañana mismo tiene que venir a declarar de nuevo.

—¿Por qué?

—Porque necesitamos que nos responda a otras preguntas que le va a hacer un compañero que hoy no ha podido asistir.

—¿Y mi abogado? Pretenden interrogarme de nuevo, pero me dejan marchar. Eso significa que no tienen nada contra mí y un nuevo interrogatorio...

—Escucha bien, baboso —lo interrumpe Olga—, aunque lo de la asociación fuera un truco, admiro tu causa ecologista, pero no eres de fiar. Los dos sabemos muy bien qué era lo que buscabas conmigo el día que me invitaste a cenar. —Roberto deja de sonreír por completo—. Te vas a ir a casa, a dormir calentito y mañana vas a venir como un buen ciudadano a testificar de nuevo. Con abogado o no, eso da igual. Ya te hemos dicho que no eres investigado, sino testigo. Como no te presentes, te busco las cosquillas y te reporto por acoso.

—¿Por acoso? Si no te he tocado siquiera.

—A mí, no, hijo de mi vida: a Porta. Tenemos tu confesión de que lo seguiste y está todo confirmado por evidencias, así que mañana no vengas con esa sonrisa de alegría por la muerte de una persona. Por muy supuestamente mala que fuera esa persona, por muy en desacuerdo que estuvieras con ella. ¿Entiendes, adalid de la naturaleza?

Berto Cáceres baja la mirada.

Olga suspira y volvemos a la sala de control; tenemos que debatir las nuevas estrategias a seguir.

UNIDAD CANINA

Berto Cáceres duerme en casa. En cambio, Listín lo hace en la Brigada; solo dos horas en un sofá. Corrobora la declaración del activista ecológico en lo que su móvil se refiere. La señal del teléfono desaparece el viernes por la mañana en una zona muy próxima al Lago de la Casa de Campo y no vuelve a aparecer hasta el sábado, en su domicilio, cuando compra un nuevo terminal. El seguimiento de sus posiciones de esos días lo sitúan entre su piso y la asociación ecologista a la que pertenece: todo apunta a que dice la verdad.

Cáceres regresa a la mañana siguiente para testificar. Lo esperan Morcillo, Pleite y el inspector Florencio Santos, de la unidad canina, que por fin se digna a aparecer por nuestra brigada.

—Es imposible cotejar la muestra de ADN del perro con ninguna base de datos de ADN canino que tengamos. No es que sea imposible, pero es que es poco fiable. Es que sin el chip... No está registrado en ningún sitio, con lo que tampoco se podrían saber los datos de su dueño —dice el inspector Santos, un veterano, calvete y chiquitito, que quiere más a los animales que a las personas, cosa que, tal como está la sociedad actual, veo normal.

—No me des más alegrías por hoy, Santos, no hombre —protesto.

—Lo siento, inspector Del Olmo.

En la sala de interrogatorios, muestran a Cáceres varias fotos de perros compatibles con la mordida del agresor del guardaespaldas de Porta. La identificación con un Dogo de Burdeos es positiva. Tenemos al culpable. Pero solo en el recuerdo de un activista ecológico con sed de venganza que está colaborando por miedo a ser acusado. A ver cuánto le duran las ganas de colaborar.

Berto Cáceres solo puede dar una descripción vaga del dueño del perro: un tipo de altura por encima de la media, delgado, con ropa deportiva, gafas y gorro o sudadera con capucha. El típico sospechoso de cualquier película al que solo se le puede ver la barbilla cuando gira su cuello cuarenta y cinco grados hacia atrás.

El interrogatorio termina, y mandan a Cáceres a casa con la orden de que esté localizable. Él, antes de marcharse, mira al espejo con una media sonrisa. Olga me apoya la mano en el hombro, y me pide que vayamos a nuestra oficina.

Al cabo de unos minutos, nos reunimos en la oficina de la brigada, y Toribio toma la palabra.

—He vuelto a revisar las cámaras; la más cercana está en el embarcadero del Lago, pero no se ve nada que nos ayude.

—Hablando de cámaras, ¿alguna novedad de las grabaciones de Gibraltar? —pregunta Olga, que tiene los ojos perdidos en su móvil. Con el dedo desliza hacia un lado y hacia el otro, hacia arriba y hacia abajo. Le pido que me acompañe a mi despacho, y a ella le cuesta levantarse de su puesto, demostrando que no está conforme con mi requerimiento.

—Subinspectora Saavedra —marco mi tono formal—, teorías, pero nada firme. ¿Esto a dónde nos lleva?

—No lo sé, inspector, dime tú.

Ella se fija en la pantalla de mi ordenador, como si quisiera que buscara algo en ella, como si ahí estuviera la solución del caso.

—Vamos a dejar de lado un momento la teoría y vamos a centrarnos en los hechos. ¿Qué es lo más fiable que tenemos hasta ahora?

—¿Las posiciones del móvil de Berto Cáceres?

—No, venga, Olga, no me fastidies. Algo sobre lo que

realmente podamos trabajar.

—Pues nada, inspector, porque las malditas grabaciones de Gibraltar no llegan. Por eso lo he…

—Exacto, joder. Tú estás convencida de la relación del robo en el banco del peñón con nuestro caso. —Olga deja de fijarse en la pantalla del ordenador y se fija en mis ojos—. Las grabaciones de las cámaras de Gibraltar son vitales para rematar esta línea de investigación.

Se levanta de la silla y se dirige hasta la puerta. La abre y se gira.

—¿Dónde vas?

—A suplicar, rogar o extorsionar al comisario, lo que haga falta. —Sonrío—. Que hable con Dios y que Dios hable con la Reina de Inglaterra para que nos consigan esas grabaciones ya mismo. ¿Vienes?

—Un momento, jefes —dice *Listín*, que irrumpe en nuestro despacho—. Tengo buenas y malas noticias.

—Déjate de juegos de películas. Anda, y cuenta.

—Qué borde —protesta—. Las buenas son que ya tengo datos de los móviles culebra que tenemos de dos de las víctimas.

—¿Y?

—Las malas son que hay que volver a Gibraltar.

¿AEROPUERTO?

—¿Ya no estás enfadada? —pregunto.

—Eres un gilipollas, pero tarde o temprano tendré que volver a hablarte —responde Matilde—. ¿Dónde coño estás, que hay tanto ruido?

—En la estación de tren de Santa Justa.

—¿Y qué haces en Sevilla, chiquillo?

—Vamos para Gibraltar; tenemos un avance importante y hay que comprobarlo *in situ.*

—Huy, a Gibraltar nada menos, con lo poco que te gusta a ti viajar.

—Pues sí.

—Bueno, te dejo, que tengo cosas que hacer.

—¿Sola o acompañada?

—Pero qué idiota. Venga, ya me cuentas cuando vuelvas.

—Adiós.

Matilde tiene razón. No me gusta viajar, pero saber de ella me alegra el trayecto. Se ha puesto en contacto conmigo, y hemos hecho un amago de hacer las paces. Un amago.

A Gibraltar vamos todo el equipo, menos Pleite y Amaya, que están haciendo la instrucción del caso; hay mucho trabajo de oficina. Morcillo se ha quedado echando un cable, aunque todavía no esté de vuelta al trabajo de forma oficial.

¿Y por qué vamos a Gibraltar otra vez?

Porque el genio de Luis ha geolocalizado los dos teléfonos culebra que tenemos: el de Porta y el de Roger, en el peñón, tres semanas antes de que los mataran. Por desgracia, solo podemos constatar que estuvieron en las inmediaciones del puerto (al menos eso dicen las antenas de repetición). Conseguir una imagen de cámaras de videovigilancia sería ideal. Por eso vamos; para ligar de forma definitiva el robo de las cajas de seguridad del UK National Bank con nuestro caso.

Se me hace raro viajar con el comisario. En el pasado lo hicimos en un par de ocasiones, pero han pasado ya más de diez años de aquello. En la frontera del peñón están más que avisados, y nuestras dos furgonetas pasan sin detenerse. Nos paramos en el acceso al aeropuerto, que es como llaman a un trozo de pista de poco más de mil quinientos metros, en la que los pilotos tienen que aterrizar y despegar sus enormes aparatos. Me estremezco solo de pensarlo. Allí, a pie de pista, nos espera McGuinness con un séquito que no esperaba.

—Bienvenido de nuevo, inspector del Olmo —me saluda el comisario gibraltareño a través de la ventanilla de la furgoneta.

—¿Cómo está, comisario? Este es el comisario Alamillos.

Se saludan cordialmente, y yo le pregunto por las personas que le acompañan.

—Son inspectores de Scotland Yard y mi ayudante. A María, la traductora, ya la conocen.

Me fijo en la traductora, que mantiene su semblante serio. Los otros dos tipos parecen los Men in Black. Trajeados y con gafas de sol. Uno, calvo y con barba, y el otro moreno y bien afeitado.

A la luz de la nueva pista obtenida por *Listín*, el comisario Alamillos se puso en contacto él *mismito* con Interpol para solicitar nuestra visita y poder investigar sobre el terreno. No se opusieron, pero todo se tiene que hacer bajo supervisión británica.

—Del Olmo, después de recibir informe con las posiciones de tus tres víctimas en la zona del puerto, investigamos. Toma.

Me entrega una carpeta marrón. La abro, y juraría que me tiemblan las manos.

—Está en inglés, y aunque no se me da mal la lengua de

Shakespeare, prefiero que me lo traduzcas.

—Disculpa, no tiempo para traducir. Fíjate en esto.

Me señala una línea del informe en el que aparece un nombre conocido. Abro bien los ojos y lo miro alterado.

—¿Esto es lo que creo que es?

El comisario me responde, pero en ese momento un Boeing 737 despega del curioso aeropuerto de Gibraltar, y no escucho bien su respuesta.

LUPUL

Ya en el puerto nos bajamos de los coches. Hace más de treinta grados y estamos al sol. Me tengo que desabrochar el cuello de la camisa. Hacemos las presentaciones correspondientes, nos estrechamos las manos y toda la parafernalia. Aunque sin demasiado protocolo.

Somos diez agentes de policía; cuatro británicos y seis españoles. La policía Sonia, que se ha quedado en la furgoneta, sería la decimoprimera. La traductora no es de ningún cuerpo, pero con ella sumamos un total de doce personas.

—Es mejor que vayamos solo tres para no llamar demasiado atención —sugiere McGuinness.

—Yo voy —dice Olga.

—Saavedra, calma —replica el comisario.

—Venga, jefe. La subinspectora se lo merece —la defiendo.

—Vas tú con ella.

Mi compañera asiente.

—Cuatro, entonces —replica McGuinness.

El comisario gibraltareño intercambia palabras con el agente calvo de Scotland Yard. Él es quien nos acompaña. Nos lo ha presentado antes; se llama Jeremy Lee. Espero que sea descendiente de Bruce y que, si hay hostilidades, nos ayude. Al tipo se le ve fuerte y ágil.

Enfilamos el muelle número siete. ¿Por qué?, dos más dos, en investigación policial, no siempre son cuatro. Pero tenemos una serie de indicios que conectan de forma irrefutable nuestro caso con las cajas de seguridad del UK National Bank de Gibraltar.

El email que recibió el director del banco es el primero.

El segundo, la propia evidencia de la pelota de aire y los trozos de papel con los colores naranja, marrón y azul.

El tercero, las posiciones de los móviles culebra de Porta y Roger en Gibraltar. El móvil de Porta siguió un trayecto desde Madrid a Marbella, y el de Roger, desde Barcelona a la capital de la Costa del Sol. Ahí desaparece su seguimiento, y vuelve a aparecer en Gibraltar.

Hay una cuarta evidencia, aunque no definitiva: el comisario McGuinness ha encontrado al tal Lukas Pulido. El representante de Lupul tiene un atraque en el puerto desde hace seis años, un fueraborda de diez metros de eslora, en el que sospechamos que se reunieron nuestras víctimas. *Listín* sigue cribando números por si encuentra el tercer culebra que nos falta: el de Pereira.

Cuando llegamos a la altura del barco, Olga me pide que me quede atrás; ella y el oficial de Scotland Yard serán los que toquen la puerta —si es que se puede llamar así— de Lukas Pulido.

Olga es quien nombra al susodicho en voz alta. En la cubierta del barco no hay nadie, pero sí en la del contiguo: un hombre mayor que se nos queda mirando con extrañeza.

—¡Lukas Pulido! —vuelve a gritar Olga.

A los pocos instantes, una mujer de unos cincuenta años, con el pelo teñido de rubio y con un chándal de Christian Dior, sale del interior del barco. Lleva las manos en alto y tiene los ojos llorosos.

—No me hagan nada, se lo suplico —dice en un español con acento británico.

—No le vamos a hacer nada; señora, buscamos a Lukas Pulido.

—Es mi *partner*.

—¿Y dónde está?

La mujer se lleva las manos a la cara, y rompe a llorar.

EL PISO FRANCO

Damaris Smith abre la puerta del apartamento.

La pareja de Lukas Pulido (su *partner,* como ella dice) ha confesado en la cubierta de su barco. Pulido es el testaferro de Porta, Pereira y Roger. En el apartamento que tienen en la zona de levante del Peñón, guardan el cofre del tesoro, esto es, las llaves de acceso a las cajas de seguridad del banco e infinidad de documentación falsa. (Amén de algo de dinero en efectivo para emergencias).

Lo que pasa es que, cuando Lee, el inspector calvo de Scotland Yard, abre una caja fuerte gracias a las indicaciones de Damaris, dentro encontramos el vacío más absoluto. Aquí no hay ni pelota de aire.

Ella se lleva las manos a la cara y rompe a llorar de nuevo.

—Se han llevado todo, todo…

Por el lenguaje corporal de Olga, no se la ve muy sorprendida. Yo tampoco lo estoy. Los compañeros de Scotland Yard nos indican que debemos salir para que hagan una inspección ocular para buscar restos orgánicos de nuestro hombre: nuestro particular solitario.

Ya en la calle, McGuinness nos cuenta que Damaris ha confesado muchas cosas interesantes.

—Se reunía con víctimas en barco. Los recogía en Marbella, venían a Gibraltar y después los llevaba. Ella no estaba en reuniones, pero Lukas se lo contaba, sin muchos detalles, dice.

—Claro, eso me suena —dice Olga con retintín.

—Jura que no sabe dónde está su pareja.

No pongo objeciones porque no estoy en mi jurisdicción y no puedo interrogar a la señora Smith como debería, así que me limito a ser pragmático.

—Comisario, necesitamos todas las imágenes de seguridad de la zona.

McGuinness afirma con desgana.

Nos despedimos de toda la parafernalia de Scotland Yard y nos retiramos a nuestros aposentos.

—¿Qué piensas, subinspectora? ¿Pulido está muerto o ha huido?

—No lo sé, pero sí sé que no vamos a volver a verlo.

EL RECONOCIMIENTO

Las cámaras de vigilancia del parking del apartamento de Lukas Pulido son clave. Y tenemos suerte, mucha suerte, ya que guardan imágenes con más de dos semanas de antigüedad. McGuinness sigue poniendo de su parte y, en un par de horas, las tenemos disponibles. Mucho metraje, pero muy importante. Quizá lo más importante que hayamos visto hasta ahora. Nos llevamos los vídeos en un par de discos duros y, en el apartamento que Alamillos ha tenido a bien alquilar, nos ponemos «todo Dios» a visionar. Tenemos tres ordenadores portátiles y dos tablets. Listín hace un apaño para que cada uno vea una parte del metraje en un dispositivo.

Yo lo superviso todo con la esperanza de encontrar algo por aquello de que cuatro ojos ven más que uno.

El primero en levantar la mano es Toribio, que consigue que todos peguen un brinco de sus asientos. Arremolinados en su portátil, señala la imagen de una figura masculina que, casi sin lugar a dudas, es Lukas Pulido.

—Mismas gafas, mismo pelo, mismo bigote —dice.

—Sí, ¿de cuándo es esto?

—Martes 11 de marzo.

Proseguimos con el visionado, y el tipo pasa unas dos horas en el piso. Al cabo de ese tiempo, sale por el parking. Entendemos que lo hace para evitar las cámaras de la entrada, que cuentan con más luz: sería más fácil identificar rasgos faciales.

No tenemos más imágenes en esa fecha, y me dan ganas de reventar el portátil.

Pasan las horas, y no encontramos nada interesante. Hacemos una pausa para comer, y algunos salen a la calle a estirar las piernas. Yo aprovecho, y reviso el vídeo del tal Pulido.

—Ese no es el tipo del banco —asegura Olga.

—Se parece, pero no lo es, no. Ese es Lukas Pulido en «carne y seso» —afirmo.

Cualquiera que haya trabajado en homicidios sabe mucho de fisonomía humana; en concreto, las formas de andar son muy características y diferentes de una persona a otra.

Toribio, Luis e Insausti suben, y proseguimos con el visionado.

No encontramos nada reseñable hasta casi la medianoche; Olga levanta la mano. Repetimos el proceso de arremolinarnos todos sobre el portátil de la subinspectora.

—Este tío.

Señala una figura humana en la pantalla; un hombre cualquiera con una ropa deportiva cualquiera, al que no se le ve bien el rostro.

—¿Qué tiene de especial? —pregunta Luis.

—Mira.

La subinspectora avanza en el vídeo hasta tres horas más tarde. Señala otra figura masculina en la pantalla. Me da un vuelco el corazón.

—¡No me jodas!

—¿Qué pasa, Del Olmo? —Se asusta Toribio.

La subinspectora vuelve al vídeo del anodino tipo que indicó al principio.

—Fijaos bien.

El anodino tipo de la primera imagen no parece el mismo que el segundo. Pero, para el ojo entrenado, sí que lo son.

—Joder, sí… —se emociona Insausti.

—¿Y a quién se parece así con esas gafas? —pregunto.

Todos responden el mismo nombre.

DALE AL PLAY

Tenemos una imagen del tipo que entró al banco a por las cajas de seguridad. Olga lo localiza sin caracterizar, y caracterizado. De esta segunda forma, tiene un gran parecido con Lukas Pulido, pero su forma de andar y su corpulencia lo desenmascaran.

—La imagen es del treinta y uno de marzo, pocas horas después del asesinato de nuestras víctimas —digo—. Y pocas horas antes del envío del email a Emiliano García, avisando del robo de las cajas.

—Entonces, tenemos que seguir viendo imágenes para localizar al que se hace pasar por mi tocayo —dice Toribio.

—Sí, querido Lucas, sí.

Me quedo con Olga visionando ese vídeo y, al cabo de dos horas, el tipo caracterizado como Pulido aparece de nuevo en la imagen. Y aparece con una bolsa parecida a la de la imagen del banco. Debe llevar un buen tesoro dentro.

Son las dos de la madrugada, y estamos derrotados, pero nadie quiere parar. Lo que pasa es que el cansancio hace mella en todos, incluida la subinspectora, que no tiene poderes especiales. Yo tampoco los tengo, pero he tomado mucha bebida energética y estoy demasiado nervioso.

—Vete a dormir un poco, Olga.

—Un par de horas, ¿ok?

Asiento. Toribio, Luis y Sergio están recostados en los sillones del apartamento dando una cabezada.

Yo me obsesiono y reproduzco una y otra vez un fragmento

de vídeo en el que tengo depositadas las esperanzas. Por mucho que lo visiono, no consigo sacar nada en claro. Todo lo contrario… me quedo dormido.

—¡Es él! ¡Es él!

Los gritos de la subinspectora me despiertan, y no sé ni dónde estoy.

—¡Mira, mira!

En mi portátil, hay una imagen congelada de dos hombres. Uno de ellos es el que se disfraza de Lukas Pulido. Al otro ya lo conocemos.

El resto del equipo se ha vuelto a juntar detrás de mí para visionar las imágenes. A pesar de estar todavía muy adormilado, descubro en sus rostros una mezcla de euforia y calma.

Hay que viajar a Madrid a toda prisa.

Tenemos a uno de los culpables.

HUIDA

Apuntes, teorías y suposiciones no oficiales de Del Olmo y Saavedra sobre el caso de Los Cuatro Elementos.

Toda una vida empaquetada en una mochila de montañismo. Al menos, en su nueva vida, no necesitará más que dos pantalones abrigados, dos chaquetas y varias camisas interiores térmicas.

Deja atrás mucho más. Muchos años de esfuerzo, de trabajo incansable, de no dormir apenas. Al recordar esto, se para y mira a su alrededor. Su casa. Ha conseguido venderla justo dos días antes. La ha malvendido. Ese pequeño pellizco, sumado al gran pellizco que le ha dado Aire, compensa. Ha merecido la pena.

Ha asesinado. A más gente de la que pensaba en un principio.

Se repite a sí mismo que el fin justifica los medios.

Tiene la sensación de tener los pies mojados y fríos. Quizá sea solo un mal recuerdo.

El dinero lo ayudará a sobrellevarlo. Pagará los psicólogos que hagan falta. La vida bajo una palmera, o en un cobertizo en la nieve, o en un desierto, le harán pasar página. Quizá espere tener compañía en ese exilio. Todavía no ha escogido su destino; de momento tomará un autobús a Burdeos, y allí decidirá en función de lo que opine Aire. Si tiene claro algo, es que llevará una vida nómada.

Van a seguir sus pasos mucho tiempo, si es que alguna vez dejan de hacerlo.

Se marcha porque ha leído demasiadas noticias y visto

demasiados programas. Tantos que le ha entrado el miedo. Y ese miedo se lo ha transmitido a Aire, quien le ha recomendado que se marche porque la policía no es tonta, que ya se verán en el futuro si es que tienen que verse.

No quiere saber nada de criptomonedas: todo en cash. *Benditos billetes de quinientos euros; gracias a estos, le caben casi quinientos mil euros en una bolsa bandolera de las que se cruzan sobre el pecho. Le estresa tener tanta pasta encima, pero ¿quién no quiere ese tipo de estrés? Dentro de la bolsa también lleva su porra extensible, varios gorros y varias gafas de sol y de graduado.*

Echa de menos al perro; llora por él casi todos los días. Ha pensado en adoptar otro, pero ¿dónde? En cuanto se establezca en algún sitio, lo hará. De momento no puede tener esa carga.

El nuevo teléfono móvil que compró en un locutorio a nombre de otra persona (cosa que le costó dos mil euros) también lo deja atrás. Quién sabe hasta dónde llegará la policía en sus pesquisas. Ya tiene una identidad falsa con su pasaporte y con sus tarjetas; en Francia podrá comprar un prepago con esa identidad.

Echa el último vistazo a la que ha sido su casa en los últimos años. Hay fotos de su familia. También los echará de menos. ¿Y ellos a él? No lo tiene tan claro.

Mete otro par de calcetines en la mochila. Se cuelga el bolso con el dinero. Deja la llave en el mueble de la entrada; los de la inmobiliaria ya tienen copia y se la entregarán al nuevo dueño.

Sonríe, aunque no debiera, porque es posible que a ese nuevo dueño le den algún día una patada en la puerta al grito de «¡Policía!».

Se siente mal, pero sonríe porque él ya no estará allí.

Se va a escapar, como el aire se escapa por las ventanas mal cerradas.

TENSA ESPERA

Espero con Olga en el camuflado.

En la retaguardia, como de costumbre. Por más veces que le he dicho que se vaya a la vanguardia, justo detrás de los policías de los Grupos Especiales, no me escucha. Morcillo no nos acompaña. En cambio, el comisario sí. Está encantado con que realicemos la primera detención, fundamentada, del caso, porque la de Berto la considera un fiasco.

En las imágenes que vimos en Gibraltar, lo descubrimos discutiendo con el ladrón de las cajas de seguridad (disfrazado de Lukas Pulido). Y ya lo habíamos entrevistado antes.

La casa no tiene una aproximación fácil, por lo que la operación se ha montado de madrugada, para ser más exactos, a las seis de la mañana, y así no perturbar demasiado a la familia que acompaña a la persona sospechosa.

Justo cuando se cumplen las seis en punto, el inspector Piña, del GOES, da la orden por radio para actuar. Desde nuestra posición escuchamos el golpe del ariete en la puerta, algún grito de los agentes especiales y, lo que más perturba: ningún grito de las personas que deberían estar en la casa. La intervención dura menos de un minuto. Poco después, el inspector Piña se dirige al camuflado, donde está el comisario, y le habla al oído. Alamillos sale con una cara que lo dice todo: algo no ha ido bien. Piña se dirige a nuestro coche y justo detrás van Toribio e Insausti. Olga baja la ventanilla.

—Del Olmo, tienes que entrar a ver esto.

ORGÍA DE PRUEBAS

Dante Alighieri era un poeta y escritor italiano del siglo XIII. A él se deben obras tan conocidas como La divina comedia, pero, también el origen de la palabra «dantesco». Así se define el espectáculo con el que nos encontramos al entrar en la casa. Los compañeros han montado una rampa de acceso porque hay que evacuar cadáveres, y me viene perfecta para acceder yo también.

Florentino Ortiz-Melgar yace en el suelo de su habitación. Cortes en las muñecas y el gran charco de sangre que hay a su alrededor dan una primera imagen de lo que podría ser un suicidio. En la cama de matrimonio, hay otros dos cuerpos: un joven de unos veintipocos años y una mujer de unos cincuenta. Deben de ser su mujer y su hijo. Los dos tienen puñaladas en un número indeterminado, sobre el pecho y sobre el vientre. El supuesto cuchillo homicida se encuentra a escasos centímetros de la mano de Florentino.

—Orgía de pruebas —dice Olga.

—Correcto, subinspectora —respondo—. Vamos a dejar trabajar a los científicos. Me voy al camuflado a reflexionar, y tú y el equipo os venís conmigo.

Alamillos, que está presente en la escena, protesta. Se queda sin su ansiada detención. La verdad es que apenas lo escucho.

Camino al coche, pienso en las imágenes que vimos en Gibraltar y que nos han traído hasta su casa. No sé qué hacía Florentino allí, pero quizá su presencia en el peñón es lo que le ha costado la vida. En la grabación, recogida por las cámaras próximas al apartamento franco, se lo reconoce de forma indudable junto con la persona disfrazada de Lukas Pulido.

Esta puesta en escena tan artificial del cadáver de su mujer y su hijo, y su propio suicidio, no se sostienen.

Una vez fuera, respiro. Decido que, mejor que ir en el camuflado, daremos una vuelta. Olga se queda rezagada conmigo.

—Del Olmo, espera.

Me cuenta algo que le reconcome la cabeza.

REUNIÓN DE URGENCIA

En un pequeño parque cercano, nos reunimos los seis del grupo. Allí, contemplando los columpios oxidados en los que algún día tuvo que jugar el hijo de Florentino Ortiz-Melgar, nos preparamos para un duro día de trabajo. No hace frío; el sol empieza a despuntar y el alba ya no es lo que era. Todo el equipo me mira; esperan algo de mí. Y yo solo miro a Olga, esperando algo de ella.

—Todos tenemos claro que al tipo de ahí dentro lo han matado para silenciarlo, ¿verdad? —pregunto.

Nadie replica; todos han pasado por la habitación a petición mía.

—Los hermanos de este hombre viven cerca, ¿habrá que avisarles, no? —dice Toribio.

—Sí, todo a su tiempo —contesto—. Lo que importa ahora es priorizar el siguiente paso. Alguien se nos ha cargado al único sospechoso real que teníamos. ¿Qué hacemos?

—¿Ir a por Atilio Pereira, seguir investigando ecologistas o lo más razonable? —pregunta la subinspectora.

—¿Lo más razonable qué es? —pregunta Insausti.

—Buscar como sea al tipo que discutió con Florentino, al que vimos en las imágenes de Gibraltar.

—¿Sigues creyendo en la causa ecologista, Olga? —pregunto.

—Sí, todo está relacionado, inspector.

—¿De qué forma?

—Creo que alguien, de alguna forma, encargó a este hombre matar a Porta o a Pereira o a Roger, o a los tres a cambio de algo. Le ofrecieron venganza y dinero. Y es posible que ese tipo sea el de Gibraltar y que esté ligado al ecologismo.

—Espera, espera —dice Toribio—. ¿A los tres o solo a uno de ellos?

—Lucas, yo pienso que Florentino no mató a Porta. Al cien por cien de que no lo secuestró, por las declaraciones de Berto Cáceres. No concuerdan las descripciones, este hombre no tiene perro conocido.

—¿Entonces? —pregunta Insausti.

—Florentino pudo matar a Pereira o a Roger —responde Olga—. Y nuestro hombre de Gibraltar a los otros dos.

—¿Por qué? —Se sorprende Amaya.

—¿Habéis visto *Extraños en un tren*, de Hitchcock? —pregunto.

Nadie responde.

—Es una película antigua donde dos desconocidos se intercambian los crímenes —interviene Olga.

Nuevo silencio.

—Entonces, ¿estáis diciendo que varios individuos se intercambiaron los asesinatos? —duda Amaya.

—La posibilidad de que fuera más de una persona es algo que ya barajábamos, sobre todo después de las datas de las muertes y del robo en Gibraltar. Atilio Pereira podría estar involucrado —digo.

Esto era lo que yo rumiaba el día que me reuní con Olga en mi casa. Se lo he contado camino del parque, y ella lo da por válido.

—¿Creéis que algunos de nuestros sospechosos pudieron matar a una de las tres víctimas, pero no a la que se supone que le correspondía? —pregunta Amaya marcando unas comillas con sus dedos en la palabra «correspondía».

Muevo la cabeza arriba y abajo, y cierro los ojos.

—Jefe, ¿no crees que deberíamos investigar más el tema de los Ortiz-Melgar con Porta? —interviene Pleite—. Quizá ahí rasquemos algo y confirmemos esta teoría.

—Sí, Julio. Vamos todos a desayunar primero; después, la subinspectora y yo nos acercaremos a la empresa de excavadoras que está aquí al lado. Y vosotros os vais a casa de Catalina Sostres a ver si puede saber dónde anda su cuñado.

Paramos en una cafetería cercana y pruebo los mejores churros que he comido en mucho tiempo. Por desgracia, la sangrienta escena recién vivida no es la primera que me encuentro en mi vida; de alterarme el hambre cosas así, podría haberme convertido en anoréxico.

Terminamos, y me dirijo con Olga a la empresa de los Ortiz-Melgar. El comisario me llama varias veces sin respuesta por mi parte. Olga lo llama en mi lugar y pone la excusa de que no me encuentro bien. Puedo escuchar las protestas del comisario, pero ya lidiaré con él en la brigada. Y con Morcillo. Y con mi mujer y mis hijos, a los que apenas he visto en los últimos días.

Mando al resto del equipo a la brigada. Tienen que ponerse con el seguimiento de Atilio Pereira y comprobar, otra vez y de forma más exhaustiva, las coartadas de Gervasio Lacroix y del representante de Maderas del Sol, cuyo nombre no recuerdo.

—¿Cuándo le vamos a contar al comisario nuestra nueva locura, inspector? —pregunta Olga mientras conduce.

—Cuando dejes de llamarlo «locura».

Sonríe.

—Sabes que he perdido un poco de confianza, ¿no, Del Olmo?

—¿Y quién no la pierde en una situación así?

Me mira por el retrovisor una décima de segundo antes de dar el intermitente y entrar en MELORT S.L. Olga se baja, y se acerca hasta la puerta. Está cerrada. Son más de las ocho, y es extraño que no haya nadie. Olga empuja y la puerta se abre. Se acerca hasta la caseta que hace las veces de oficina, y llama a la puerta. No obtiene respuesta, y en voz alta llama a José Ortiz-Melgar. A lo lejos distingo una figura. Me parece que es la chica de la recepción. Olga se dirige hacia ella.

De repente escucho un ruido extraño a la espalda del coche. Como si alguien aplastara algo contra el suelo. No me da tiempo a reaccionar: sacuden el coche con fuerza.

LA EXCAVADORA

Lo que debe de ser una retroexcavadora se abalanza sobre el coche; lo embiste por detrás y lo mueve de forma que queda en una posición perfecta para que la pala delantera de la máquina lo recoja del suelo. Lo eleva conmigo dentro y empieza a andar. Escucho a Saavedra gritando para que se detenga. Se oyen dos disparos; primero, uno que parece el arma reglamentaria de la subinspectora. El segundo me suena más a un cartucho de escopeta. Hay un tercer disparo; sospecho que también es del arma de Olga. Y, a continuación, dos más de la escopeta. Yo no me puedo mover; estoy atrapado en el coche. La excavadora ha tomado velocidad, y parece que huye del lugar. No vuelvo a oír más disparos.

Cojo el teléfono móvil, y llamo a Olga; tarda más tiempo en contestar de lo que espero, y eso me pone muy nervioso. Esos disparos de escopeta no auguran nada bueno.

—Voy detrás corriendo todo lo que puedo; esa puta máquina es rápida. —Lo coge por fin y suspiro.

—¿Estás bien? Te han disparado, ¿verdad?

—No te preocupes, no me ha dado.

—Llama al comisario y que nos mande a un GOES; con un poco de suerte, el inspector Piña todavía andará por la zona.

—Veo la excavadora a lo lejos; espero alcanzarte lo antes posible.

—Olga, no te la juegues; llama al comisario.

—Lo voy a llamar, Del Olmo, tú tranquilo.

—Contigo siempre lo estoy.

Se produce un silencio en el que escucho la respiración de

la subinspectora. Un vaivén de la excavadora indica que ha girado.

—Nos vemos pronto, inspector.

Olga cuelga, y me quedo solo, encima de esa máquina. Intento echarme mano a mi axila en busca de mi arma, pero recuerdo que casi nunca la llevo encima: está dormidita en el cajón de mi despacho. Solo encuentro mi linterna y me doy ánimos pensando que con ella quizá podría deslumbrar al que conduzca la excavadora. Debe de ser uno de los Ortiz-Melgar, pero ¿quién?

EL PUENTE

La máquina conduce a toda la velocidad que puede, durante al menos cinco minutos. Tengo tiempo para escribir un mensaje a mi mujer y decirle que la quiero a ella y a los niños. Por suerte, no está conectada y no lo lee en ese momento. ¿Eso que dicen que tu vida pasa entera por delante de ti cuando estás al borde de la muerte? Pues entera, entera, no, pero pedacitos sí que pasan, sí.

La máquina se detiene. La pala empieza a girar poco a poco, y el coche se va dando la vuelta. Yo me sujeto como puedo para no caer al techo; el anclaje y fijación de la silla de ruedas ayudan a que no lo haga.

Ahora la pala ha girado totalmente sobre su eje y distingo, bocabajo, la cabina de la excavadora. El menor de los Ortiz-Melgar maneja la máquina.

No puedo sujetar más mi peso en la silla, y caigo. Uso mis manos para no romperme el cuello, y noto un chasquido en la muñeca que me arranca un grito. Algo se habrá roto, aunque ahora eso es lo de menos.

—Puto paralítico —chilla Hipólito—. La puta esa no te va a salvar.

Dice esto al mismo tiempo que empuña una escopeta recortada. Recuerdo a Olga. Si hubiera escuchado el insulto en persona, quizá le hubiera dado igual esa escopeta. La ira no es buena, pero en ocasiones te puede llevar a hacer cosas que no harías si no te invadiera. No hablo del insulto hacia su persona; lo que ocurre es que no soporta que la gente me mire con lástima, con condescendencia, o que me ofenda por ir en una silla de ruedas. Desde el primer momento en que nos conocimos, le dejé claro que no quería que sintiera lástima por mí, que yo no soy un minusválido. Ella intentó no hacerlo; al principio me abría todas las puertas o incluso me empujaba si caminábamos por una cuesta arriba, como si no llevara una silla motorizada. La segunda vez que lo hizo, la miré por primera vez con autoridad y desde entonces apenas muestra esa ayuda que no quiero. Pero ahora sí que la necesito. La mano que sostenía la linterna la tengo dañada, y aunque está cerca, me es muy difícil alcanzarla. El problema es que deposito en ese artilugio todas mis esperanzas de sobrevivir, como si fuera un arma.

La pala vuelve a girar y, por la ventanilla derecha, veo que estoy más jodido de lo que pensaba. Esa maravilla de la automoción nos ha llevado a un puente. Lo que hay debajo debe de ser el río Jarama que, si bien no parece muy profundo, no podría escaparme de allí si deja caer el coche. La pala vuelve a girar, esta vez hacia abajo, e inicia el proceso para verter el coche al agua como el que vierte los restos de alguna comida en el retrete.

—¡Espera, espera! ¡Joder! Necesito una explicación, solo una. Esto que has hecho es demasiado grande, no como las casas o pozos que haces con tus hermanos.

Se produce un silencio. Ortiz-Melgar parece pensar una respuesta.

—Puto tullido, no sé qué te crees que he hecho o dejado de hacer. Por vuestra culpa Florentino y su familia están como están.

—Cúlpame si quieres, pero necesito saber una cosa antes de que me tires al río.

—Tu puta debe de estar en camino. Aunque, si viene, aquí la espera mi «pitufa» —dice acariciando una escopeta recortada.

Está empeñado en darle nombre a todo objeto inanimado que le provoque algún tipo de placer. La máquina que tiene en vilo al coche debe de ser su ReVo.

—Una última voluntad, por favor.

Vuelve a haber un silencio de unos segundos.

—Rápido.

—¿Cómo coño hicisteis lo de los círculos?

Hipólito sonríe.

—No entiendes nada, paralítico de los cojones.

Al igual que en un anuncio de la teletienda en la que una mujer apunta con su linterna a un atracador y consigue deslumbrarlo, yo le apunto con la mía, que tiene bastante más potencia; he conseguido alcanzarla a pesar de un dolor terrible en la muñeca. Obvio que no se deslumbra como el tipo del anuncio, sobre todo porque estamos a plena luz del día, pero es cierto que los cien mil lúmenes sí le provocan una ligera molestia y se tapa los ojos. Eso solo consigue enfurecerlo más. Avanza la excavadora hacia el puente y aprieta, por última vez, el botón que hace girar la pala.

El coche empieza a deslizarse hacia abajo en el momento en el que se escucha un nuevo disparo.

MANCOS

Hipólito Ortiz-Melgar, con un brazo en cabestrillo, y con una contusión importante en el ojo, aguarda en la sala de interrogatorios mientras yo y mi equipo lo observamos desde el cuarto de control a través del cristal-espejo.

En ese momento suena mi teléfono: es Matilde. Ya sé lo que quiere, y creo que le puedo dar un poquito. Quizá una pequeña venganza contra el hermetismo del caso y una forma de intentar reconciliarme del todo con ella. Al fin y al cabo, la periodista y sus investigaciones en Los papeles del Atlas nos han ayudado.

—Hola, Maturana, ¿vienes pidiendo pan duro? —Le vacilo.

—Cómo me conoces, Del Olmito. A ver, ¿qué tengo que hacer para ganarme tus favores?

—Lo primero, decirme con quién estabas el otro día cuando fuimos a tu casa.

—Pero qué maldito cotilla; eres peor que la vieja del visillo.

—Es broma, mujer.

—Ya, ya.

—Bueno, venga, me invitas a cenar esta noche a un sitio de esos que tú te conoces y hablamos.

—¿Y qué te parece si te llevo un chantillí de mi bodega personal a tu casa y me preparas uno de tus crepes salados que tan buenos te salen?

—Los tendrá que hacer mi mujer, porque yo ando medio manco —digo—. Pero tú sí que sabes convencerme. Listo; lo único que no puedo decirte una hora exacta. Aquí tenemos para rato.

—Bueno, mira, yo terminaré sobre las siete. Me paso por casa a coger el vino y me voy a la tuya. ¿Te espero allí? Seguro que los niños me quieren hacer el tercer grado como papá, así te los voy dejando un poco más suaves.

—Hoy estás sembrada, Matilde. No se te podía ocurrir mejor idea. Te voy avisando, ¿vale?

—De acuerdo.

—Hasta luego.

Matilde me detiene antes de colgar.

—Inspector…

Y se produce un breve silencio.

—Dime.

—¿Estás bien?

—Sí, más o menos.

—Es que me han contado un poco por encima y me he acojonado. ¿Seguro que estás bien?

—No te preocupes; ya no me pueden dejar en una silla de ruedas —intento bromear.

—Qué tonto. Bueno, luego me cuentas. Me tienes siempre para lo que necesites. ¿Lo sabes, verdad?

—Lo sé.

Cuelgo, y me centro en el interrogatorio. El comisario me mira con desgana como pidiendo explicaciones de mi charla con la periodista. No digo nada. Olga me sonríe; quiero suponer que está contenta porque me esté reconciliando con mi vieja amiga.

En esta sala no hay cuadros, ni hay café, ni hay música ambiental. Solo dos sillas duras de metal para el detenido y para su abogado, si se presentara. También hay otros dos asientos algo más cómodos destinados a los investigadores. Aunque yo no los necesito. Tampoco tengo pensado acceder al primer interrogatorio. Así lo hemos acordado con Olga, con el comisario, con la jueza Torres y con el inspector jefe Morcillo, que volverá a participar.

El cuerpo, la cabeza y las tripas me piden que no haga sangre con ello, con sus ansias de protagonismo, ahora que una gran parte del caso está resuelto, si bien no todo. Y por eso estamos allí: a ver si sacamos a Hipólito toda la información posible. Porque, después de las muertes de su hermano Florentino y de su familia, hay mucho que aclarar.

¿Por qué no intervengo en el interrogatorio?

«Porque el tipo parece que te odia y se va a cerrar más si intervienes», ha dicho el Comisario Alamillos mientras se acariciaba la perilla.

Yo callo; si lo que vas a decir no es más bello que el silencio no lo vayas a decir, como cantaba El Último de la Fila.

—Del Olmo, nadie más que yo quiere que estés en esa sala, pero me temo que es mejor… —Olga no me aguanta la mirada, y me molesta que lo haga porque ella es la única a la que no tengo nada que reprocharle.

Ella me ha salvado la vida.

RESCATE

Dos horas antes.

Olga Saavedra corre como una atleta de medio fondo hasta el puente, donde la excavadora se dispone a despeñarme. Aprovecha el ridículo deslumbramiento de mi linterna para encañonar al maquinista con su arma reglamentaria.

El tipo no se amedrenta, y echa mano de su «pitufa», pero la subinspectora no se lo piensa dos veces y dispara al brazo de Hipólito. El dolor le hace mover dicho brazo hacia un lado, con la fortuna de que, en su trayectoria, toca la palanca que gira la máquina sobre sí misma. De esta forma, la pala que sujeta el coche, y mi vida, queda situada sobre tierra firme. Hipólito no deja de apretar la palanca que mueve la pala hacia abajo, y el coche cae sobre el asfalto a escasos centímetros de la barandilla del puente. Saavedra da un salto, y se encarama a la excavadora, le pega una patada a Hipólito en la cara y este cae redondo al asfalto. Allí le esposa las manos a la espalda, no sin antes exigirle que le diga cómo apagar «aquel cacharro de mierda». Hipólito le dice que solo tiene que quitar las llaves «que además de puta, eres torpe como toda mujer al volante», afirmación con la que se gana otro puntapié, esta vez en la tibia, que duele tanto o casi más que en los huevos y apenas deja marca.

Cuando se asegura de que el menor de los Ortiz-Melgar no puede hacer más daño, viene a por mí. Se agacha, y me ve hecho un guiñapo sobre el asiento del copiloto, al que consigo arrastrarme. La silla de ruedas está tirada en la parte posterior del coche. Sonrío al verla, pero ella no me corresponde. La adrenalina de lo que acaba de vivir no se lo permite; me estrecha la mano y la mantiene así hasta que llegan Toribio, Solís, Insausti, Pleite, y el resto de los compañeros que han participado en el operativo.

CABEZA DE TURCO

Ya a salvo, en el cuarto de control de la brigada, mi muñeca vendada duele y me recuerda el incidente. Por fortuna, no hay nada roto: se trata solo de un esguince, lo que toda la vida se ha llamado «abrirse la muñeca». Hipólito tampoco tiene daños graves; la bala le rozó el bíceps y solo han tenido que coserle unos cuantos puntos. A mi lado están Alamillos, la jueza Torres, Morcillo y Saavedra, a la espera de que terminen los cincuenta y dos minutos que la subinspectora ha pedido antes de «entrar a por todas con ese hijo de puta».

—Es la hora —decreta Morcillo, como si él estuviera al mando. Por mucho rango superior que tenga, ahora no lo ostenta.

—El peso del interrogatorio lo lleva la subinspectora —corrige el comisario.

Y me encanta ver el gesto apático que se aloja en la cara del inspector jefe Morcillo cuando se siente en condiciones de inferioridad con respecto a una subordinada.

—A por él, Olga —animo a mi compañera.

Ella me saca la lengua antes de entrar al interrogatorio.

Cuesta doblegar a Hipólito. Asegura durante casi media hora que él no es un chivato. Hasta que Olga le explica que por los tres asesinatos le puede caer la permanente revisable, mientras que, si colabora y nos cuenta todo lo que necesitamos saber y sobre lo que tenemos más dudas que certezas, la cosa puede cambiar. Porque esto viene de arriba, de muy arriba, de tan arriba que, si miras más alto, solo puedes ver a Dios. Olga se permite una ligera sonrisa cuando pronuncia estas palabras. El comisario refunfuña, divertido, a mi lado.

—Menudo fichaje la Saavedra, ¿verdad, comisario?

—Una putada para ti.

—¿Para mí? ¿Por qué? Si la tengo a mi lado.

—A eso puedes dar gracias que estés aquí, pero me refiero a lo otro.

Me callo y, durante unos segundos, no entiendo de lo que está hablando. Hasta que él señala con su cabeza a Morcillo.

—Y dale —protesto—. Que yo no quiero ser inspector jefe, que me la… —Me contengo la palabrota soez, que al fin y al cabo es el comisario, y encima la jueza está presente.

—Ya, bueno. El caso es que las visitas de Morcillo de estos días quizá hayan sido para cavar su propia tumba.

Abro los ojos como si fuera un *furby* y me echo hacia adelante en mi silla para mirar al comisario de frente en lugar de su perfil.

—Vamos a ver cómo sigue esto, y ya hablaremos, Del Olmo; ya hablaremos.

Me vuelvo a echar atrás y contemplo la magia de Olga.

Le enseña las imágenes de las cámaras de seguridad de Gibraltar en la que sale su hermano discutiendo con el hombre disfrazado de Lukas Pulido.

—Me lo habéis matado, hijos de puta, y eso no os lo vamos a perdonar nunca. Ni yo ni mis hermanos.

Los otros dos Ortiz-Melgar aguardan bajo custodia en dependencias de la Brigada. De momento no hay acusaciones sobre ellos, pero hay muchísimo trabajo que hacer. La idea es que se inculpen unos a los otros, porque tiene pinta de que lo hicieron entre todos. Es posible que dejaran los teléfonos en casa y que se escaparan de esa fiesta familiar y exigieran silencio sepulcral a los invitados, esa *omertá* de la que hablamos en principio, a un nivel más del pueblo. También tenemos que aclarar quién mata a Florentino; creemos que quien lo ha asesinado debe ser el cerebro de todo esto.

—Hipólito, si colaboras nos estarías ayudando a resolver el asesinato de tu hermano Florentino, y, sobre todo, de Raúl, tu sobrino. Dinos quién es el que acompaña a tu hermano.

Hipólito se levanta de la mesa, con ira, con ganas de hacer daño a la subinspectora, pero está esposado y no puede moverse. Dos policías que lo custodian le ponen las manos en los hombros y lo obligan a sentarse.

—Quiero un abogado.

—Enseguida te lo llamamos, tranquilo, pero antes déjanos hacerte unas preguntas.

—No voy a decir una mierda.

—Hipólito, es mejor para ti que nos cuentes lo que sabes, o te comerás todos los años de cárcel tu solito —dice Morcillo.

Olga deja de mirar a Hipólito y clava sus ojos en los del inspector jefe. No los despega de su cara ni cuando empieza a hablar.

—Soy solo un puto cabeza de turco. Yo no he hecho nada.

Olga insiste en su intimidación al inspector que, por fin, se da por aludido y se calla.

—Hipólito, has intentado matar a un inspector de policía. Además, tenemos varios indicios contra ti, huellas de tus zapatos, un teléfono móvil de MELORT cerca de donde desapareció una de las víctimas…

MÓVILES ANTIGUOS

Cristina Segovia, la secretaria de MELORT S.L., confiesa entre llantos que los hermanos esconden documentación y teléfonos móviles en un armario de la oficina. Nos pide que no le hagan nada a Hipólito.

Los compañeros de inspecciones oculares encuentran un par de teléfonos móviles, antiguos, de los que se puede sacar la batería. Suponemos que lo usaron de forma puntual para comunicarse en caso de emergencia. En uno de los teléfonos, se detecta una llamada desde la zona donde se raptó a Pereira media hora antes de que se lo llevaran. Listín lo tenía en la lista, geolocalizado en la antena más próxima al colegio de las hijas de Fortunato.

Su torpeza a la hora de no deshacerse del aparato nos da el indicio definitivo para acusarlos. Esa llamada se hizo al otro teléfono que se ha encontrado en el registro. Ambos números están a nombre de una empresa en la que figuran como titulares la mujer e hijo de Florentino Ortiz-Melgar. Es solo un indicio, pero un indicio muy claro que apunta al intercambio de crímenes sobre el que habíamos teorizado Olga Saavedra y yo. Nos faltan los otros «extraños del tren», y, sobre todo, Aire, apodo con el que definimos al que debe ser el autor intelectual de esta sangría.

—Danos algo, Hipólito. ¿El tipo de las imágenes es el jefe? —insiste Olga. Hipólito ha mutado de luna llena a luna nueva en cuestión del minuto que han tardado en explicarle los indicios recientes. Mueve los pies, cada vez más rápido—. Eres inteligente. Tus hermanos también lo son. Sois duros y con recursos. Pero sabemos que no podéis hacer todo esto vosotros solos.

—No tenéis pruebas… —Intenta reponerse el menor de los Ortiz-Melgar.—No tenéis pruebas de que yo haya matado a Porta. ¿Huellas de pies? Anda que no habrá gente con mis botas.

—Hipólito, no sé si me has escuchado bien. Nadie ha dicho que hayas matado a Porta. Y nadie ha hablado de botas; yo te veo con unas deportivas muy chulas hoy —incide Olga.

Hipólito levanta la cabeza, y traga saliva.

Yo sonrío; incluso Morcillo también curva sus labios hacia arriba.

—Está bien. —Olga pulsa el botón del interfono para hablar con nosotros en la sala de control—. Inspector Del Olmo, vamos a traer aquí a José a que le explique a su hermano lo que ha cantado ya hace un rato. Y después traeremos a Laureano.

Hipólito, vuelve a perder los papeles. Mira al espejo, me llama «puto paralítico desgraciado», que sus hermanos no han dicho una mierda, y una serie de exabruptos más que hacen que babee y escupa como un ciclista cuando llega a la cima en un puerto de primera categoría. A Hipólito le entran entonces las arcadas.

Los compañeros que lo sujetan lo dejan que se relaje. Lleva detenido más de cuatro horas, más otra hora en el hospital, más casi una hora con Olga y con Morcillo.

Olga le da un descanso.

Un compañero le trae una infusión y un dulce. Pega dos bocados al bollo y un trago a la infusión. Lo dejamos madurando sus pensamientos otra hora más, mientras nosotros también reponemos fuerzas con unos sándwiches de la cantina del complejo policial. Yo no le quito ojo ni cuando mastico un delicioso «emparedado» de atún con tomate. En más de veinte años en el cuerpo, es el segundo tipo que casi me manda al otro barrio. Y el primero de los malos.

VIGILAR LA PUERTA

—¿Cómo piensas seguir? —pregunto a Olga.

—Tiene ganas de hablar —responde—. Le voy a recordar ciertos traumas familiares.

Advierto una sonrisa malévola en su cara. Lo confirmo cuando me guiña el ojo. Olga parece haber dado un paso más en nuestra relación amistosa. Salvarle la vida a uno es lo que debe tener.

Entran en la sala de nuevo; el acusado se queja por la espera. Por suerte, se ha olvidado de pedir un abogado, y la jueza ha protestado a Alamillos, quien la ha solicitado un poco más de tiempo antes de que uno de guardia nos estropee el interrogatorio. A regañadientes, Torres acepta, pero solo nos concede media hora más.

—¿Qué pasó exactamente en el rascacielos de Armando Porta hace diez años?

Hipólito se tensa; piensa durante unos segundos y, por fin, claudica y nos cuenta la verdad.

Al parecer, los que intentaron atacar a Porta en la torre Spazio fueron él y Florentino. Y lo peor es que también iba Raúl, el hijo. Les dieron una paliza, y el niño lo tuvo que presenciar bajo el yugo de La Araña, el escolta flaco y con mala sangre de Porta.

La propina que les dio el empresario fue mayor de la que nos habían contado y por eso callaron durante años, pero Raúl no salió bien de aquella situación tan estresante y tan violenta. Ya sufría problemas de acoso en el colegio, y el incidente supuso una especie de puntilla.

—¿Y por eso Florentino se ha querido vengar después de todo este tiempo? —pregunta Olga.

Hipólito suspira. Niega con la cabeza.

—Durante muchos años se comió el orgullo. Pero el dinero se acaba, la empresa no va bien, culpa también de Porta...Y, bueno, se dio la oportunidad. —Vuelve a parar, intenta llevarse las manos a la cara, pero las tiene encadenadas a la mesa. Baja la cabeza, avergonzado, hundido, derrotado—. No matamos a Porta, ni al otro, no sé cómo se llama ahora.

Olga para de anotar. Todos los que estamos en la sala de control nos inclinamos hacia adelante, como esperando el resultado de un sorteo que nos hará millonarios. También se inclina el Inspector Morcillo. La única que mantiene la compostura es Saavedra, subinspectora sobresaliente de la Brigada de Investigación de Delitos Contra las Personas de la UDEV central.

—Lo sabemos, Hipólito; por eso queremos ayudarte. Sigue, por favor.

El investigado suspira. Mueve las piernas con rapidez. Se frota las manos.

—Todo esto fue cosa de...

Calla, duda.

Olga le enseña las fotos imágenes de Gibraltar. Él las mira, extrañado. Las hojea y las tira de nuevo en la mesa.

—No tengo ni idea de quién es ese tío.

Olga resopla, y se echa hacia atrás en la silla. Le enseña también las fotos de Atilio Pereira, mucho más nítidas, y la respuesta es similar.

—¿No te suena ni de las noticias?

—Yo no veo las noticias.

—Hipólito, necesitamos que nos digas quién es el cabeza pensante, quién manda —exige Olga—. Piensa en Raúl. Seguro que es quien lo ha matado. Los ha matado a todos para no dejar testigos, y los próximos seréis vosotros.

El chico se vuelve a enervar. Intenta levantarse y se desespera cuando se da cuenta, otra vez, de que no puede.

—*Llamar* a un abogado, *llamar* ya al abogado, joder.

—En cuanto nos des lo que te pedimos, lo llamamos, Hipólito —promete Olga.

La jueza mira al comisario, quien le pide calma.

—¿Quién mató a Roger? —incide Morcillo.

—No lo sé. Nosotros solo nos encargamos de Pereira.

—¿Quiénes sois «nosotros»?

—Florentino y yo, joder. Lo raptamos entre los dos. Él se encargó de… ya sabe, y yo vigilaba en la puerta.

—Claro, culpando a un muerto, no podemos echarte a ti la culpa y así te libras.

—¡Es la puta verdad! —protesta, y partículas de saliva salen despedidas de su boca—. Nos aseguró que de Porta ya se ocuparían otros. Nos prometió mucha pasta.

—¿Y os pagó?

Hipólito suspira de nuevo.

—Sí, nos dio lo prometido. Bueno, menos una parte que, por lo visto, era para rollos ecologistas. A mi hermano le molestó, y tuvieron un pequeño enfrentamiento, pero a mí me pareció bien. Hay que cuidar el planeta, ¿no?

Hace un amago de sonrisa y Olga pierde los nervios.

—Dime quién es el que os encargó el trabajo ¿Es uno de tus hermanos y te has inventado esta historia? ¿Quieres que os metamos a todos juntitos en la cárcel?

La tensión es tal que no puedo más; me dirijo a la sala y no escucho las voces del comisario a mi espalda.

ORGANIZADOR

Le pido al policía que custodia la entrada que me abra y tarda más tiempo en abrir que el que mi corazón puede permitirse. Cuando entro, Hipólito se revuelve en su silla. Echo mano a mi linterna, y se la chuto a la cara, esta vez, en un ambiente poco iluminado y en un tío que lleva tanto cansancio a la espalda... ahora sí le hace mella en los ojos.

—Aquí está tu puto paralítico; escupe de una jodida vez quién coño es el organizador de esta mierda tan grande —exijo.

Él se tapa la cara, y escucho una risa bajo sus manos.

—¡Joder!, tan listo que te crees y no tienes ni idea.

Olga se levanta, y se pone a mi lado; mira hacia el espejo.

—Me llamáis a un abogado, y sigo hablando. Sin abogado no hay «tu tía».

Me dan ganas de romperle la linterna en la cabeza. Pero me contengo; miro a Olga, y ella sale para hablar con Torres y buscar un abogado de guardia.

Me doy una vuelta alrededor de Hipólito; él me ignora. Me pongo justo detrás y, aunque me pueda arrepentir, tengo que soltárselo.

—La amargada esa que tenéis de secretaria. Sé que te la follas. Si quieres que no la impliquemos como cómplice de asesinato, ya puedes ir cantando.

Él se revuelve e intenta girarse, pero le es imposible. Me pongo a su lado y calculo mal , porque me escupe y su saliva me impacta de lleno en el pecho.

—¿Te has quedado a gusto? Ahora canta antes que llegue

un abogaducho trasnochado que no te va a servir para nada. Canta, y Cristina no se verá implicada.

En ese momento entra Olga.

—Tardará una media hora.

—No te preocupes. Hipólito va a hablar —digo—. ¿Quién es el puto organizador de todo esto?

—No es un organizador —dice, mirando hacia el suelo.

Me acerco tanto a él que el policía que lo custodia me tiene que separar. Levanto la mano pidiendo que me deje trabajar.

—¿Qué quieres decir, Hipólito?

—Que no es un organizador —insiste, clavando sus ojos en los míos—. Es una organizadora.

Todos nos quedamos sorprendidos.

—¿Qué? —insisto.

Hipólito inspira fuerte.

—Es la puta periodista esa, la de los papeles esos de los corruptos.

Olga me pone la mano en el hombro y aprieta con fuerza; gira su cabeza en dirección a la mía.

Yo dejo caer la linterna al suelo.

Es como si me hubieran puesto una pesa de cincuenta kilos al cuello, porque me cuesta lo indecible levantar la cabeza para fijarme en el reloj de la sala. Estoy convencido de que las agujas se han detenido; lo veo todo a cámara lenta. Consigo descifrar que son casi las nueve de la noche. El comisario abre el micrófono, pero no escucho lo que dice. Cojo el teléfono, y marco el número de mi mujer al mismo tiempo que pulso el botón de acelerar hacia adelante en la silla de ruedas, aunque me tiemblan tanto las manos que apenas avanzo. Olga se interpone. Levanto la barbilla, y me cruzo con sus ojos. Ella me mira como la hija que mira a un padre en el lecho de muerte.

Echa a correr.

Otra vez.

LA HABITACIÓN JUVENIL

La puerta de mi casa está abierta.

Llego flanqueado por Lucas y por Julio. Olga, Sergio y Amaya se han adelantado y, por lo que me cuentan por mensajes, la subinspectora bate varios récords de velocidad y de multas sobre la ciudad de Madrid. Ni un jugador de fútbol la iguala.

Un policía custodia la entrada; me saluda, y apenas puedo corresponderlo. Accedo al pasillo. Al fondo están Insausti y Solís, apoyados sobre la pared, comentando algo. Al verme, paran de hablar, y me dejan paso.

Lo que veo al entrar a mi pequeño despacho no lo voy a olvidar en la vida.

Olga abraza a mi mujer quien, por su respiración, parece tener una crisis de ansiedad. Mis dos hijos están de pie, serios, como se suele decir, cariacontecidos.

—Sofía. —Mi mujer se levanta y corre a abrazarme. Noto la tibieza de su cuerpo y me calmo. Al momento vienen mis dos hijos, a los que toco como puedo porque Sofía apenas me deja espacio para ello. Olga se ha levantado, cruzamos miradas, hace el amago de irse—. No, quédate. Quedaos todos.

Sofía me deja un poco de espacio; acerco a Víctor y le doy un beso. Repito la operación con Carlos. Muevo mi silla hasta el escritorio donde me espera un «regalo» de mi, hasta hace una hora, amiga.

Es una bola redonda, azul, poco más grande que una pelota de tenis. En el centro hay una especie de orificio para meter una llave.

—¡No la hemos abierto, te lo juro! —grita Carlos, y del susto casi se me cae la bola al suelo.

Olga deja escapar una sonrisa. Los demás del grupo también. Sofía mira a los niños con cansancio.

—¿Alguien me va a contar qué ha pasado? —pregunto.

Sofía duda; mis hijos callan.

—La verdad es que no ha pasado nada hasta que ha llegado Olga —dice por fin.

Miro a Saavedra confundido.

—Matilde solo les ha dado esto a tus hijos, Del Olmo —dice —. Sofía se ha puesto nerviosa cuando hemos aporreado la puerta y hemos entrado a toda leche.

—Estuvimos charlando —explica mi mujer—. Abrió una botella de vino que traía y se tomó una copa rápida. Le entregó la bola esa a Carlos y le pidió que la dejara en tu despacho. Bien guardada. Y que disfrutáramos del resto del vino, que ella tenía prisa.

—Qué detallista —ironizo—. ¿Y cómo abro esto?

Mi mujer saca una minúscula llave y me la entrega.

—Me pidió que te la diera a ti, para que estuviera a salvo de estos dos.

Si no llega a ser porque parece la culpable de varias muertes, hasta podría conmoverme ese gesto de mi antigua amiga.

Pido unos guantes, y Sergio me extiende los suyos. Tomo la llave y, antes de abrir, miro a los compañeros, pidiendo permiso.

—Pesa muy poco para que eso pueda explotar, Del Olmo, no sufras —dice Amaya, que me lee el pensamiento.

Le digo a mi mujer que sujete la bola, y, con la mano buena, meto la llave . Se abre. Es como una hucha de juguete y dentro solo hay un papel doblado. Lo cojo y miro al equipo. Resoplo.

—¿Nadie quiere...?

—Es tuyo, inspector —dice Olga.

Abro el papel; es una nota escrita a máquina. La leo para mí y agacho la cabeza.

—¿Qué ocurre? —Sofía está inquieta.

Le doy un beso, y me apoyo en su hombro. Pasan los segundos.

—Inspector —suplica Saavedra.

Me rehago. No sabría definir mi gesto, pero ellos me miran expectantes. Yo siento una especie de rabia extraña, porque me cuesta entender qué está pasando en realidad.

—Es una frase, pero no entiendo muy bien...

—¿Qué frase? —pregunta Olga.

EL SUSURRO DEL ÁRBOL

El amor está en el aire,
en el susurro del árbol

Olga teclea en su móvil. A los cinco segundos me enseña la pantalla.

—¡Qué hija de puta! —escupo. Literal, porque algunas salpicaduras de saliva manchan el teléfono de la subinspectora.

—¿Qué pasa? —insiste mi mujer.

Resoplo y cabeceo.

—Es parte de la letra de una canción… —Me quedo a medias, y mi mujer me inquiere con sus ojos.

—Digamos que es una canción que significa algo en el pasado de Matilde y en el mío.

Sofía cambia su mirada de expectación por una de decepción. Ella intuía que la Maturana y yo fuimos algo más que compañeros de universidad, sin que yo soltara prenda. Mucho menos acerca de lo que ocurrió en Ibiza. Y es que en la isla, la canción *Love is in the air*, de John Paul Young, fue la banda sonora de un hecho del que es mejor que mi mujer no conozca. Matilde ha jugado con las palabras de esta canción y el apodo que ella misma esperaba que la pusiéramos: Aire.

El resto del equipo, incluida Olga, se queda expectante.

Hago una foto a la nota con mi móvil. La doblo. Con cuidado.

La meto en la bolita de plástico. Uso la llave para cerrarla y se la entrego a Olga.

—Hazlo llegar a la Científica.

Ella lo mete en una bolsa, y asiente.

—Lucas, ¿te acuerdas de la lingüista forense, verdad?

—Sí, claro.

—Te mando esta foto, y se la reenvías, por favor.

—Mañana a primera hora, jefe.

—Sí, no te preocupes.

—Pero tengo algo que te va a gustar más —dice Toribio—. Hace una hora o así, me han llamado de la empresa de mantenimiento de la casa de Roger.

—¿Y? —pregunta Olga.

—Por lo visto, uno de los trabajadores lleva días sin ir al curro. Con el tema de la investigación han estado repasando las vidas laborales de sus empleados. Y este parece tener una irregularidad.

—¿Cuál?

—Su número de la seguridad social no coincide con el que correspondería a su DNI.

—¿Y eso cómo es posible?

—Pues porque uno de los dos es falso —dice mi hijo Carlos.

—O los dos —dice Víctor.

El equipo se los queda mirando y ellos se ponen rojos como la sangre en una película de Tarantino.

—Aquí Del Olmo y su cantera —bromea Sergio.

—Toribio, te me vas a la empresa esa, y me lo investigas todo, ¿Vale? Llévate a Pleite.

—Jefe, te repito que ya es muy tarde —protesta.

Mis hijos siguen serios, como asustados.

—Chicos, nos vamos a cenar fuera. Elegid sitio —propongo.

—Pero si ya hemos cenado… son casi las once, y mañana hay cole.

—No, mañana hay vacaciones. ¿Verdad, Sofía?

—Sí, venga, no es tan tarde; vamos a uno de esos de comida rápida que tanto os gustan. Aunque sea, os pedís un postre grande.

Los chicos sueltan un vale, mitad resignado, mitad divertido, y se van a su cuarto a cambiarse. Me quedo con el equipo.

—Veníos todos a cenar; yo invito. Si os apetece, claro.

Olga sonríe, y la correspondo. Sofía me toca el hombro por detrás y me sorprende; me siento como si me hubiera pillado en una infidelidad.

—Hay otra cosa…

—Dime, no habrá tenido Carlos otra movida…

—Más o menos.

—Joder…

Me reprocho a mí mismo no haber hablado con la UFAM ni haberme preocupado más por este asunto.

Los compañeros que aguardaban en la puerta se marchan. Sofía los detiene.

—Esperad, esperad. Tenéis que escuchar esto —dice mirando a los niños, que agachan la cabeza—. Hace un par de días la llamé. No quería desahogarme con otras madres del cole, para no darle mayor dimensión al problema.

—¿Mayor dimensión?

—Le conté todo, y me eché a llorar.

—¿A quién?, ¿a Matilde?

—Sí. Me preguntó el nombre del niño que tiene el problema con Carlos.

Me entra un vacío en el pecho, que me altera el ritmo cardiaco.

—¿Y se lo diste?

—Solo le dije que se llamaba Rubén.

Suspiro aliviado; es muy difícil que pueda averiguar los datos del niño solo con un nombre. Miro a mis hijos, sobre todo a Carlos, que agacha la cabeza.

—¿Qué pasa, Carlos?

—No sé, papá… —dice a punto de echarse a llorar.

—Cuéntame, por favor.

—Ha estado esta mañana en mi colegio. Ha dado una

pequeña charla sobre *bullying*. Ha hablado mucho con Rubén. Le ha preguntado el nombre completo y por sus padres.

—No me fastidies. —Olga anota a toda máquina en el móvil.

—Cuando me ha dado la bola, se ha acercado a mí, y me ha dicho al oído que no tendré que preocuparme más por ese tonto —dice compungido—. ¿Qué pasa, papá?

No sé ni qué decirle. Me cuesta reaccionar, y es Olga quien lo hace.

—Sofía, dame el número de la madre, por favor.

Mi mujer consulta en su móvil, y se lo entrega. Olga llama, y niega con la cabeza.

—Teléfono apagado.

La subinspectora tendrá que correr por tercera vez en lo que va de día.

EXTRAÑOS

El ariete no era necesario.

Una tarjeta, una radiografía, o incluso un golpe fuerte con un punzón sobre la cerradura, suelen bastar. Pero es ni más ni menos que Aire al que el operativo esperaba (ilusos) encontrar en esa casa. El gran genio organizador de la masacre más mediática de la historia presente y pasada de nuestro país.

Sin embargo, Aire no es un organizador. Es una organizadora, como bien dijo el menor de los Ortiz-Melgar.

Después del asalto a la vivienda de Matilde Maturana, los inspectores de la unidad de inspecciones oculares hacen un primer trabajo que, según ellos mismos, no nos aporta demasiado. Era obvio que, después de la meticulosidad de todos los crímenes anteriores, no iba a dejar algo allí que nos sirviera de pista.

Mi amiga periodista, quizá de las mejores periodistas de investigación del país, ya nos lo advirtió: «Esto de *Los papeles del Atlas* va a dejar a muchos con el culo al "aire"». Confieso que no percibí el retintín en la última palabra de la tan manida frase popular. Frase muy apropiada después de la confesión de Hipólito Ortiz-Melgar.

Con Matilde había ido a la filmoteca decenas de veces. Recuerdo un ciclo de Alfred Hitchcock, pero no recuerdo si vimos juntos *Extraños en un tren*. Es posible. Ahora esa película cobra todo el sentido porque ella ha organizado, en teoría, la mayor matanza que yo recuerde, con esa película como telón de fondo e inspiración.

Se confirma la hipótesis (Olga dice que es mía), una teoría que es un descabello desde el punto de vista de la investigación policial, pero que, a toro pasado —como se suele decir— es más que acertada. Lo que ocurre es que cometer unos crímenes así necesita una sincronización que ríete tú de la que necesita el Itunes para conectarse al Iphone y al Ipad.

El intercambio de asesinatos podría considerarse el crimen perfecto. Claro, en una época sin cámaras, sin móviles y sin policía científica. Matilde Maturana, gran cinéfila, lo entendió así. En la película, dos personas que se conocen en un tren deciden intercambiarse asesinatos que los beneficiarían. Tú me matas a mi mujer, yo te mato a la tuya. Más o menos. De esta forma no hay móvil para cometer el crimen y hay coartada. La película, a su vez, está basada en una novela de Patricia Highsmith, pero yo soy más de cine, y Hitchcock es mucho Hitchcock.

Matilde es una de las periodistas que participan en la investigación de los Papeles del Atlas. Ella tiene contactos, nunca mejor dicho, en la Unidad de Delitos Económicos. Conozco muchas de sus facetas, excepto su activismo contra el cambio climático.

Y su sadismo.

Hipólito lo contó todo.

TREN

Matilde se puso en contacto con ellos y los manipuló para asesinar cada uno a una víctima. Al igual que en la película, no había móvil en sus crímenes, con lo cual nuestras pesquisas se complicarían. ¡Y vaya que se han complicado! A cambio, habría una recompensa muy grande. Al hermano de Pereira y a la familia Ortiz-Melgar los mueven las ansias de venganza y el dinero. A Matilde, en teoría, sí la mueve el idealismo. Ella quizá responsabilice a las empresas y al entramado financiero de los Papeles del Atlas de catástrofes ecológicas como las del Mar Menor, las de la sierra de Málaga o las del hotel de la playa virgen de Tarragona. En el reportaje que publicó su diario, deja caer un sesgo de opinión acerca de la destrucción de nuestro planeta.

Tres catástrofes ecológicas que, ¿por suerte? descubre que están ligadas a las tres víctimas en algún momento de la investigación de los famosos papeles. Tres desgracias para los ecosistemas de nuestro país que, para ella, tienen tres responsables claros: Porta, Pereira y Roger. Por este orden.

El agua, el fuego y la tierra.

Porta tenía muchos enemigos, muchas empresas como las de los Ortiz-Melgar, a las que deja con una mano delante y otra detrás. Y con varias retroexcavadoras por pagar al banco, y con una familia rota por la enfermedad mental de un hijo. Según la confesión de Hipólito, Porta era su enemigo, pero Aire les encargó el crimen contra Pereira. Siempre siguiendo el patrón de *Extraños en un tren*. El menor de los Ortiz-Melgar se desplomó cuando soltó su confesión acerca de cómo lo quemaron vivo entre él y Florentino.

Pereira no tenía tantos enemigos pero, como dirían en Galicia: «Haberlos, haylos». Sin ir más lejos, dentro de su propia familia. Y lo peor es que es más que probable que Atilio no haya actuado solo movido por despecho, por desamor, sino que un informe interno de la UDEF explica que una de las empresas de Atilio se ve perjudicada por una acción de Fortunato: lo típico, una promesa de negocio que no se llega a cumplir porque en el último momento el mayor de los Pereira decide que le es más rentable dárselo a otra empresa. Y así, en aras de una máxima rentabilidad, Pereira firma su sentencia de muerte. El crimen encargado por Aire a Atilio Pereira fue el de Roger. Atilio está ilocalizable, pero, por fortuna, hemos detenido a Omar Romero, empleado de Somarsa, empresa de mantenimiento de la zona de Madrid suroeste, la cual prestaba sus servicios en la casa de Leopoldo Roger. Romero canta *la Traviata* contra el menor de los Pereira, al que acusa de haberlo contratado para asesinar al empresario, ya que él no se atrevía. Omar (que no ha tenido tiempo de huir porque Atilio no le ha pagado todavía) da todos los detalles de cómo se metió en el coche de Roger, cómo limpió todas las pruebas, cómo se raspó las suelas de las zapatillas y usó, además, calzas, y cómo colocó el artilugio para despistar a la cámara de videovigilancia (por lo visto son indicaciones que le trasladó Atilio Pereira; nosotros entendemos que Aire, a su vez, lo ha instruido a él sobre conciencia forense). Romero confiesa con la esperanza de que eso le rebaje años de pena (y seguro que por venganza), bien aconsejado por el abogado de oficio que le toca. Yo tengo fe en que no le rebajen demasiado.

Roger es el que peor suerte tiene porque, en su vida como empresario, solo hace dos enemigos. Gervasio Lacroix que, más que enemigo es amor-odio. Y Enrique Gallardo. Dueño de Maderas del sol, al que también dejó colgado con una promesa de contrato, que tampoco se cumplió. Su secretaria, después de someterla a un interrogatorio exhaustivo, insiste en que Enrique estuvo en Ceuta los días de los asesinatos y del robo, así que sospechamos que pagó a alguien para que fuera con su identidad y con su teléfono oficial a la ciudad autónoma esos días (toca seguir investigando). La secretaria también afirma que la imagen que tenemos de las cámaras de Gibraltar «puede» ser la de su jefe. Para finalizar, ella y varias personas de su empresa y de su entorno confirman que Gallardo ha pasado largas temporadas en Madrid en los últimos meses. También lo confirma el rastreo de posiciones que hace Luis. La pena es que no podemos ubicarlo en el lugar del rapto y asesinato de Porta y sus guardaespaldas, por la coartada de Ceuta. Aun así, tenemos dos pruebas casi definitivas contra Gallardo: la primera es que su hermano reconoce en una foto a Yoda, el dogo de Burdeos que mató al guardaespaldas de Porta. Por lo visto, un día fue a visitarlo; la casa estaba vacía y el hermano, como tiene llave, entró. Se llevó un susto casi de muerte porque el perro lo amenazó. Salió de allí pitando y, cuando se lo contó a su hermano, le dijo lo típico: que era de un amigo.

La pista más importante contra Gallardo es que alguien lo sitúa en la escena del crimen.

EL FIN Y LOS MEDIOS

Berto Cáceres hace una identificación positiva de Enrique Gallardo. «Es muy parecido al de la sudadera y el perro», asegura.

Hemos tenido más trabajo, muchísimo trabajo de oficina para ligar al tipo con la Maturana: seguimos analizando todas las líneas de teléfono de ambos, aunque Listín ya ha avisado que no va a ser nada fácil. En las cámaras de seguridad del trabajo de Matilde y en las más cercanas a su casa, hemos encontrado un par de imágenes con los dos juntos, no concluyentes por su baja calidad. No para un juez. Sí para mí. Solo queda, primero, localizarlos, que será complicado, pero que no nos atañe a nosotros, por fortuna; segundo, que el juez admita las pruebas que tenemos de que el tal Enrique Gallardo es el cómplice y ejecutor de la muerte de Porta. Junto con su amiga, mi examiga.

Gallardo sería el tercer extraño en el tren de la Maturana. Es, casi con total seguridad, El Solitario que robó las cajas de Gibraltar. Y quizá sea también el hombre con el que la escuché el día que fui a su casa a buscarla. Y no sé si eso me pone celoso, o encabronado. Lo que sé es que me produce desazón.

Asimismo, creemos que ellos son los que mataron a Florentino y a su familia, ya que el forense confirma que no hay suicidio en la muerte del Ortiz-Melgar, y sí un intento de simulación. Toca seguir trabajando para vincular ese asesinato a Aire.

Por suerte, no hay crímenes en la casa de los padres de Rubén, el niño abusón del colegio de mi hijo. La Maturana se presentó allí poco antes de ir a mi casa. Según el testimonio de los padres, ella se identifica como periodista y les explica lo que hizo por la mañana en el colegio. Los padres llaman a Rubén, encantados con la periodista y con su charla informativa. Entonces, ella saca unas fotos impresas de una carpeta. Se las enseña a los padres. Una de las imágenes es la de un hombre ahogado; otra, la de un hombre calcinado menos la cabeza; y otra, la de un hombre enterrado hasta el cuello. La madre confirma, en una crisis de ansiedad, que en las fotos hay un círculo tatuado o dibujado en los cadáveres. Matilde les narra que el padre de Carlos, es decir, yo, se dedica a atrapar a los asesinos de esas personas, que soy todo lo opuesto a un inútil, a un tullido, como llega a decir un día Rubén a mi hijo. Que soy un gran policía que va a resolver el caso de asesinatos en serie con más repercusión de los últimos años. Los padres de Rubén, atemorizados ante la gravedad de lo que les enseña, cierran la puerta. Y por lo visto Matilde les grita: «O educáis mejor a vuestro hijo o se convertirá en un asesino, y el padre de Carlos lo atrapará y lo meterá en la cárcel de por vida».

Cuando los compañeros de la comisaría donde los progenitores de Rubén interponen la denuncia contra Matilde me pasan la transcripción de su declaración, yo no sé dónde meterme. Estoy convencido de que Rubén no volverá a incordiar a mi hijo. Y sin necesidad de violencia. (Entre comillas, claro). El fin no siempre justifica los medios.

Lo único que nos falta después de atar todos estos cabos es la firma: el círculo.

EL CÍRCULO

Hipólito, a instancias de su abogado, también confiesa la forma de hacer el círculo en las víctimas: con una linterna ultravioleta y una lente de fotografía en la que el centro pegan una lámina fotocromática con la forma del círculo incompleto que simboliza la Tierra. Esta lámina absorbe la radiación ultravioleta de la linterna, que sí se cuela por el borde de la lente, «tatuando» la piel de las víctimas. Según Hipólito, Maturana fue la que le entregó todo hecho, y les dio las instrucciones para hacerlo bien.

Por otro lado, hemos averiguado que Matilde tiene estrechos contactos con miembros de la UDEF, y el comisario ha pedido a Asuntos Internos que inicie una investigación. Los datos que pudo sacar de estos contactos la llevaron, no solo a los Papeles del Atlas, sino también a uno de los paraísos fiscales donde casi nadie mira y que tenemos aquí mismo, delante de nuestras narices, dentro de nuestra querida península ibérica, solo que bajo otra bandera que no es la española.

Y allí se fue, y quizá se haría las fotos con los monos y con las típicas cabinas inglesas rojas un mes antes del primer crimen, cuando ya tenían certezas, gracias a sus investigaciones, de que allí había un tesoro por cada uno de los empresarios fallecidos.

Esto solo son deducciones, deducciones más que probables. *Listín* está analizando las posiciones de su teléfono y ha descubierto que estuvo todo un fin de semana en casa sin moverse y siempre encendido, tiempo más que suficiente para hacer esa visita al peñón. Por desgracia, su teléfono dejó de dar señal en una zona próxima al Manzanares la noche de la visita a mi casa con el mensajito del susurro.

¿Cómo una mujer así, ambiciosa, pero, en principio, inofensiva, consigue algo tan grande? No grande en el sentido positivo; sin embargo, esta matanza y robo quedarán grabados en la memoria colectiva durante muchos años.

—Los ideales, a veces, son más poderosos que el dinero —digo a Olga mientras charlamos en el salón de Matilde.

—¿Tú estás seguro de que no ha pillado nada de las cajas?, ¿que se lo dio todo a los de los elementos, a los extraños del tren? ¿O que, si le sobró, se lo ha dado a asociaciones ecologistas?

—Pues supongo que, para empezar una nueva vida, algo habrá trincado, pero me juego mis aspiraciones a inspector jefe a que no ha sido demasiado.

Olga ríe con la broma, ya que ella sabe que no tengo ningún interés en el puesto.

—Tú que creías conocerla y ahora te encuentras con esto…

—A ver, relaja. Yo sospechaba que tenía relaciones de algo más que de amistad con alguien de la UDEF. No es normal lo del Atlas. Pero una cosa es eso que, por desgracia, se ha hecho toda la vida, y otra cosa es montar lo que ha montado.

—Pues eso; tú mismo me has dado la razón.

Me quedo callado. La verdad es que no sé ni por qué suelto esa tontería que me contradice y da la razón a mi compañera. Detesto que Matilde me la haya jugado así. Podría haberlo hecho en otro lugar, y no en Madrid. Aquí sabía que, casi con total seguridad, yo intervendría en el caso. Me gustaría hablar con ella para pedirle explicaciones. Creía conocerla y la consideraba una buena amiga. Ahora es solo una extraña, pero maldita la melancolía que siento por no poder comentar con ella el final de *Extraños en un tren*.

EL AIRE

Apuntes, teorías y suposiciones no oficiales de Del Olmo y Saavedra sobre el ~~asesinato de Armando Porta, Atilio Pereira y Leopoldo Roger~~ caso de Los cuatro elementos.

Matilde Maturana conduce un coche híbrido alquilado con identidad falsa.

En la radio se escucha, en bucle, la canción de John Paul Young: Love is in the air.

Las lágrimas recorren sus mejillas y se las tiene que limpiar para no estamparse contra la mediana. Conduce prudente. Una multa o un control policial pondrían en jaque sus aspiraciones de huida.

¿Quizá siente remordimientos?

Es posible. No por los asesinatos, sino por la traición a un amigo. Una de las cosas que más le duelen es haberle mentido a la cara con la filtración de la noticia de los crímenes a su propio diario. Tenía que hacerlo para desestabilizar su investigación y para apartarla a ella misma de cualquier duda. Si lo hacía en ese momento, justo cuando los policías se lo contaron, era más que probable que no sospecharan de ella. No podía permitir que se acercaran demasiado a la verdad. No tenía claro si quería que la UDEV central se encargara del caso. Pero era una de las posibilidades, y decidió ir con todo.

¿Por qué?

Para hacerlo más mediático. Se imagina el titular:

«Periodista amiga del inspector del caso es la máxima

responsable de los asesinatos de Los cuatro elementos».

O algo mejor redactado. Le da rabia no poder escribir ella ese titular.

¿Ha merecido la pena?

Sí.

Dicen que el fin no justifica los medios, excepto en casos tan extremos como este. Eso debe pensar. No por el dinero, que le vendrá bien en su fuga y en su nueva vida, sino por la advertencia que supondrá su plan.

Está convencida de que, cuando todo el mundo se entere de los motivos por los que Porta, Pereira y Roger han sido asesinados, gente de su calaña se lo pensará dos veces antes de cometer atrocidades contra el planeta.

Si no lo difunden los medios tradicionales, ya se encargará ella de filtrarlo por otros medios. Y, en tiempos de Twitter, Wikileaks, y demás portales de internet, todo sale a la luz.

Toma una bocanada de aire, y suspira.

No sabe cuánto oxígeno le quedará a la Tierra y piensa aprovecharlo a cada momento.

Aunque el recuerdo de su amigo la atormente, deberá aprender a convivir con ello. Eso cree.

Y él también.

EL MURMULLO
DEL ÁRBOL

Todo el equipo está de vacaciones.

Se las merecen.

Todos, menos Saavedra y yo. Nosotros también las merecemos pero, como instructor y secretaria del caso, tenemos que terminar todo el papeleo para llevarlo ante la jueza Torres.

Estamos reunidos en mi despacho.

—¿Sabes que Interpol ya ha cursado orden de captura para la Maturana, para Atilio y para Gallardo, no? —le digo.

—A Atilio me creo que le cojan, pero a los otros…

—¿Confirmamos que los dos juntos son Aire o ella sola, y él es un pelele?

—Ella es Aire, donde está el amor. —Sonríe como con miedo, dudando de si mi reacción será buena o no.

Busco en el móvil la canción. La pongo y la escuchamos alternando miradas a la pantalla y a nuestros ojos. Y sonreímos. Al terminar, se produce un silencio, y agacha la cabeza. Lleva unas deportivas de esas que son carísimas, que le quedan estupendas con el vaquero y con la camiseta roja que se ha puesto.

—¿La científica o la lingüista han aportado algo? —pregunta.

—La científica ha cotejado el papel y la tinta con lo que encontraron en su casa, y también con el de su redacción.

Hay coincidencia con el del periódico, aunque esto no es concluyente, es un indicio. La lingüista lo atribuye, como ya era de suponer, al juego de palabras entre el título de la canción y el apodo que le hemos puesto. Está convencida de que ella esperaba que le pusiéramos dicho apodo y que se hace llamar a sí misma «Aire». También opina que ha elegido esa estrofa de la canción en concreto porque con lo de «El susurro del árbol» quiere decir algo, como si la naturaleza se quejara, susurrara o murmurara. «Whisper», en inglés también quiere decir «murmurar».

—Si fuera así... ¿por qué ha escrito «el susurro del árbol» en lugar de «el murmullo...?

—Ni idea y, si una lingüista forense de su reputación no lo sabe, solo nos queda preguntárselo a Matilde.

La subinspectora junta los labios, y los mueve hacia su lado derecho. Después de unos segundos de cávila, reanuda la charla:

—El murmullo del árbol —mueve la cabeza de arriba abajo—. El olmo es un árbol.

—¡Hostia!

—Joder; el nivel de «retorcimiento» roza la psicopatía.

Si es verdad que Aire, al usar la dichosa canción, ha querido jugar no solo con nuestro pasado sino también con mi apellido, sí que podría hablarse de psicopatía. Pero no digo nada y miro hacia el suelo. No estoy preparado para pensar en eso.

—¿Y me vas a contar qué significa esa canción para vosotros? —pregunta Olga sin darme tregua.

Me tomo una pausa. Ella espera a que yo siga sin interrumpir.

—Lo de Ibiza. Digamos que allí pasaron cosas, cosas de alcoba.

—Menudo eufemismo carca, Del Olmo.

—Joder, Olga; no me es fácil hablar de ello, y mucho menos ahora, después...

—Está bien, está bien, sigue por favor —interrumpe ella con la mano en alto, pidiendo perdón.

—Hubo una fiesta como de los setenta, digamos. Fue en el

viaje fin de carrera en 1996. Pues esa canción estuvo presente tanto en la propia fiesta como en la fiesta que nos montamos en la habitación después.

—¿Fiesta al cuadrado?

Me vuelvo a tomar mi tiempo antes de responder.

—Digamos que no estuvimos solos.

Olga abre los ojos y, para disimular su azoramiento, gira su cabeza.

—Vaya, vaya —dice—. La verdad es que tiene todo el sentido del mundo. Encuentra una canción que le viene bien a su alter ego sádico, al apodo que ella misma nos ha conducido a ponerla; y encima esa canción forma parte de vuestro pasado. Está claro que la usa para jugar contigo.

—Con nosotros —incido—. Me lo apruebas como teoría, ¿no, *mindhunter*?

—Anda ya. —Ella sonríe y me hace un gesto con la mano diciéndome que «me pire»—. Y espera, ¡joder!, ahora que recuerdo, ¿no te acuerdas que mencionó la canción cuando te preguntó si me llevabas al cine?

—Sí que me acuerdo, sí, y en aquel momento me puse nervioso pero, como tú comprenderás, me fue imposible relacionar nada. Solo pensaba que me estaba vacilando.

Olga asiente. Yo suspiro.

—Por cierto, me han confirmado que ella filtró la noticia —informo.

—¿En serio?

—Sí, he presionado mucho a Jorge para que cante.

—No sé qué decir —confiesa Olga.

—Nada, ¿qué vas a decir?

—¿Qué hay de Hipólito? —La subinspectora vuelve a la carga para despistar el sangrante tema de Matilde.

—No hay forma de probar que él vigilaba y su hermano le prendía fuego a Pereira, pero, por su confesión, yo creo que le caerá la permanente revisable.

—¿Por su confesión?, ¿seguro? —Se sorprende ella.

—Ya sabes lo de mirar a Dios, y todo eso —contesto

resignado.

—¿Y a los hermanos?

—No tenemos pruebas concluyentes contra ellos, e Hipólito no los va a incriminar. No obstante, hay que vigilarlos.

—Desde luego.

—¿Lo tenemos ya todo, subinspectora?

—Yo creo que sí.

—Venga, remata la faena, que yo me tengo que ir a casa con mi santa esposa y con mis hijos. Cuando termines, te vas a la tuya y no vuelvas hasta dentro de una semana, ¿entendido?

—Entendido, jefe, pero escucha. Esto lo puedo rematar en casa. Tardo una hora como mucho.

—Pues largo, venga.

—No.

—¿Cómo que no? —contesto con sorpresa.

Ella señala mi silla de ruedas con su barbilla. Vuelve a mirarme a los ojos y repite la operación mirando mis piernas.

—¿Qué?

—Joder, Del Olmo. Ya lo sabes.

—¿En serio? —protesto.

—Y tanto; ahora sí que ha llegado el momento —pronuncia la palabra «momento» con todo el dramatismo que una policía de Homicidios puede darle.

Inclino mi cabeza hacia abajo y pongo mi mano derecha detrás de mi oreja derecha en el típico gesto para escuchar mejor.

—Que dice mi silla de ruedas que, para contarte su historia, quiere que la lleves a un bar a tomar una cerveza.

Olga sonríe.

Se levanta, coge su abrigo y abre la puerta del despacho. Me invita a salir.

Yo aprieto el botón de avance de la silla, salgo del despacho y me dirijo con mi compañera hasta el ascensor.

Hoy sí que me acompaña en lugar de bajar las escaleras.

—Además, tenemos que terminar nuestro informe no oficial del caso —dice con una media sonrisa—. Espero que no lo uses para tu primer guion.

Olga es la única persona en el mundo a la que he contado que, cuando me retire, quiero escribir un guion cinematográfico. La única. Ella accedió a guardar silencio a cambio de dejarla participar y colaborar en la documentación previa que ha de hacerse. Por supuesto que era la respuesta que yo esperaba de su parte. Por ello redactamos, entre los dos, una versión paralela de los casos que investigamos, una versión bastante dramatizada y con la verosimilitud justa.

Entramos al ascensor y, antes de que se cierre la puerta, la miro y sonrío.

Todo policía que tenga a Olga Saavedra como compañera tiene motivos para sonreír.

Agradecimientos

El primer agradecimiento es para ti: lectora o lector. Gracias por haber llegado hasta aquí. Lo primero que te voy a pedir es que me dejes una valoración de qué te ha parecido esta novela. A ti no te cuesta nada, y es muy importante para mí. Me ayudarás a seguir escribiendo más historias como esta. Lo que sí te pido es que **no desveles nada de la trama, sobre todo del protagonista: El inspector Del Olmo y de su «problema»** (sigue leyendo y te cuento una cosa que te puede interesar)

Si, en cambio, no quieres que siga escribiendo porque esta novela te ha parecido malísima, antes de dejarme una valoración negativa, te pido que me escribas:

zarzoescribano@gmail.com
escribano@gzescribano.com

Una reseña negativa me hace mucho daño, y a ti no te aporta nada.

Gracias por entenderlo.

Si tienes alguna pregunta, alguna queja, informarme de algún problema que hayas encontrado en el libro, escríbeme.
También puedes contactarme a travé de mis redes sociales
Facebook: https://www.facebook.com/zarzoescribano/
Instagram: https://www.instagram.com/zarzoescribano/

Como te pedía antes, ruego que **no desveles nada del estado del inspector Del Olmo**. Y si quieres apuntarte a mi comunidad lectora **para recibir la precuela de esta novela**, escanea este QR o pincha en el enlace inferior.

Quiero leer la precuela de esta novela, PESSULUM GRATIS

Ahora empezamos por los otros agradecimientos:

Gracias al Departamento de Prensa y Comunicación del Cuerpo de Policía Nacional, en especial a Ricardo y a Enrique por su inestimable ayuda. Gracias de corazón.

Gracias a Merche por su informe de lectura y sus siempre oportunas indicaciones. Gracias.

Gracias a mis lectoras beta, por sus comentarios y ánimos. Las dos se llaman Esther M. Gracias.

Gracias a Carlos por enseñarme un poco sobre armas.

Gracias a Cecilio por ilustrarme acerca de la seguridad de empresarios muy importantes.

Gracias a Abelardo por sus consejos sobre adiestramiento canino.

Gracias a mi correctora, María Martha Arce.

Gracias a los lectores que me han indicado algunos errores tipográficos: Ramón, Cristina, y si me dejo alguno que me perdone.

Y gracias a mi familia por su apoyo incondicional. (Sí, es un cliché, pero como hasta ahora no he escrito ninguno, no puede faltar).

Gracias, de nuevo, por llegar hasta aquí.

Nos vemos muy pronto.

Otras novelas del autor

Otras novelas del autor

En el género de la novela policiaca y de misterio, tengo otras dos novelas que quizá podría gustarte si no las has leído ya.

El precio de estar viva

Secuestran a tu hija. La policía no investiga todo lo rápido que tú quieres. ¿Qué harías para recuperarla?

Sinopsis:

Luz Marina, una niña a punto de cumplir nueve años, es secuestrada en unos viñedos de un pequeño pueblo de Extremadura. A pesar de ponerlo en conocimiento de la Guardia Civil, sus padres, Roberto y Marta, deciden seguir un camino poco ortodoxo para recuperar a su hija. Harán todo lo necesario para salvarla. Todo. Incluso saltarse las leyes y los protocolos de actuación en caso de desaparición de un menor. Pero saltarse la ley les acarreará enemigos, aunque también aliados que no esperaban, tanto humanos como caninos. Un thriller en el que nadie es quien dice ser. Una novela en la que pasarás las páginas con las mismas ansias con las que esos padres buscan a su hija.

★ ★ ★ ★ ★ MANUEL: **INCÓGNITA HASTA EL FINAL**. Merece la pena, muy recomendable

★ ★ ★ ★ ★ Juan Luis: **Maravilloso**. Un libro que te atrapa desde el principio. Donde nada es lo que parece, y a medida que va avanzando te engancha más

★ ★ ★ ★ ★ Miriam. **Sin poder parar de leer.** El libro te tiene atrapado desde el minuto 0, muy buena trama de personajes. Estas todo el rato en tensión esperando a saber cómo va a seguir. Espero que la continuación tarde poco por qué estoy loca de curiosidad. Lo recomiendo al 100%

★ ★ ★ ★ Carolina. **El precio de estar viva**. Una historia tremenda. No me imagino algo peor que tu hijo sea raptado. La historia está muy bien narrada, desde el punto de vista de la madre, el padre, incluso de la hija. Está muy bien logrado el hilo conductor de este libro. Hay personajes realmente entrañables, Dionisio y Magno. Tremenda historia y que queda con un final abierto con lo cual seguiremos sabiendo de ellos.

<u>El precio de estar viva: El thriller español revelación del año.</u>

Y si has leído El precio de estar viva, tienes que leer la segunda entrega de la saga Secuestros:

El control del latido.

<u>Secuestran a tu hijo. Tu isla se derrumba. ¿Qué piensas hacer?</u>

Tenerife. El Teide registra su mayor actividad sísmica del último siglo.

Rayco, un niño con síndrome de Asperger desaparece del colegio. Sus padres no saben quién se lo puede haber llevado. Reciben una llamada en la que piden un rescate imposible. En el momento en el que el Teide empieza a rugir y la isla a derrumbarse, los padres inician un viaje desesperado para rescatar a Rayco.

Esta novela está en preventa.

Pincha en este enlace para conseguirla a un precio que no se volverá a repetir.

https://amzn.to/3Ldn7Ez